再孤單的島，也有我的熱鬧

杜昭瑩
——著

致　馬紹爾
以及
我所經歷過的
那些年那些事與那些人

目次

自序 9

壹 是這樣探索生活

善意的花環 16
奇異的恩典 21
總統、大使與流浪漢 26
知足常樂 29
畢業生 34
是誰闖入誰的世界 39
最美的風景 43
漫遊者 47

小島郊遊 51
分享的真諦 55
外島速寫 60
海王子與赤足公主 68
就跳舞吧！ 73
見證 78
悲憫 83
不存在的電影院 87

貳 **是如此解鎖寂寞**

海島女孩 92
邦誼與友誼 96
夫人與攝影師 101
飛魚小孩 105
萊蒂西婭 109
他們 114
伊拜的女兒 119

浪潮與雲朵 124
她的隆重登場 129
我們 135
承諾 140
Kiki 145
練習題 151
小島書差 155
我和舒米葉的祕密約會 161
珍妮與大酋長 166

參 **是一座瑜伽的島國**

為什麼妳要在這裡？ 174
瑜伽客與翻譯者 178
歡迎來到新世界 183
且隨它去 188
跟著雅霓娜去流浪 193
戰士與飛鳥 197

說不的勇氣 201
單人瑜伽 205

肆 是一個人的遊樂園

鄉親 210
陪伴 214
端午粽事 218
作者與廚娘 223
綠葉微光 226
放得開 229
我的燦爛花開 233
跟動物說話的人 236
孤島 240
我的此時此刻 244
花裙與花洋裝 248
大海書房 252

伍　是兩個人的新紀元

我的，以及我們的海邊　258
趕路的人　262
牛郎織女　266
黃昏之路　269
替你守住一個家　272
捉迷藏　275
界線　279
同舟　284

附錄　疫亂之年，避世之島，以及烘焙之人　292

自序

馬紹爾，這座北太平洋島國，我用三個不同的名字闖蕩行走。

夫人，我的第一個名字，也是我為什麼來到這裡的原因。四年前，丈夫從印尼調派馬紹爾，他任職大使，隨赴駐地的我於是成為大使夫人。Mrs. Ambassador，一張如影隨形的名牌，一枚外交場上的隱形通行證，那個總是後退一小步跟隨在大使身後頷首微笑說Iakwe的台灣女子，是小島人們一開始所認識的我。

聽起來很像是某人的某樣附屬品，或是紅花背影底下的一小片暗葉，隱約，可有可無，但我並不打算從此這般定位我自己。這個新頭銜，既沒有附帶原廠使用說明書，我也不確知其他女士們是如何操作才能保證它運行無礙，這樣很好，沒有既定的規格必須遵循，我決計聽從我內在的聲音，從零開始，自由塑形。

邦交國之間的嚴肅場域，不容輕忽造次的一塊聖地，我深知外交眷屬如履薄冰安分守己的當然準則，然而，這不意味著夫人就必然是一個端正有方的傳統角色。也許在某些人的想像裡，夫人，比較接近一具徒有華美表相卻沒有真實自我的移動人形立牌，但那絕不是我即將趨向成型的模樣。一個有趣有溫度又有熱情的大使夫人，我想成為那樣的人。

不過事情沒那麼簡單，從一開始的膽怯心虛步步推進到後來的游刃有餘，中間還是經歷了一段長時間的調整與學習。我所幸運擁有的天分不是聰慧才智，而是一股無法抵擋的好奇心，以及總是想要翻越另一座島礁看見另一片大海的澎湃熱情。我好想挑戰自己的極限，看看那個被稱為大使夫人的我，究竟可以側身在這座外交叢林當中，攀得多高，走到多遠多精采的他方。我也好想知道，因為這道暢行無礙的通關密語，我可以推開多少隱密不宣的窗，親身探索多少難得一窺的島國風光。

於是其間所遇到的挑戰或挫折都變得無關緊要，它們全被我當成燃料，一小把一小把，文火，慢燒，從星樣的一朵微光開始，緩緩蓄積能量，總有一天我要像是一輪滿月，散發出柔和飽滿的光芒。

下了外交舞台，出了官方場域，在這座島，我也是僑界數十名鄉親口中的大使夫人。不論年紀長我多少，或是社經地位有多偉岸，他們全都這樣稱呼我，而且叫來奇順無比。反倒是我自己覺得有點彆扭，一開始曾經試圖請他們喚我名字就好，昭瑩昭瑩，試了幾次，雷聲大雨點小，沒多久紛紛投降，又自動溜回夫人二字的懷抱。我漸漸體認到，夫人，夫人哪，甚至是台語的呼林啊，各種不同抑揚頓挫的音調，對他們而言，那就是我的「名字」，也就是團體照時前排正中央靠右邊的位置。那名字，那位置，無人可替，也並無疑義。

那就繼續夫人吧。可又來了，我還是不想乖乖就範被套進既有的框框，當個標準的大使太太就好。我不要和鄉親來往之間客氣禮貌溫良恭儉讓，我期待擁抱的是友朋之間真摯的交流而不是形式的客套。我懷疑我那少女時期遲遲沒來的叛逆風起雲湧出現在這座島，不論是官場上的 Mrs. Ambassador 抑或是僑界的大使夫人，不循規不蹈矩，我都只想成為一個精采有趣的人。

潔思敏，Jasmine，來自本土或異地的小島朋友們，是這般喚我的名。

潔思敏是我鍾愛的英文名字。白色茉莉，默默散發獨有的清香，淡薄自然，不貴氣也不愛張揚，那正是我想要映照在朋友眼中的模樣。潔思敏的小島宇宙裡，沒有官夫人那一套複雜難懂的邏輯，跟她在一起的時候，他們不會惦記著她是誰家的什麼太太，沒興趣追問她和官場人物是如何友好往來，也不在意她與丈夫的相片頻繁刊登在週報上面的某一版。島上，這個朋友圈那個朋友圈，她不過都只是一個尋常的台灣女子，逗趣好笑，溫暖熱情，喝了一罐啤酒之後英文會變得奇溜無比，哇啦哇啦沒人擋得住。

潔思敏的專屬頻道，我不是一開始就順利連接上。過去許多年，我學法文說印尼文，一路斜槓，英文本事擱置已久，應酬對話都不輕鬆了，還要拿來交朋友搏感情，難免吃力勉強。語言，是我的第一道難關，硬著頭皮厚著臉皮，下定決心磨蹭到底，跟它耗久了總也能穿門而入，接下來等著打開的那道心門，才是我在友誼路上真正的挑戰。

一座迷你之島，是我第一次勤勤懇懇結交四方友朋的異地他鄉，也是我第一次對陌生人敞開心門，恣意展現自我的地方。外面世界的老朋友們都知道我未必合群也不夠圓融，在不熟識的人群裡甚且難免孤僻，可來到這座島，進駐潔思敏的靈魂裡，隨著語言頻道的擴大開啟，我竟也逐日變成一個坦率開闊的台灣女子。放開來，豁出去，我不要在孤單的島上孤芳自賞，一朵熱鬧的茉莉，我決心要史無前例地盛開綻放。

夫人或潔思敏，外人眼中所看見的種種精采，那些島國采風與生活探索，那些社群往來與密友聚首，抑或是那些藍天之下大海之前的瑜伽共學，各式各樣，都只是海角生活裡熱鬧的短暫剪影。多數的小島時光，我安安靜靜，和自己在一起。

第三個名，是我，昭瑩。

丈夫的辦公室就在一牆之隔，我在勇士喧囂的戰場邊緣守住一小方無聲家園。要是沒有必須出席的公務活動，沒有非去不可的家用採買，我時常連續數日不出家門，樸實無華的兩層小樓，一個人上下流連走動，只有一雙腳步的挪移聲響，全無旁人可以對話往來。孤島中的一座孤島，極致的寧靜與徹底的寂寞在小樓之中輪番上陣，兩相抗衡，我縱使再懂得享受一個人的寧靜時光，也無法迴避總有和寂寞征戰對決的時候。

不甘寂寞，是昭瑩在小島上琢磨出來的生存法則。無數個單人白晝，她閱讀書寫，她揉麵烘焙，她一日一日攤開瑜伽墊安放身心的疲憊。再不然，推開家門，她開著小藍車匯入絕無僅有的海岸公路，海天簇擁之間，她與自己對話，明明靜默無聲，可也確實向著生命的最底層自問自答，嘈切不休。儘管只是一顆單調的音階，她為自己伴奏和弦，打定主意不讓寂寞有獨占鰲頭的機會。

一個人的孤島寂寞，學習與之和平共處，有那麼一天，我也終於懂得了享受。

而昭瑩，同時也是一只雎鳥之名，僅剩兩人的小島空巢裡，與老伴啾啾和鳴。婚姻的長曲，高低起伏，我和那人，攜手唱和了四分之一個世紀，一直來到相依為命的窄仄之島，那曲中躲藏的真意，才一日清晰過一日。這是當初我所始料未及的事情，無論過程如何暗流曲折，我都心懷感激，當它是老天爺眷顧我倆的一樁美意。

馬紹爾，海域面積兩百一十三萬平方公里，陸地面積一百八十一點三平方公里，三十四個珊瑚環礁，一千一百五十六個島嶼，人口僅只數萬的北太平洋島國。整整四年的時間，我所幸運擁有的這三個名字，有時獨挑大梁，有時輪番登場，還有許多時候必須分飾多角，在這僻遠的一方海角熱烈生活，並且真切愛過。

再孤單的島，也有我的熱鬧。

當說再見的那天來到的時候，於是我可以理直氣壯並且了無遺憾地這樣說。

壹 是這樣探索生活

善意的花環

每次跟丈夫出門參加活動前，我大約只需要五分鐘的時間就能整裝待發。整裝的意思是，換上一襲海島花洋裝（衣櫥裡衣服就那幾件，不難決定），臉上塗抹薄薄一層防曬乳（偶爾擦上黃豆般大小的一丁點粉底，需時半分鐘）。待發的意思是，挑選一卡當地的手工植株編織包（或是怎麼折騰都不會壞的印尼珠珠包），套上一百零一雙平底涼鞋（或是一百零一雙紫色夾腳拖）。有時候手腳麻利一點，不到三分鐘，我已經可以隨時開門走人。

回想起來，印尼富麗堂皇的偽貴婦生涯簡直是上輩子的事情。雖然照片會說話，無情見證了影中人返璞歸真後的極大落差，但我無所謂。我很享受鉛華洗盡的舒適感，也很感激這塊土地這些人民給予我如此的寬容，教我得以本色見人，還能夠自在坦蕩。

難道不害怕沒了華服美髮，少了胭脂水粉，殘酷揭露了歲月無情的痕跡嗎？比起這樣，我更怕大張旗鼓的裝扮會在自然樸實的人群裡顯得太過突兀。更何況，別擔心，到了現場，總會有美麗的花環頭飾，神來一筆，瞬間點亮我的神采。

我的簡單妝容，必須等到戴上桂冠的這一刻，才算是大功告成。今天的花環會是什麼顏色什麼花款什麼組合呢？我總是充滿好奇與期待。缺乏肥沃的土壤，島上的花株非常稀少，最最張揚華麗的，莫過於春天時燃燒般盛放的鳳凰花（城中 The flame tree 酒吧門口就是一大棵鳳凰木），只是我至今沒見過鳳凰花編成的花環，雀屏中選的反倒是小家碧玉的清秀花材。

通常當妳靠近場地入口處，已經有女士遠遠打量妳，依照妳的衣服顏色快速替妳選定合適搭配的花環。花環的樣式大小總是不一樣的，除了仰賴挑選者的眼光，大多時候，哪一叢花葉會落到妳頭上呢？憑仗的通常是運氣。

花落誰家呢？謎題揭曉的那一刻，我雙眼發亮，很難掩飾小孩般雀躍的神情。

巧手編織而成的花環，表達了太平洋島國對女賓至高的歡迎之意，男賓得到的獎賞常常是一長串花葉項圈掛在胸前。有時候編材也有不同的變化，以貝殼代替時，那是另一種截然不同的豪氣風華。

馬紹爾是十分溫情和善的島國民族，對於賓客的歡迎恆常是全然的慷慨大度。一旦戴上花環項圈，你瞬間被無條件高規格對待。在物資匱乏的島國，所謂的高規格，意謂的未必是物質的跳躍升等，而是心意的無限上綱。

你被帶到座位的第一排，和演講者近距離四目相接，和攝影師的鏡頭面對面毫無阻攔，觀看表演時不須搖頭擺腦，便可一覽無遺。取餐的時候被請到第一順位，拿起餐夾舀起第一勺菜餚，有時候甚且安坐位上，偌大的餐盤裝滿食物，由侍者直接送到你的眼前，你可以準備開動了，而旁邊取餐的隊伍長到天邊，正蜿蜒地經過你的身旁。

我感激所有領受的榮寵，唯獨在排隊者的注視之下用餐，我常常覺得於心不安。

更豪華的待遇出現在外島的訪問行程。外島缺乏交通工具，下飛機後大抵是搭乘皮卡車進入村落，當多數人俐落爬上後車斗安坐時，外國女賓盡量被安排在少少的前座，避開日曬雨淋的一番波折。沿路常有學童夾道歡迎，揮手歡呼，彷彿整個小島的孩子們都放假一天傾巢而出。下了車，島民們長長人龍一字排開，男女老少，列隊等著跟我們握手致意。一雙手握過一雙手，等到緩慢移動到了盡頭，花環，正在終點等著我。

花環也不過是一個開幕序曲，有趣的章節還在後頭準備依序登場。

外島物資更加不足，用餐時當然少有首都馬久羅的精緻排場。可他們對賓客的誠意絲毫不減，通常一只林投果葉編成的籃子被慎重端到眼前，裡面塞滿水煮芋頭、帶鱗烤魚、林投果糕、烤麵包果，桌上還有一罐罐鹽漬生貝肉，全是土生土長簡單烹調的當地食材。

當我們忙著一邊把食物塞進嘴裡一邊吸吮著手指頭，眼前突然聚集一群婦人，站定後，她們開始引吭高歌，歌聲跟食物一樣原汁原味，渾然天成。

事情還沒結束。這時你會注意到周遭開始有一種無聲的騷動，島民手裡拿著什麼抱著什麼陸續向某處靠攏，放下，然後又無聲離開。有一回，我實在忍不住好奇，偷偷上前窺探，那一卡神祕大紙箱裡面究竟被放進什麼寶物呢？裝滿洗碗精空瓶的椰子油、袋裝麵包果脆片與乾燥椰絲，全是島民自家手工製作的伴手禮，全都無私奉獻出來，讓賓客滿載而歸。

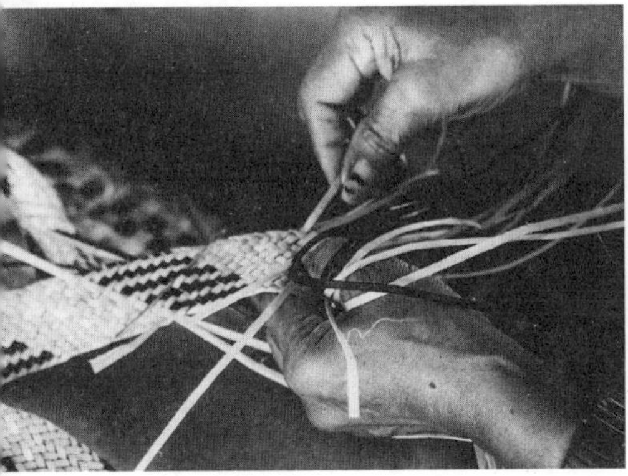

我也看過島民抱著一張張捲起的手編葉毯，或是各色葉扇，或是一大籃一大籃的土產餐餚，集中放在桌上，等著待會兒一起坐上飛機，由賓客各自提領回家。

奉獻與領受，都在無聲中低調進行，我每每聽出了其中藏著某種什麼樣的澎湃，可我說不出來那究竟該如何具體形容。

曾經有一次，望著桌上速來的餐點，以及一旁依舊綿長的取餐隊伍，我轉頭跟旁邊同行的馬國朋友說，每次這樣的時刻，我總覺得十分過意不去。

「怎麼會？」他秒回我：「你們是客人啊！」臉上露出一朵理所當然絕無懸念的純淨笑容，好像我提出了一個奇怪無稽的問題。

「可他們還拿出那麼多自家的東西！他們生活也不容易。」我不放棄繼續追問。

「這是他們的心意啊！而且……」他指著遠處的一個超大蛋糕，以及其他島上買不到的各種物資，笑著說：「我們也為他們帶來了珍貴的禮物啊！」

在繽紛的花環下，原來藏著那樣的人情，在互通，在流淌，在溫潤著彼此的人生。而這些對島國人民來說，只是一種無須解釋的自然而然。

坦然接受善意，也真摯付出善意，我對這簡單的生活邏輯充滿敬意，並且懂得開始學習，如何在下次戴上花環的時候，可以正大光明享受那份被尊重被餽贈的榮耀，不再用外面世界的邏輯去作無謂的顧慮。

當然更別忘記，付出，無論輕重，只要有心，就是一件非常幸福的事情。

奇異的恩典

我的舅爺爺家族散居各國，都是虔誠基督徒。有幾次參與他們海外的家庭聚會，在餐前禱告時，我聽見自己的台語名字被珍重提及，沒有例外地，那瞬間，我的眼淚撲簌撲簌，沿著祝福的話語，一字一句，滑落成行。

後來變成一種常態。受到祝福時所觸動的淚水，溫暖而柔軟，每每瞬間融化我心中堅硬孤僻的那塊角落。

以前在印尼泗水，好姊妹們一起吃飯時，也習慣做飯前禱告，負責的姊妹會把每個人的狀況仔細報告一輪，誰祈願康復，誰渴求順利，又有誰需要力量和勇氣。每次聽到自己的名字被攤在上帝的座前，好似心裡所有的負重也得以暫時交託。禱告結束的剎那，我睜開眼，迅速擦掉眼淚，趕緊露出笑容，生怕被誰看見。

我並不是受洗的基督徒，可是我真切感受到上帝的慈愛和人心的溫暖。

馬紹爾人大多是上帝的子民，我們參加活動時，必定以禱告作為開始與結束的儀式，多半由德高望重的長者帶領，也多半以馬紹爾語進行。我白然聽不懂，唯有安靜坐著，兩手交握，闔上眼睛，全然享受那被祝福的時刻，直到「阿門」兩字清晰響起。

我是這樣單純地相信，不管你是否正式入門受洗，不管你是否完全聽懂禱詞內容，上帝的祝福，沒有裡外分別，也不被高低揀擇。

我多麼珍惜那每一次美好的瞬間與奇異的恩典。

*

馬久羅在十二月初，已經開始了濃厚的過節氣氛：聖誕燈飾，節慶採買，甚至是水洩不通的塞車……這氣氛，完全不因它是汪洋中的一葉小島而有所稍減。

隨之而來的，還有趁著節日進行的各種物資捐贈。丈夫的辦公室也響應當地婦女團體的活動，採買物資送給學生當成佳節賀禮。我以「婦女」身分，幫著跑腿，四處挑選生活用品、文具、餅乾，因自己也能盡到一份微薄的心力而覺著幸福。

光想像孩子們收到禮物時的笑容，我的心，也開滿了一叢甜美的花蕊。

同一天晚上，年輕的參議員打算開車隨機夜訪教會，帶著食物慰勞正在密集排練聖誕歌舞的孩子們。他邀請我們同行。

我們開著車跟在參議員車後，沿著漆黑的濱海一路夜行，沒料到許多教會還沒開始活動，不知不覺都快開到島境之左，才在一間教會前停下車。

參議員扛著一袋白米和兩大盒雞肉走進去，我們踮著腳尖隨行在後。裡面孩子們正在練唱，驟然停下歌聲，瞪大眼睛看著我們，相互竊竊私語。

教會人員找了四張椅子，擺在空蕩蕩的會堂最前方，那是ＶＶＩＰ的位子，票價無法估算。孩子們回到舞台，拉開嗓音準備為我們開唱。

他們的歌聲，無畏而清亮，字字句句毫無阻擋敲在我的心房；他們臉上有光，像兩排燭火，照亮一整個會堂。

奇異的恩典啊，多幸運我得以蒙福領受。

下一個教會浮現在更深的夜裡，年輕的男孩子們正在練舞。這次，我們面向門口坐定，聚精會神等著他們從門外隨著音樂湧現向前，一個接著一個，像是朵朵微小波濤，逐漸匯聚成為一片翻騰的大海。

他們認真舞動，滿臉汗水，我認真盯著他們的每一個動作，內心充滿感激。

這時刻，究竟是誰在奉獻，又是誰在領受？

我確認，我們都是彼此的祝福。

*

三十分鐘船程外的 Rongrong 小島，我們來參加高中的豬舍啟用典禮。一走進學校，男孩們席地坐在一起，我們發現，其中有許多孩子腳上沒有穿鞋。

「你們的鞋呢？」有人驅前半開玩笑問，「是這樣比較輕鬆嗎？」

「沒鞋穿啊！」他們說，還在彼此笑鬧著。

孩子們的反應太過歡樂，以至於我們其實分不清楚這回答究竟認真與否，但走經布滿礁石舉步難行的校園時，「沒穿鞋怎麼好呢？」我們把這件事認真地放在心上了。

泗水的台商好友自創鞋子品牌，經營多年已成業界翹楚，慷慨允諾將會海運寄來一批拖鞋，送給需要的學子。

八百雙品質優良的新鞋如約到來。聖誕節前夕，學期的最後一天，丈夫跟校長約好，乘風破浪去送鞋。

可惜天氣不作美。已經下了幾天的大雨，綿延終日，一直到當日早上，我們都還不確定該不該取消行程。幸運的是，車子一路往左，漸漸沒了雨的影跡，四十五分鐘後，各方人馬集結在海邊，校長已經開船過來，正在引頸等著我們。

一夥人，一批鞋，一艘船，一片大海，一座小島，一所高中，一百多個等待新鞋的孩子們。一個美好的聖誕佳節。

十二月份是海象最不宜航行的季節，風浪險，再加上連日雨天，這趟顛簸的航程令人膽顫心驚。小船離岸不久，雨中的浪花從右側斜切而來，隨船的幾個高中大男孩，立馬從船尾跳出，拉開一張帆布，手拉腳踩，為我們遮風擋雨。大海的孩子們，就算迎著風雨還是一張咧著一口白牙的大笑臉。

平安抵達小島，涉水而下，退潮的礁灘上，一群壯丁們扛著鞋箱往學校走，在沙灘上拉成一條人龍，忽前忽後。

那是週日禮拜的時間，走進木屋教堂，穿過孩子們的注目，我們一夥人卸下箱子，在長椅上安坐下來，校長已經換上了牧師服，站在講台，開始禱告。

孩子們天籟般的歌聲充盈整個教堂。我從木窗望出去，一棵樹一片草地一陣軟風，世界平靜若此，我們何其有幸，有這樣的福氣，此時此刻在這裡。

禮拜後的餐會中，我們開始交換禮物。丈夫把幾大箱新鞋鄭重轉交到校長手裡，孩子們用歌聲舞蹈回禮。情意之間的禮尚往來，沒有誰重誰輕。

孩子們跳舞時，我看到他們腳上的鞋，老舊而磨損，有個大女生甚且只穿著一隻拖鞋跳舞，我看了好心疼，但也不由得心中充滿了各種感激。感謝台商朋友的無私慷慨，感謝同事們的艱難同行，感謝孩子們給我們一個機會，讓我們得以表達對這塊土地這些子民的真心關愛。

回程，風浪把小船一會兒推高，一會兒盪低，我們是大海裡的一葉輕舟，起伏之際，我彷彿聽見聖誕歌聲，忽遠忽近，正在叮噹響起。

總統、大使與流浪漢

有一天晚上我們去島上專賣外帶的 Yummy 速食店買漢堡，點完餐，我們回到車裡耐心等待。

過了十分鐘，店裡工作的女生拿著餐盒往我們車子走來，「哇，今天怎麼速度這麼快又服務這麼好，還有人親自把餐點送上車來。」丈夫一邊嘖嘖稱奇一邊準備搖下車窗。說時遲那時快，隔壁車的駕駛早他一拍伸出手，迅速接走了餐盒。哎呦，想太多，原來那是別人的。

那個別人，丈夫又把車窗搖上來的剎那，我們同時瞄到駕駛座上那個人，不是別人，正是總統大人。

天色昏暗，之前根本看不出來緊鄰一旁的竟是總統座車，也沒注意到前頭樹下正停著一輛前導警車，當然更沒想到，總統會自己當司機開著車出來街上買漢堡。

兩人認出彼此後立即雙雙下車，站在馬路邊的夜色之中，天南地北暢快地聊起天來。我識趣，悄悄往後移，一步兩步三步，在有點遠又不會太遠的後方，來回晃，足足等了三十分鐘。

我要說的不是總統先生有多親切隨和多接地氣（雖然這是公認的事實），我要說的是，隨便買個漢堡就可以遇上總統，可見這僅只一條公路的小島，是有多麼容易「狹路相逢」。

在這裡，到處都可以遇見誰，也可以隨時被誰看見。

黃昏在機場附近的海邊走路，不時有人開車經過拚命跟我們揮手打招呼。也不只一次在不同場合聽見有人跟我說：「欸，妳先生走路時怎麼都不等等妳？老是看妳眼巴巴追著他跑！」

我忍不住要猜，我們一前一後走在海邊夕照裡的身影，早已經看在多少人的眼裡，又老早成為多少茶餘飯後的閒聊話題。

「左邊是海右邊也是海」，這可不是一種浪漫詩意的說法，而是一幀生動逼真的生活寫實。剛來的時候，曾經拿到一張精緻的馬久羅市區手繪地圖，公路兩旁的店家房舍都被一一點名勾勒出來。邊邊還附有一幅馬久羅的全圖，細細長長的一條島鏈，圍起來的中間，是海，可不是陸地。

狹長的環鏈，是我們生活立足的地方。每次從空中俯瞰馬久羅，細瘦彎曲，周身暈染著各種迷幻奇異的色彩，在在令人覺得不可思議。我們簡直是把人生落掛在一條纖細的項鍊上面，在幾乎沒人看見的地方，自顧自地閃耀著獨一無二的光芒。

容我瑣碎形容這座迷你之島，這樣你才能想像我筆下試圖描述的種種狹路相逢的小島日常。

好比那天，福音節例假日，丈夫自己出門走路。我們如常約好一個小時後我會開車去接他，按照他的腳程，那通常是過了橋之後的人行道底端。

可他這天走得慢，橋前的遠遠這端，我已經看見他的身影。「猜我遇見誰了？」他一邊上車一邊興奮地說。

他遇見兩個人，站在路邊（也就是海邊）分別聊了天，占掉了許多走路的時間。

第一個靠邊停車下來的，沒錯，又是總統先生。這次總統坐在後座，搖下車窗，熱心問他要不要搭便車，跟他閒話家常十多分鐘，臨走前還順手從一袋糕點裡拿出兩小包送給他，然後才隨著開道警車揚長離去。

拎著兩包點心，他繼續往前走，沒多久又有人現身攔住他。這回是個流浪漢，衣著鬆垮，蓬頭垢面，可是眼神溫和，開口便問：「你是那個台灣大使 Jeffrey Hsiao 吧？」

這島上，怎麼連個流浪漢都能字正腔圓叫出他的名字？丈夫很意外，啼笑皆非點點頭。接著那人湊過身來，悄聲問：「那你身上有零錢嗎？」

永遠不帶錢包出門的大使先生，一如平常，口袋空空如也，只好把剛才總統送的點心，分了一包送給他。

於是他們三人共享了一個沁涼的黃昏與一份甜美的點心。

唯一的一條公路上，總統、大使、流浪漢的即興聯手演出，要不是這座奇幻的迷你之島，我想，這劇本還真的很難寫得出來。

知足常樂

環海島礁，白浪滔滔，馬紹爾當然不缺海水，可人民日常生活的使用水，卻是異常珍貴。

有沒有水，端看老天爺要不要賞臉。

自家集蓄的雨水是生活用水的重要來源。島上有個特殊的風景，每棟房子的側身都有一個巨大的塑膠集水桶，幾乎與屋簷齊高。簷尾和桶頂中間有管線連通，只要一下雨，雨水沿著屋簷順著管子流入桶中，集水模式立即自行啟動。要是你記不起來多久沒遇見下雨天，看看民家的透明儲水桶裡還有多少水量，便可以預估個大概。

馬久羅也有公營水公司，埋設水管把儲水分流到住戶，只是供水有限，一週三天，一天只有兩個小時，大部分時間人們還是得自求多福。

如果遇上大旱天，只好額外付費叫水車送水。聽說缺水嚴重的時候，水車來回穿梭跑個不停，那車上珍貴的甘霖，還得望穿秋水才能輪到自家門口。

雨水倘若真的供不應求，接著登場的還有經過淡化處理的海水。我們的社區有大型地下儲水槽，常見水車來供水。有時一連幾天刷牙時嘗到淡淡的鹹味，應該就是來自淡化過的海水。

由於水資源得之不易，應運而生的，是隨處可見的投幣洗衣房。剛來時覺得很奇怪，人們大費周章提著沉重的衣籃上洗衣房，既花錢又花時間，為什麼不在自己家裡洗衣服就好呢？後來才明白，很多人家連洗衣機都沒有，倒不是因為買不起，而是因為水少，電貴，看看那一大家子堆成小山高的待洗衣物，怎麼算都不划算。

我常在路上看見兩人合力提著沉重的衣籃，說笑著往洗衣房走去。每次經過洗衣房，不論再晚，裡面燈光亮晃晃，人們在裡面說話閒聊，打發等待的時間，小孩裡裡外外四處亂跑，一副天下昇平模樣。在我看來，洗衣房是他們的另類交誼廳，是聯絡感情理所當然的所在，我幾乎要忘記背後暗藏著水資源時常不敷使用的煩惱。

水源充足又陽光大好的時候，行車途中還是會遇到許多曬衣人家。藍天綠樹碧海，其間橫陳一繩島國花衫，五顏六色，卻排列得特別整齊有序，一件一件大剌剌左右伸展，在陽光下隨風飄揚。雖然只是行車經過匆匆一瞥，每每令我感到特別的驚豔，總是忍不住要停車拍照，留下一幅一幅多彩的畫面。

除了水資源的隱憂，停電，也是不定期現身的小島日常。

如果是預定的電力機組維修，民眾會在幾天前收到手機簡訊通知，多半是一整個白天的時間。有些時候則是完全沒有預期的驟然停電，可能是由於突如其來強勁的風雨或是完全不得而知的原因，反正，周遭就是瞬間安靜下來，你連驚慌都覺得白費力氣，哎呦一聲，默默接受無電可用的事實。

抵達小島的第一天，晚餐由僑胞在餐廳擺桌洗塵。吃到一半，燈光戛然熄滅，一片黑暗中眾人驚呼一聲，隨即立刻笑了。喔喔，第一天就遇上停電，運氣真好！

餐宴後回到家，我們兩個小島新鮮人傻傻站在門口，等待誰來啟動發電機。潮濕的夜風來回梭巡，四周一片漆黑，了無人跡，除了那忽遠忽近的嘈切聲響，我還無法辨認它們究竟來自晚風還是海濤。

誰知夜半，發電機燃油枯竭，突然停止運轉，我們被熱氣驚醒，找到手電筒七手八腳換到靠窗小床，並肩躺著，聽著窗外風聲雨聲，聲聲入耳，等待睡意重新歸來。半睡半醒之間，竟覺自己好似漂浮在大海之間的一葉小舟，失去方向地隨波逐流。

後來才知道，無預期停電是小島生活的小菜一碟，既然上了菜就吃了吧，也不曾聽誰有過抱怨。頂多啊一聲驚呼之後，傾巢而出，外面遊蕩納涼殺時間，安心等待，反正總會等到電力恢復的那一刻。

有許多時候，小島人們逆來順受隨遇而安的本領遠遠超出我們的想像。我十分佩服，但要勉力跟上恐怕還需要一點時間。

電信網絡凸槌出包也是家常便飯。

有一次陪丈夫出席一個餐會，男人們聊正事的時候，兩個太太也一旁愉快暢聊。餐畢，意猶未盡，兩人約好下週續攤喝咖啡聊是非。我忽然想起我的手機ＳＩＭ卡前陣子莫名其妙失效，被迫換了新碼。「我傳個簡訊給妳，」我說：「這樣妳就有我的新號碼了。」

按下送出鍵，我轉頭問她收到了嗎？她一秒都沒遲疑，立刻回答：「也許明天吧！」然後我們倆，相視大笑。

這是一個只有小島人才懂的幽默。

來到小島之前，曾經聽女友說過許多年前的親身經驗，早上傳個簡訊給隔壁上班的先生，薄薄一牆之隔，先生都下班了還沒收到太座一早的指示。其間這則信息到底神遊到哪裡了呢？匪夷所思的效率，島民也只能拿來當成笑話，彼此調侃。

如今雖然偶爾還是會凸槌，但那般誇張的電信情況我們已經很少碰見，只是網路罷工當機依舊不是什麼稀奇的事情。平時信號清晰穩定時，網路速度流量還算暢快，可它要是鬧點脾氣來，連線斷續或直接失訊幾個小時，也一點都不值得大驚小怪。時間久了，跟台灣的家人朋友通話時，要是我突然消失在另一端，怎樣都喚不回來，他們會兀自離開，原地解散，絕對不會繼續苦苦等待。

怎麼可能沒有正事因此被耽擱呢？可也沒聽誰怒氣高漲或是張牙舞爪要去跟誰討個公道，無奈笑一笑，自我解嘲，好像這樣就能彼此得到安慰。

「哎呦！現在已經比以前好太多了！」不論是用水、電力還是網路，我們總是聽見他們這樣說。

在匱乏不便之中還能自得其樂，面對資源有限的生活還能笑口常開，這是馬紹爾人普遍的生活哲學。知足常樂，在這島上不只是一句食之無味的老生常談，在我看來，其實更是一種平常生活的深刻實踐。

畢業生

泗水的木蘭五姊妹，千辛萬苦跳島跨國，飛到馬紹爾來看我。我們共聚了歡快的數日光陰，留下許多僅限於小島無可復刻的美好回憶。

其中一個正午，我們亂入一場高中的畢業典禮。典禮在市區最大的教堂舉行，布置很簡樸可是氣氛很慎重。我們被待之如上賓，戴上花環，坐在前排鋪滿花布的長椅上。沒有冷氣的大堂高溫燠熱，六個台灣女生並肩乖乖坐著，渾身是汗，一句也聽不懂的馬紹爾語透過麥克風嗡嗡作響。兩個小時，我們跟著靜禱，跟著鼓掌，跟著聆聽，跟著微笑，耐心觀禮直到結束。

從此知道，高中畢業典禮在平淡的小島生活裡，是一件振奮人心的大事，對學生和家長來說，也是一個無比重要的人生里程碑。

疫情爆發之後，雖然是全世界少數零確診的國家之一，這年的畢業季來臨之前，馬國政府仍然決定取消所有學校的畢業典禮。「好可惜啊！好失望啊！」我在許多不同的場合聽見許多人嘆氣這樣說。

五月底的某一天，我們從島的另一端搭車回家，行經中途，突然有一長串絡繹不絕的熱鬧車隊迎面而來，好奇如我，立馬搖下車窗探出頭去看個究竟，哇，竟然是馬久羅高中畢業生的花車大遊行。

太有趣了！原來畢業還可以這樣玩！

巨幅照片、氣球、彩帶，大小車輛被妝點得熱鬧滾滾。孩子們頭戴花環，身穿綠色畢業袍，有些站在車斗，有些盤腿占據引擎蓋，甚至還有人大剌剌安坐車頂，興高采烈對著路人揮手打招呼。我伸出手機猛拍照，從第一輛花車一路往下拍，一邊拍一邊跟他們揮手，原本已經興奮不已的孩子們更來勁了，不斷向我招手，還回應我一張又一張的超大笑臉。

車隊漸行漸遠，道路歸於平靜。我不禁感到好奇，歡樂的遊行結束之後，這些孩子們的下一步將何去何從呢？

馬久羅有兩所大學，斐濟南太平洋大學在馬紹爾的USP分校，以及本土出品的馬紹爾大學CMI。兩所大學的學程分別為兩年或三年，類似於預科大學，如果想要取得常規大學的學位，必須前往斐濟或是他國繼續修習足夠的學分。USP和CMI是大部分的當地高中畢業生接下來理所當然的選項。

也有一些家境寬裕的孩子們從此飛到美國或澳洲，進入大學，那將是截然不同的另一種人生。除此之外，他們還有一種探索世界的可能。要是經過嚴格的甄選，取得我國外交部或是國合會提供的獎學金，這些雀屏中選的孩子們將有幾年的時間，得以深刻體驗完全不同於北太平洋島礁的另一種海島新生活。

孩子到台灣念書，對家人來說，是一件值得驕傲的事情。六月的某一天，我開車經過市區的消防局，一張巨幅人像海報吸引了我的目光。海報上的女生穿著黑白相間的學士服，盯著我微微淺笑，那個畫面感覺好熟悉，放慢車速仔細一看，哈，原來是一個留台女大生的畢業學士照。或許是因為疫情關係暫時回不了家，她的家人用這種方式來慶賀與分享女兒畢業的喜悅。把孩子的學士照做成海報，光明正大擺上街頭，昭告天下，家有留台學生的光榮與驕傲，不言而喻。

這一年，同樣也有十一個孩子通過面試甄選，取得留台就學的資格。名單公布之後，這些孩子們應邀來使館做客，接受我們的祝賀，讓不同學校的他們彼此有個認識的機會，同時也可以藉機更加了解自己即將遠赴的，究竟是一個什麼樣的地方。

飯桌上，我端詳著他們每一張青春的臉龐，羞赧中散發著某種正在醞釀的光芒。將近二十年生活在一座單純的小島，每天走著唯一的一條濱海公路，周遭全是打小熟識的親朋好友，我不確定他們是否能夠放膽去想像，即將投入的將會是如何複雜多變與精采有趣的台灣新生活。

逼近開學之前，使館在台灣餐廳宴請學生與家長，召開一個小小的行前說明會，解學生的疑惑也安家長的心。疫情籠罩之下的台灣，何其有幸還能正常上班上學，家長們對孩子們的祝福多於擔憂，而孩子們的期待之心更是溢於言表。餐會結束之前，家長們說要送給我們一個小禮物，一個示意的眼神之後，他們拉開嗓門齊齊唱起歌來。那歌聲柔和真摯，比任何東西都還來得珍貴。

再過幾天，孩子們登機離境的那一晚，我也在現場。

鎖國之後形同空城的機場突然之間大爆滿，我的車子停在好遠的他方。迎著夕陽走近機場，我發現自己立刻淹沒在人群之中。人群，是攜老扶幼傾島而出的親朋好友，擠在小小機場的每個角落，親自為這些離鄉去國的孩子們送上祝福。

行經機場外的草地時，映入眼簾的是一小群人，肩搭著肩頭靠著著頭，圍成一個小圈圈，我猜他們正在為遠行者殷切禱告。夕陽斜斜照在他們的身上，彷彿上帝安靜無聲給了他們一道溫暖的光芒。

整個機場大廳轟隆隆擠滿了人，幾個戴著花環的孩子們被團團圍住，就像是站在舞台的正中央，接收所有人臨行前的無限關愛。夜色漸起的時候，送行的人們開始唱歌，一聲響過一聲，我瞥見不遠處的大海，那浪，一波疊過一波，緩緩沒入粉藍的暮色之中。

我也來為台灣朋友送機。學生們的親朋好友漸次散去，我們幾個人還固守陣地，等著朋友轉身進入候機室前的最後一個擁抱。時間一分一秒過去，機場的登機通知毫無動靜，果然，一點都不意外，飛機延遲了。

在小島搭機，班機延遲是家常便飯，最怕的是臨時取消。我們守著小餐廳的一張桌子，延誤班機的下落漸漸被模糊地描繪成形：原來的飛機因為在跳島中途故障，現在連人帶機停在某一個島，只能等著從關島起飛的另一班飛機前來支援。

等到新的班機抵達馬久羅，那將會是五個小時之後。我們決定解散先行離去的時候，我看見另一桌被不知情的親友留下來的學生們，波瀾不興，鎮定自若的臉上毫無懼色。那之前遲遲不現身的原班飛機，那之後不知道究竟會不會如期到來的救援，那到了夏威夷之後可能錯失的轉機航程，那到了舊金山恐怕趕不及搭上的華航班機，一連串的不確定不知如何是好，對島國的樂天子民來說，好像一陣清風拂面而過，怕什麼？總有順利解決的時候。

青春正盛，旅程才要起步，我打從內心祝福這些畢業生，帶著無畏的勇氣跨步前行，展開全新的人生。

是誰闖入誰的世界

德國朋友米婭搬家那天，我和澳洲的蘇菲以及菲律賓的馬克，一起前去幫忙。單身女子只有少少家當，兩車裝滿跑了一趟，輕而易舉大功告成。

我們站在前院等房東來開門，小雨過後的天空突然出現彩虹，一百八十度的七彩半圓弧完整地橫跨天際，才正讚嘆著，另一道彩虹也隨之浮現，同樣完美的弧線，與第一道彩虹並肩同行。天空被兩道弧線區隔成兩種顏色，上方還是藍天依舊，圓弧之內卻是一片奇異的粉紅，之絕美之神祕，我們全都看呆了過去。

回神過來以後，幾個人開始在草地上跳來跳去，衝去拿相機的，跑過去卡位擺姿勢的，一輪拍完換另一輪，像是孩子般興奮到不知如何是好。

彩虹緩慢離開後，無縫接軌隨後登場的是後院海邊的豪華夕陽，粉紫的天空，火橙的雲彩，映照海面一片色彩斑斕，我們在礁岩上駐足徘徊，恍惚以為來到了夢幻仙境。

「多美的賀禮！」我們不約而同跟米婭說，這真是史上最珍貴的搬家祝福。

藍色的小屋，佇立在小社區的最深處，前面有一片青草地，後院緊鄰內海潟湖，還有一棵大樹相陪。這是一個當地人群聚的典型小島社區，左鄰右社全是馬國在地家庭。我所認識的外國人大多集中住在我們的 Lojkar 社區，聯繫往來十分方便，自成一個馬久羅的小天母。米婭是我所知道唯一住在當地人社區的外國單身女子。

她沒考慮過這個問題。她愛小屋的獨立性，不用再像之前住在公寓時，必須與他人隔著一層薄牆緊密為鄰。縱使上班路途變遠了，她也無所謂，「這小屋越來越有家的感覺。」心滿意足，她不只一次這樣跟我說。

我的另一個台灣朋友卻不這麼認為。她已經在地生活十五年，比起我們，更加了解當地生活的諸多隱藏版細節。「我替她擔心。」第一次到小屋聚會時，她環顧四周，言簡意賅但語重心長，在我耳邊悄聲丟下這句話。

馬國是群聚共享的社會，我們了解字面上的意義，但未必真能體會。有那麼一兩回，我在白天時獨自去了她家後院，意外發現，她的後院不只是她的，也是別人的。左鄰右舍三三兩兩在樹下閒聊，小孩們跑來跑去玩耍嬉戲，彷彿是在自己家那般隨意自在。

「孩子們好可愛，」一開始的時候她無比興奮跟我說：「他們還會幫我裝飾後院矮牆，妳看那一排貝殼，多美！」

看來，她享受小島在地生活的能力超出旁人的預期，這是一件浪漫的美事，我為她感到十分開心。

幾個月之後，小屋發生了一件很離奇的事情。半夜，有喝醉的男子來敲她家後門，還用力轉著門把意圖闖進來，米婭單獨與他周旋對峙多時，最後那男子才悻悻然離去。米婭描述這件事時，不是害怕，而是驚訝。她沒想過，原來，單身女子的獨棟小屋會有這樣的風險存在。

過了幾天，那男子再度前來，隔著門窗還做了一些不雅的舉動，這回米婭不得不報警處理。警察很盡責，在社區裡繞一圈，很快找到那名闖禍的男子，他也不推託，當場認錯，說是因為喝茫了才會失去分寸，很抱歉他絕不再犯同樣的錯誤。

米婭在德國的總公司動作很快，立刻為她聘請了一個當地保全，是個吉里巴斯人，一整個晚上守護在她的門前，不讓醉漢再有脫序演出的機會。她心裡安全踏實了，可也覺得很荒謬，她只是一個小人物，怎麼搞得好像是總統的規格。好氣又好笑，小屋的夢想變得有點荒誕無稽，完全超出她的想像。

她還是很愛她的藍色小屋，但她開始理解到，在這個社區裡，她終究是一個外國人，想用外國人的思維邏輯來融入當地人的社群，恐怕是她自己太過一廂情願。

生活裡有越來越多的挑戰出現。比如說，後院的一組桌椅在某一天不翼而飛，她一頭霧水，不知道該去哪裡尋找。後來才知道，是屋主的親戚擅自搬走借用，遲未歸還。在當地人的邏輯，親朋之間的物件分享可能是理所當然，可她的德國腦袋，怎麼想都想不通，為什麼這人把她的家具兀自搬走卻還可以這麼自在輕鬆？

過了沒多久，當下一個陌生男子半夜來敲門搭訕之後，她決定撤離搬走。再怎麼鍾愛這棟臨海小屋，她都只能選擇退讓。不想再去討論前因後果，她也無意追究誰對誰錯，她只是弄不清楚，這個溫暖的家，誰才是真正的闖入者？

是三番兩次想要潛入香閨的醉漢？是那些在後院閒晃聊天的旁鄰？是那幾個把她的陽台當成遊戲場的孩童？抑或是那群擅自搬走家當的好友親朋？

還是，根本就是她自己？

最美的風景

第一次跟她見面的時候，我還不曾去過伊拜。

大名鼎鼎的伊拜，與美軍基地所在的瓜佳蓮隔海相望，我已經從不少朋友的口中拼湊出它大約的樣貌。擁擠的人口、醜陋的市容、坑坑疤疤的馬路以及沒有綠意的街道，「太平洋最大的貧民窟」，我甚至在網路上搜尋到這樣駭人的評語。

去過兩次的丈夫輕描淡寫跟我說，啊，妳不會喜歡那裡的，整座島光禿禿，連幾棵椰子樹都沒有。也有個日本朋友跟我說，原本預計五天的伊拜行程，她勉強忍耐到第三天，終究因為受不了簡陋的住宿與髒亂的環境，倉皇搭機落跑，從此視彼島為畏途。另外有對澳洲夫妻朋友，傳來幾張他們留宿伊拜的照片，只見一排緊挨著彼此的水泥屋在日光燈下慘淡發著白光，「真是個無聊的地方！」我幾乎可以聽見他倆那照片背後的自言自語。

這些朝拜者的描述活靈活現，我聽得一愣一愣，腦海裡零碎地拼湊出一個大約的輪廓，但我也不忘要留下一大片空白，不給他人介入涉足，留待來日我要親自去完整它。

而她，正港的伊拜女兒，三言兩語，只花了一頓便餐的時間，便大幅顛覆了之前閒雜人等的片面之言。

那天活動結束已是中午時分，各自取餐後我們湊巧坐到了一塊，一邊吃飯一邊禮貌寒暄。當伊拜這個關鍵詞蹦然出現，一時之間電光石火，一場有禮有節的交流忽然變得十分熾烈。她來自那座人們口中的貧民之島，十八歲離家上大學之前，那是她人生的全部。「我愛那塊土地，我愛那塊土地上的那些人。」她的口氣充滿無可抵擋的濃烈愛意。

她用很少的篇幅描述外人所在意所聚焦的惡劣環境，她也不花費力氣鳴鼓伸冤否認那些確實存在的弱點，好像那就是她血液裡光明正大存在的一部分，亂就是亂了，醜就是醜了，無須多言。她亮著一雙美麗的眼睛跟我談的，是人。

近年因為政務工作從伊拜移居馬久羅，她遲遲不能完全融入，因為「找不到那種人與人之間的親密感」。在她的家鄉，社群緊密相連，人們彼此分享，互相幫襯，好比一張細密堅固的網，把每個人箍兜在一起。

她所描述的家鄉，他人聽來或許覺得匪夷所思，可對我而言卻充滿熟悉感，字字句句莫不引領我回到我所長成的台南家鄉。「伊拜最美的風景是人」，當她說出這句話，我全身不由分說起了一陣雞皮疙瘩。

我們談得太忘我，餐盤幾乎還是滿的。另一側的座位上，大使和總統大人似乎也聊得相當盡興，欲罷不能。後來丈夫跟我說，他們一直在側眼觀望兩位女士的動靜，等待著對談可以就此結束的暗號，沒料到時間一分一秒過去，暗號遲遲未來，兩方人馬各自盡興，最後成就了完美的兩席對談。

這席談話機緣正好，再過一個星期我即將第一次飛去瓜佳蓮，再搭船前往伊拜，親自揭開神祕的面紗。離開餐會之前，我答應她，等我回來一定要跟她關室密談，好好分享我的此行感想。

抵達伊拜的那個傍晚，我們在旅館等待專車前去活動現場。天氣熱，所有來客都躲在冷氣大廳等候通知，我一個人站在門口馬路邊，大剌剌，大嬸模樣東張西望。放眼望去，沒有間斷的人群在狹小的街道巷弄裡來往、交錯、流轉，數不清的孩童在每一塊極其有限的空間笑鬧、奔跑、嬉戲。車來車往，馬路像是繁忙的河流不停往前奔竄。眼下這場景，混亂至極，可奇妙的是我一點也不覺煩躁，反而打從心底升起一股莫名的和諧之感。

我被這股混亂之中的和諧所吸引所迷惑，完全沒有餘地注意到人們口耳相傳中又髒又亂又狹窄的群居叢林，是怎樣層層疊疊往外加蓋，以至於你從外面完全看不到盡頭。也沒有特別關注那些霉汙斑駁的房屋外觀與岌岌可危的鐵皮屋頂，是如何趨近符合外面世界對於貧民窟的想像。從我的眼睛看出去，我只

搜尋到有一種神奇的連結，在這些人那些人的中間，和諧地，親密地，向各方延展擴散。「這是一個大家庭」，那正是我所接收到的清晰訊號。

太平洋遙遠的另一端，距離台灣萬里航程的地方，有一股熟悉的溫度湧上我的胸懷。我所長成的南部家鄉，無獨有偶，也曾經以這樣的溫暖孕育過年幼的我。

我站在街頭好久好久，一張不用言說的外國面孔看來不免突兀，但在沒有停止過的人群移動中竟也並不違和，似乎有一股力量自動將我攬入其中，成為社群中自然而然的存在。許多外國人口中不敢恭維的貧窮之地擁擠之島，置身其中，我卻覺得十分溫暖舒暢。

我想那是因為，同樣來自「最美的風景是人」的神奇島鄉，我才能立即在陌生的伊拜搜尋到相同的訊號，迅速取得連結，匯入同一個頻道。

於是從此知道，沒有親自踏上的地方，別急著用別人的經驗言說自己的故事。

漫遊者

有關他的一切，我全憑聽說而來。

聽說他是外島人，家人全都移居美國，有親戚好心收留他，就住在我們社區不遠的小聚落。

可他飄忽不定的影跡大多出沒在市區那一帶，我通常是在駕駛座上不期而遇看見他。車子經過他的身旁時，我會不自主放慢速度，用安全的距離好好端詳他。

精壯的身材，糾結的長髮，寬鬆瀟灑好似求道者的襤褸衣褲，以及手臂上一圈一圈不知所云的巨型橡皮筋，「流浪界的型男」，這是女兒看過照片之後的第一個反應。從此當我再見到他，公路瞬間翻轉成臨海的伸展台，不論那天的他看起來有多髒汙頹廢，我都可以把他身上的打扮想像成今夏最流行的時尚。

「掃地哥」才是我自己給他的封號。比起他的裝扮，更搶眼的是一旁的清潔推車和他手上的一支掃把。我剛來時不明就裡，心中暗自狐疑，這清道夫也未免太過認真，無論晴雨不停清掃馬路，在生活步調不疾不徐的島國，顯得十分突兀。

直到有人告訴我，他不受僱於誰，他只是一名活在自己世界的漫遊者。

不掃地的時候，他手裡抓著掃把，身手矯健快步前行，好像後面有追兵，整個人充滿殺氣。他的身後永遠有幾隻大狗相隨，壯男推車大狗拉成一條移動的隊伍，聲勢十分驚人，就算我在車裡遠觀也不免心生畏懼。

「他不會傷害人，」當地朋友搖頭說：「他不過是個可憐的阿兵哥。」

人們說他年少時離開外島赴美從軍，派駐過阿富汗或是伊拉克（街頭巷語，真實性無從考查），一去多年，再回到島國，已經變成現在的模樣。

難怪他肌肉結實身型壯碩，難怪他勤於勞務以之為樂。他的身體還維持著軍人的運作模式，可他的心靈，不知道弄丟在哪一道殘忍的前線，以至於就算是回到大海溫暖的懷抱，也還是撫慰不了他那空蕩蕩的胸膛。

後來他換季，改穿整套迷彩軍服，褲管破舊襤褸還一高一低，胸前 US ARMY 的字體依舊清晰可辨。我不認識他，可我為他感到隱隱的悲傷。

然而島上的耳語偏偏可以在悲傷中還帶著幾分歡快的戲謔。我後來也在醫院的健康中心門外看過他幾回，聽瑜伽課的朋友說他喜歡我們的一個女同學，雖然人家嚴肅告訴他「我已經結婚了喔」，他還是常常在那裡等著看她一眼跟她聊聊天。有一回我們剛剛下課，他突然旋風般衝進教室尋找心儀的那個她，找不到人，轉身秒速離開，彷彿阿兵哥點火上膛那般激昂慷慨。

那是我第一次如此靠近他，而且還是一個浪漫而不是流浪的他。

小島上的漫遊者不只掃地哥一個。馬路上無止境般遊走的就不只一兩人，衣衫髒汙，眼神渙散，很容易就可以看出相似的屬性。他們，大多很溫和，安靜無聲，直直走向只有自己知道的天涯海角，少數也會有突如其來的攻擊行為，幸好島民們略知他們各自的性格，遇上了也會警醒地閃開，避免給他們出手的機會。

幾家大型超市是他們常常駐足逗留的地方，或許是一種長途跋涉之後進入休息站補給的概念。有一回和超市老闆娘站在門口說話，一個流浪漢突然暴衝，大聲嘶吼還猛拍顧客來車，我嚇得退後好幾步，老闆娘很鎮定，下令員工趕緊拿瓶可樂給他，兩三下就安撫了他。

一瓶可樂，一根香菸，或是一塊錢，小島子民物慾很低，就算是街頭晃蕩的流浪漢也不會藉故誇張自己的野心。知己知彼，相安無事，是人們拿來應對這些可憐人的集體默契。

那天參加一所高中的畢業典禮，台上演講頒獎行禮如儀，一名男子光著上身，堂而皇之在舞台下方閒晃，走過來走過去，好像逛大街一樣，逛累了還乾脆一屁股

坐在一邊，正對著所有的來賓與畢業生。全部的人看在眼裡，卻沒有誰過去攔住他。

我好整以暇等著看畢業典禮上的逛街男最後會是什麼姿態離開。幾分鐘後終於有人靠近他，試圖勸他離場，輕輕拉了一下他的手肘被他立刻甩開，那人不放棄，再輕輕拉一次，他又像泥鰍一樣輕鬆閃避。那人後來從口袋掏出一張小鈔，四兩撥千斤，逛街男隨即鼻子摸摸，起身離去。

這齣小戲當眾演出，一切都在平和無聲中進行，底下觀眾沒有一絲騷動，全場給予專心注目的，大概只有丈夫與我二人。人們對於這些闖入者的脫序演出，給予很大的尊重空間，這點我由衷感到敬佩。

後來才知道，島上還有另外一種漫遊者。有個來小島短期出差的台灣朋友曾經跟我說過，在某外島，她時常看見某個熟人的失智老媽媽在路上閒晃。一開始她覺得很驚訝，名人如他怎麼會放任老人家在外遊蕩？漸漸她才理解，再也沒有比小島更加適合失智長者的地方了。那裡有足夠的安全空間任她漫遊，而且絕對沒有走丟的問題，隨時都有人可以把她平安送回家。

回頭看她自己在台北的失智老父，多年來，只能關在城市的高樓獨自受苦。她不禁要想，如果老父生活在這座島上，是否也可以像這樣被寬待被尊重，還可以自由自在四處遊蕩呢？

「我真羨慕那個老媽媽。」她無比感慨地這樣說：「如果有一天我的人生也走到這個困境，我希望可以回來這裡，重拾自由，成為一個幸福的漫遊者。」

我，暗地裡，也忍不住這樣想著。

小島郊遊

台灣好友來訪的時候，我帶他們去附近的小島郊遊。

不到一年的島國住齡，那時的我對於離開馬久羅坐船去附近小島郊遊這件事，還只是一知半解，以為那合該就是一種偽出國的概念。其標準流程應該是：先在旅館買來回船票，約好出發和返回的上船時間，當天準時出現在碼頭，搭上小船，乘風破浪二十分鐘，登上幾無人跡的小島，然後開始郊遊。

當時我的理解，郊遊的意思是，海灘上戲戲水，樹蔭下吹吹海風看看美景聊聊天，兩三個小時過去，小船依約再度出現，第二回合披頭散髮的航程之後，便可安然返抵馬久羅。

小島住久了，我才漸漸發現，天哪當時我真的是怠慢了遠道而來的客人，那樣陽春的安排充其量只是小島發呆，哪裡算是郊遊？

後來有不少機會被招待到小島去玩，看海玩水放鬆發呆，都只是基本配備，最重要的亮點是野餐。大批物資輪番搬下船，生起火爐把醃肉烤得吱吱作響，各類啤酒飲料在冰桶裡載浮載沉，buffet 菜餚一盆接著一盆一字排開，任你挑選，接下來飽餐暢飲之後的蔭下乘涼，那才真正叫做一個享受。

我們也曾經去過一座蓋有民宿的鄰近小島，主人是一位奧地利老太太，在孤單的小島獨力打造她的南國夢想。有別於其他小島的脂粉未施本色相見，它被妝點成為充滿歐風的雅緻小莊園，家具、畫作、裝飾、書籍，全部都從歐洲飄洋過海而來。我們穿梭其間，會恍惚忘記自己到底身在何方。

我們在陽台上享用歐式午餐，鋪上白巾的長桌上擺滿各式酒杯及大小餐盤，叮叮噹噹層層疊疊，是一種完全逸出時空的熱鬧。那一餐究竟喝了什麼吃了什麼，我的印象十分模糊，一直到回程的船上，我都還有著時空錯置的混沌之感。

而最近的一次，是第一夫人邀請我到馬久羅環礁最末端的小島去郊遊，同遊的是第一夫人俱樂部的女士成員們。

行前我完全不知道活動內容，以為只是一次女士們尋常的輕鬆聚會以及傳統的小島野餐，大樹下看海，草亭下乘涼，然後享用 buffet 餐點，依照外島行程的ＳＯＰ行禮如儀，大功告成之後，即可搭船回港。

去到現場才知道，竟然是第一夫人特別為我量身打造的小島原始生活一日體驗營。

換一個島，平時端莊的女士們全都變了模樣，下了船自動化身強壯女力。搬餐點搬飲料，撿拾乾燥的外層椰皮生火起灶，準備烘烤麵包果。砍椰葉編織餐籃，用鈍刀敲椰殼取椰仁，再削一段椰梗，搗椰漿集椰奶，另起小灶烹煮椰奶蛤肉。還有人專門負責用椰葉和莖絲包裹搗碎的椰肉麵糊，等著放在火中燻烤，成為美味的甜糕。

另一端，亭下ＢＢＱ的石砌爐頭正風風火火擺起陣來。

我一整個看呆。

這是我多次的島遊經驗裡，第一次親眼看見桌上的當地菜餚背後經歷的真實樣貌。

好有趣！我兩眼發亮，好奇心整個大噴發，到處駐足觀望，想找個空隙好把自己也塞進去。

看人家搧扇起火，立馬一屁股坐到旁邊，借把扇子依樣畫葫蘆，接著又學人家蹲在草地埋頭綁椰糕，最後還接手烤肉長夾，一邊撥開濃煙一邊給雞肉翻面。到處探看到處發問到處拍照，這裡聊聊那裡晃晃，傻不愣登，我完全是老土城市人的滑稽模樣。

奇怪的是，往常覺得煩擾的螞蟻啦蒼蠅啦燠熱的天氣啦，當你無法迴避地置身其中，當你沒時間理會它們，當你接受它們只是你生活中的一部分，你反而發現了一種從沒經歷過的，與自然共存的全然和諧。

這小島野餐嘗起來的滋味完全不同於以往，其中多了一味，來自與人之間以及與自然之間的親密連結。我衷心感謝她們如此善意的安排，讓我的小島郊遊更上一層樓，看見更豐富更深刻的島國風貌。

我相信，要是哪一天還有遠方友人再度來訪，現在我有很多選項，樣樣都精采，一定不會教來者失望而歸。

分享的真諦

獨處的白天，我在廚房忙活，突然聽見後院有窸窸窣窣的奇怪聲響，趨近仔細一聽，居然有孩童說話的聲音就在玻璃門的後面響起。

我不敢太貿然出現，站遠遠，透過百葉門簾偷看一眼，兩個小毛頭高高蹲踞在我的圍牆上，緊鄰著木瓜樹，他們腳邊排排隊站了幾顆黃澄澄的小木瓜。

哎呀！那是我的木瓜！

後院那棵木瓜樹長得奇高，我得仰著頭才看得到天空裡的累累結果。那些擠在一起的小木瓜，我管不著也搆不到，通常是熟成之後任它落地腐爛，成了土壤的天然肥料，還因此開枝散葉，長出兩棵木瓜小幼樹，一天一天，向著天空奮力伸展。

這兩個小屁孩，哪來的能耐，竟然可以爬上細瘦的樹幹，一口氣摘下所有的黃木瓜，也實在太厲害！我在門簾後等他們都站穩了，才緩緩現身。木瓜已成他們的囊中物，無關緊要，我唯一擔心的是他們會被我嚇到失足跌落，這可萬萬使不得。

「哈囉！」小屁孩光明正大跟我打招呼，咧開嘴，一口白牙衝著我笑。他嘴裡嘟囔幾句，指著腳邊的木瓜，伸手比個讚，然後隨意挑了兩個放在手心，遠遠向我伸來，意思是，這兩個分妳，妳要不要？

我啼笑皆非，分我？那不是我的嗎？

我隔著紗門搖搖手，跟他重複喊：「你這樣很危險，小心一點！」眼睜睜看著他心滿意足把木瓜兜在上衣裡，身手俐落翻牆而去，消失在我的視線裡。

我呆站在那裡，仰頭看著我的木瓜樹，好氣又好笑。

我心裡不是完全沒有掙扎，怎麼好就這樣輕而易舉放他們走？好歹也要趁機上一堂公民與道德，義正詞嚴加以訓誡，這是我的木瓜，不是你想拿就能拿。可到頭來，我什麼也沒說，只是用慈母般的口吻拚命叮囑，要小心喔要小心喔，最後還和藹說再見，目送他們平安離開我的後院。

之前鄰居曾經氣呼呼來投訴，說她家木瓜被附近小孩翻牆進來偷個精光，香蕉也是，一整串，她費盡苦心細細栽培，眼看著就要等到豐收的季節，才一晃眼，竟然不翼而飛空空如也。「我氣到報警！」她說這話的時候還是氣噗噗，滿腔難以平息的忿忿不平。

警車喔咿喔咿來抓偷木瓜的現行犯嗎？千不該萬不該，我居然噗哧一聲笑出來。

警察可以做什麼嗎？當然沒有，頂多勸誡了事，叫他們快快回家，不要外面亂跑亂摘別人家的木瓜。

這極有可能根本就是觀念的問題，我猜孩子們從頭到尾並不認為這是偷竊，木瓜香蕉天生地養，啊不就是要給大家一起分享，哪裡還要大費周章找警察來？

分享，是島國一樣非常重要的核心價值。剛來時不明所以，鬧過許多笑話，日子久了，才漸漸弄懂這個道理。

有一回晚宴上，看到某位熟識的女議員脖子上好大一串貝殼項鍊，超美，層層堆疊像是寶塔一樣珍貴。我從沒見過那麼豪華的貝殼串鏈，話由真心，止不住連聲說：「好美好美，這是我見過最澎湃的項鍊！」

她很開心聽到我由衷的讚美，仔細跟我說明它的來源出處，是哪個外島才有的雪白貝，又是出自哪個女生的一雙編織巧手。我哇聲連連，還情不自禁伸出手，摸了好幾遍。

下一次見面，她突然送給我一個禮盒，沉甸甸，打開一看，同樣規格的一套豪華貝殼項鍊跳進眼簾，我受寵若驚，她怎麼會如此慷慨如此熱情？而我又怎麼可以收下如此珍貴的禮物？

雖然我拚命擺手搖頭，覺得受之有愧，可是她的一番心意我沒有婉拒的餘地，啞口無言，只能傻傻地一勁說謝謝。

另一回，和某部長伉儷一同飛到外島參加慶典活動，他倆穿了一套綠色的島衫制服，上面的圖案好特別，有海龜跟海馬在水草間自在悠游，「妳這洋裝好美，圖案好特別！」

我彎下腰，張大眼睛盯著看，不改樂於給予讚美的習慣，誠摯表達我的欣賞之意。

她微笑以待，有點害羞，沒有多說什麼。

那個傍晚，回程飛機降落在馬久羅機場，我先下機，走在最前頭，她這時快步追上，突然開口問我：「妳喜歡的顏色是什麼呢？」我不疑有他，以為只是一段尋常的對話，爽快回答：「藍色啊，紫色啊，我最喜歡這兩種顏色。」

幾個星期之後，我突然收到一個意外的包裹，一套藍色的島衫制服四平八穩躺在裡面，抖開仔細瞧，好多海龜和海馬隨著波浪湧現出來。部長夫人居然把她身上那塊布料換成藍色，按照我倆的尺寸，做成一件襯衫一件洋裝，輾轉送來給我。

這一嚇非同小可，怎麼我隨口幾句讚美，換來的都是如此隆重的回饋？當地友人這才告訴我，在小島，要小心，不能隨便稱讚別人的東西，那個意思表達的是：我喜歡。而對方微笑不語的含義很可能是：妳喜歡我就送給妳！

這玩笑開大了，我猛然驚覺，啊！我到底都做了些什麼傻事？

後來跟當地朋友求證是否確實有這樣的說法，才知道分享的習俗並非空穴來風。他還另外幫我補修學分。比如洗衣房的普遍，除了電費昂貴，水源不易，另一個沒被說破的原因是，如果我家裡有了洗衣機，那我不能拒絕親朋好友來使用，水電費用都將是一大額外的負荷。另外一樁，為什麼很多人家房子裡面家徒四壁，空空如也？表面的答案是，如果有親友來借住，晚上睡墊鋪一鋪，一間空廳要擠十個人都沒問題。但另一個檯面下的解答是，家裡擺了家具，要是有人看中意想要搬回去，喔喔，你也得欣然同意。

不能說不，因為分享是天經地義的事。

所以說，我怎麼能夠呼天搶地對著兩個摘瓜的小毛頭高聲說不呢？他們笑嘻嘻正要翻牆而去的同時，我不知道為什麼也是咧著一張嘴，笑咪咪，那意思不言而喻：慢走喔，歡迎光臨，下次再來！

小島數年，我猜，我已經逐漸懂得了分享的真諦。

外島速寫

一

越來越了解什麼叫做萍水相逢。

飛往 Kwajalein 的飛機，中間先停了另一個外島 Ailinglapalap。短短十分鐘，有人下機，有貨落地，還有幾個未到站的乘客，趁機下來伸伸懶腰透透氣。

我其實不記得之前是否來過這座島了，在位子上躊躇了幾秒，結果忍不住還是下機往椰林走了一小段。幾分鐘裡，我跟擦肩而過的島民頷首微笑，跟一棟藍色的臨海小屋遠遠問好，最後停在椰樹下，小坐半晌。

然後說再見，轉身繼續未竟的飛行。

隔天，從 Kwajalein 飛回馬久羅的途中，停的是另一個外島，Likiep。

飛機即將降落之前，從機窗俯瞰另一片藍色海灣，在另一個十分鐘的開端，走向另一片椰林，遇上另一群人，隨意說幾句話，隨意拍幾張照片，留下一張張乾淨無染的笑顏。

汪洋大海中的萍水相逢，一閃而過的交會，你知道，那是再也無可複製的短暫光輝。

二

這是第幾次飛來 Kwajalein 的伊拜了呢？我其實已經數不清楚。但這是第一次，我們趁著夜色來臨之前，沿著馬路，慢慢走上一大圈。

人煙稠密，雞犬相聞，伊拜就像是一個與世隔絕的大村莊。黃昏時分，孩童們各據一方玩耍嬉戲，大人們三兩群聚家常閒聊，彷彿約好似地，整個村莊放鬆下來，一起迎接夜晚的來臨。

我手上抓著相機，不時停下腳步來照相。好大一朵笑容絲毫都不扭捏作態的孩童，好大一片漂浮在簡陋屋舍上方橘紅色的雲彩，還有在緊鄰著大海的教會中專心聽道的教友身影，以及藍紫色的天空裡初初升起的一牙新月，都一一被我的快門收納，存進記憶匣。

這些畫面看似平常，但我真正想捕捉的，其實，是一種用言語難以完整陳述的，人與土地之間的親密之境與和睦之感。

這座看來壅塞樸拙的貧瘠小島，此時此刻，卻讓人覺著難以言喻的豐沛與溫暖。

三

一年一度的 Jaru Day。

第二度飛來這座島，我的鏡頭裡不再只是幾乎要滿溢出來的藍色海景，更多的主角，是在地的子民。

夾道歡迎望之不盡的漫長人龍，烈日下揮汗遊行的數百孩童，音樂中起舞的少女少男，觀眾席上優雅微笑的耆老，以及許多張凝望遠方全然不覺被攝影者聚焦的美麗面容。

按每一次快門，搶每一個瞬間，偷來每一則無聲的故事，留待時間慢慢去說。

四

距離馬久羅一個小時飛行航程的東北外島 Ailuk。

隨同丈夫出訪外島不是一件輕鬆的差事。迷你小飛機幾乎沒有冷氣，透明窗戶亮敞敞任憑陽光長驅直入，座位直挺挺不能調整，螺旋槳引擎只隔著一層薄壁，一路轟轟作響。很難坐好，很難睡著，忍耐，忍耐，忍耐，終點就快到，我只能一直跟自己精神喊話。

接著重頭戲登場。日正當中，我們坐在搭棚下進行典禮，黑色的帆布大口大口吸飽陽光，聚集的熱氣從上往下輻散，再加上正前方白花花的水泥地以及一旁屋舍銀閃閃的鐵皮屋頂，聯手將陽光反射而來，氣溫飆漲，好像在洗三溫暖。

忍耐，我一直催眠自己，要忍耐。島民們如此盛情如此辛苦款待我們，做客人的再怎麼不爭氣也得拿出點魄力來。

當地的孩子們也一樣不容易，好好的一個週末，聚集一起枯坐一旁，聽著大人們嚴肅漫長的演講。還好有來自馬久羅的蛋糕和冰淇淋，滋味甜美，刷亮了他們的臉龐。

而我，炎夏之中，還好有孩子們的笑臉，天真無邪，沁涼了我的心房。

五

往南飛，十六人座的小飛機，五十分鐘後降落在 Namdrik 島礁。

兩年前剛到馬紹爾不久時我們來過一回，再度踏上這座島，竟然有種重逢老友的歡快。其實也不過就是有過那麼一丁點前緣，可那鏡頭裡的每一張笑顏，看起來，不知道為什麼都是如此熟悉親切。

正午時分，冗長的演講一個接著一個，Namdrik活動中心雖然是開放通風的空間，但仍然不免高溫燠熱，坐在身旁的第一夫人作勢遞來一把扇子，我跟她搖搖頭，從自己包裡掏出準備好的小扇，「我也有。」我噘著嘴型無聲回應，同時回報以感激的微笑。

兩個小時的典禮，全程馬紹爾文進行。兩年多了，我們已經練就一身功夫，明明腦袋放空可臉上隨時保持凝神專注的表情，那是一種基本的禮貌，讓主人知道，我的耳朵聽不懂可是我的心與你們同在。

好像靜坐修行一樣。

六

Wotho，北方外島，從馬久羅出發，搭乘十幾人座的螺旋槳飛機前往一個多小時航程以外的

Kwajalein，下機等待加油載客，半小時後重新登機。沿著低空的雲層上方，貼著大海飛行，半個小時之後，降落在碧海環繞的椰樹島礁。

來回一共四趟的飛行，機上唯一的空姐重複了四遍安全說明。我靠窗而坐，相機不離手，在昏睡與清醒、夢境與快門之間，反覆徘徊。

我萬萬捨不得錯過任何一次飛經某一座大小環礁的珍貴瞬間。從那盞小小的神奇視窗往下探，連綿不絕的汪洋大海中，你可以立即接收到礁岩或陸地即將浮出海面的訊號。我無法用言語形容的藍，無法歸類的各種深淺濃淡，圍繞著每一塊微小零碎的礁岩以及被綠色椰叢覆蓋的每一方陸面，漸層暈染，一幀又一幀藍色的潑墨畫，用你完全無法預料的布局揮毫落筆，熱烈地迎向你，經過你，然後忽然之間消失無蹤。

有時候也有彩虹在雲裡若隱若現，還來不及細看，它隨即秒散，緊接著，另一道彩虹又在另一朵雲端忽忽現身，又瞬間解離。數之不盡的快閃虹群，虛實難辨，我曾經一度懷疑我正遊走在現實與夢境的邊緣。

我究竟經歷了如何一段如真似假的奇幻航程呢？

我想，只有這些穿梭在寤寐與清醒之間所拍的照片，能夠代我回答這個問題。

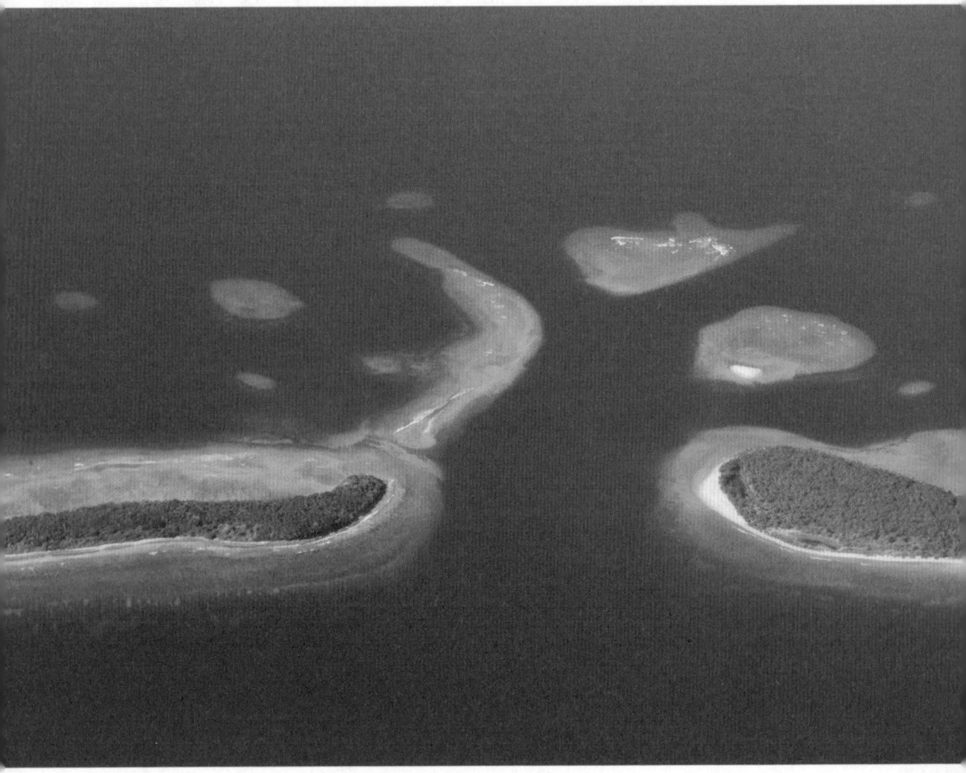

七

Wotho 市長夫人的名字也叫做 Jasmine。

兩個 Jasmine 站在藍白相間的教堂前面聊天，頭頂上的雲天乾淨到通透無比，身後的大海碧藍到虛幻不實，遠遠望去紋風不動，好像布景一般。

此時 Wotho Day 的活動已近尾聲，外地湧入的與會者即將搭飛機或搭船漸次離開。如果扣除這些短暫停留的旅客，移開這熱鬧歡慶的一天，小島，合該回返到原本的什麼模樣呢？

對於台灣 Jasmine 的疑問，馬紹爾 Jasmine 溫柔地給了答案。

太平洋中的孤單島礁，遠離塵囂，對外飛機兩週一班，倘若遇上狀況飛機不來只能繼續等待也並不奇怪。住民不滿百人，全島僅僅一所中小學，唯有兩輛皮卡車，只靠太陽能發電，不久之前有了電信網路設備，剛剛與外面的世界建立起空中連結。雖然我們來的這一天，網路不知道為什麼依舊完全連不上線。

唯有來到現場才能體會，關於小島，關於淨土，在詩意和浪漫的另一面，是現實生活裡各種你意想不到的考驗。

然而這些不便對島民而言是否可以稱得上是考驗呢？我想這其中藏著唯有他們才懂的萬語千言，而那並不是我們外人可以輕易理解。

海王子與赤足公主

不是沒有搭船出海過，可是從來沒有遇過像這樣生猛的海浪。簡直是整整一個小時的雲霄飛車。我緊閉眼睛，一手摳住丈夫的手，一手抓著船緣，把自己捲成一顆球，窩在船頭某個角落，在心裡分秒倒數抵達陸地重回自由的時刻。可那船身起伏之頻繁與巨大完全無可估算，任憑我怎麼叨叨念數，那風平浪靜的彼岸仍然是遙不可及。

隨行者中五歲的小男孩，被爸爸無尾熊般抱著，坐在船尾邊上，一開始，興奮的尖叫聲隨著每一個大浪在空氣中爆響，還不停咕咕笑著。十分鐘後，當他發現那好玩刺激的雲霄飛車不僅只運行一個回合，也就安靜下來，乖乖等著遊戲結束的時候。

風浪太險，就算是長年在海島生活的馬國人似乎也都默默承受著不適，除了大浪拍擊船身的聲響，整船一片寂然。更何況是我們呢？下船的時候，我和孩子的媽媽彼此看著刷白的臉色，忍不住有了同舟共濟的倖存之感。

可那五歲小娃，才剛上岸，已經淋著雨追著椰子樹叢裡的公雞，啊啊啊尖叫聲四起，好不開心。

Arno，離馬久羅最近的一個外島，我們受邀來參加島主新蓋旅館的開幕典禮。

整片高聳入雲的椰林，被一條小泥路一分為二，走到底，站著一棟雅緻的嶄新旅館，後門一打開，那陰雨天裡的大海浮著一層夢幻的碧藍，聲聲呼喚著一行遠來的訪客。

距離典禮還有一段時間，我冒著細雨在白色的沙灘來回慢走，年輕的爸媽也在，因為那五歲的海王子早已野放在浪裡沙間，盡情戲耍奔跑，沒有一刻停歇。爸媽兩人跟前跟後，像是兩盞移動燈塔，細心看守，指點方向，不時提防著他，可別一個忘情嗨過頭，直直衝進大浪裡面。

雖然陰雨綿綿，但我在他小小的身影裡看見一整個碧空無垠的大好晴天。

這座島，旅館再好，海景再美，大人們心裡恐怕總還是盤算著，待會兒順利完成任務，就可以回到尋常的生活，上網，吹冷氣，上館子。可小孩才不這麼想，這島，有沙灘可以自由狂奔，有海浪可以盡情追逐，有葉子可以採，有雞群可以追，有螃蟹可以抓，到底有哪裡不好玩？

下午的回程路上，風平浪靜，我們大大鬆了一口氣，安穩等待馬久羅浮現在海浪的盡頭。而那海王子，玩得太努力，早已精疲力盡，沉沉睡在媽媽的懷裡。他的夢裡，海廣天闊，物我合一，我猜，應該全是笑意。

我不得不承認，五歲的小男孩，比起我們都還要融入在地的生活。

兩年前小男孩還沒來的時候，隻身在小島工作的爸爸不時被旁人問起：「什麼時候太太小孩才會來啊？」他那時顯得稍有猶豫，似乎還在肯定與否定之間搖擺不定。有一次都已經回鄉準備好要把母子倆一起接來了，終究在離開前作罷，仍舊唯他一人孤獨回返。

我能理解他的心情，要把城市的幼童帶來小島生活，想必會有不少糾結。醫療、教育、環境，種種考量，要是認真細想起來，恐怕需要足夠的勇氣才能下定決心。前思後想又過了半年，他們一家人才終於在小島團圓。

我們總是無法不用大人的思維替孩子著想，但孩子們適應的能力也往往超出我們的想像。小男童用很快的速度變成一個海島的小孩，天生地養，活潑開放，喜歡賴在海邊玩，蹲在礁岩之間尋找魚蟹的蹤影，說到海鰻海星就會開心到兩隻眼睛一閃一閃亮晶晶。

爸爸工作很忙，媽媽時常開車帶他尋找海邊的每一個祕密基地，陪他盡情探索自然的奧祕。有一個下午，陽光炙烈，我開車經過一大片退潮後的礁岩，看見他們的小車停在最前面，人不知道去了哪裡。我忍不住好奇也跟著停下車，往海濱走，尋找兩人的蹤影。礁岩崎嶇難行，走了好久，才看見烈日下一大一小的身影正蹲在一處大礁石堆，頭湊著頭專心搜尋螃蟹的影跡。媽媽抬頭無奈看著我，說：「他就是不回家啊！」

也曾經幾度在天黑的社區，看到母子倆才從海堤深處狼狽現身，正要往家裡走去。小男孩一身濕答答，好大一張笑臉，興奮無比給我看他水桶裡的小魚小螃蟹，那表情，簡直是豐收的馬國漁夫臉上的心滿意足。

來自小島的滋養，他自然而然長成一個海王子，黝黑結實，在大海的懷抱中，日日成長茁壯。這恐怕是當初大人們始料未及的快樂結局。

把城市小孩變成大海之子的魔法其實並不稀奇。我們所在的外國社區，一到傍晚，孩子們傾

巢而出，成群結伴玩耍嬉戲，他們來自世界不同的國家，可是他們身上都自帶海島的氣息，那是城市孩子少見的無拘無束與自由自在。

也有個六歲的美國小女孩，在社區孩子裡彷彿是大姊頭般的存在，走路有風，用一種統領三軍的氣勢，走在童群裡的最C位，很難不讓人一眼就看見她。

她長得很美，精緻如洋娃娃的五官，要是打扮起來應該是個小公主的模樣。可她一頭褐色亂髮隨意撒開，T恤短褲灑脫自在，最離奇的是，她總是赤足而行。一開始以為是偶然，也許是她一時之間找不到鞋，幾次過後我才確認，喔，這是個不愛穿鞋的小美女。

無論何時，不管晴雨，我在社區見到的她永遠都光著一雙小腳丫。柏油路上，草地上，甚至石子路上，她都走得光明正大。不痛嗎？不燙嗎？不怕受傷嗎？我問過她媽媽，她聳肩，無奈回答：「沒辦法，我說服不了她。」

我在社區走路運動的時候，曾經假想著跟她一樣赤足走上一圈。我鞋下經過的碎石、樹枝、坑洞、水窪，或是高溫蒸騰的柏油路面，都教我避之唯恐不及。我真好奇，到底為什麼她卻能夠面不改色甘之如飴？

一雙赤足，與土地緊密連結在一起，自在灑脫，一點畏懼都沒有，那其中必定有些什麼是大人已經遺忘的生命本能，才會知道該如何趨吉避凶，又該如何把崎嶇的險路走成輕鬆的坦途。

海王子與赤足公主，異曲同工的怡然自得，順隨著大自然的脈絡成長與生活。還在小島與城市邊緣躊躇徘徊的大人們，加滿勁，卯足全力，恐怕也很難跟上他們的節奏。

就跳舞吧！

前兩次的雙十國慶酒會，台灣僑界的女生們組隊上台表演舞蹈，精采的演出贏得滿堂喝采。其中一回，表演結束前，我們加碼一段高山青，把台下各國賓客邀上舞台，手舞足蹈，共舞同歡，緊接著把整支隊伍拉往台下，化身成一道舞動的人龍，踏著原住民的舞步，蜿蜒穿梭在數十張圓桌之間。舞曲中間不停有人加進來，人龍越變越長，幾十個人手拉手，踩著相同的舞步，一路舞回高台，在擁抱與歡呼聲中結束舞曲，達到晚會的最高潮。

淋漓暢快的十五分鐘演出，背後是長達兩三個月的練習。一週兩回，夜間七點，我們從各方匯集到台灣餐廳，在阿美族老闆娘的帶領下，一個動作一個小節，慢慢琢磨，不斷練習，每每跳到大汗淋漓才可以收工回家。

舞群成員大抵是商界老闆娘，或是優秀女力，全都具備台灣人異地打拚的堅韌毅力，一遍練完再一遍，從沒聽過誰有一句怨言。求好心切，明明只是業餘表演，也沒打算隨隨便便虛應了事。

台灣人的硬頸精神，就算來到太平洋的小島，也絲毫沒有「收斂」的跡象。維護邦交，使館每一個同仁都是拚命三郎，把辦公室當成7-11，任勞任怨還全年無休。技術團團員教導當地人養豬種菜，把荒地變成綠野一片，把小豬養得肥滋滋，緊盯著進度，比當地人還要來得著急。台商呢？也一樣，埋頭苦幹，從零開始墾荒闢地，等到一抬頭，數十年光陰忽忽過去，分別坐擁專業領地，無人可替。

而我們，就算只是短短幾分鐘的演出，那舞，也要跳得淋漓盡致，不辱使命。

不光是舞要跳得到位，舞衣也馬虎不得。打從開始排舞練習，幾人分頭上網購買行頭，再想辦法從台灣輾轉托運過來，無論如何都想做到盡善盡美。如此大費周章，好像是天經地義的事情。從老團員的描述聽來，之前她們甚且量身訂製舞衣，花錢花心思，只為了上台的那晚能夠百花盛放，成為傳說中不凋的一幕榮景。

我是新人，兀自認定完美的演出是一項傳統，再好一點，可以更好一點，我義無反顧也想打造另一個無可挑剔的完美。

成功演出後的那一夜，賓客散去，換掉舞衣的女生們圍著圓桌慶功，有人一杯接著一杯醉到

心花怒放，有人如釋重負酒後吐真言，一隻蓮花指不偏不倚朝向我這邊，半嗔半怨：「都是她啦，搞得我好緊張！」

我回頭看，後方再無他人，說的竟然就是我。我嚇了一大跳，原來我不只鞭策自己，也催促著別人的完美無缺。

好抱歉好抱歉，什麼時候竟然變成了舞步的糾察隊，提醒這個，糾正那個，成為別人壓力的來源卻完全不曾有一丁點的自覺。

這一年國慶酒會的台灣舞蹈表演，因為阿美族老師滯美未歸開了天窗。「那我們邀請馬國外貿部的女職員一起表演當地舞蹈？」我想起前幾年她們在聖誕晚會上跳了一首馬國傳統舞蹈，舞姿十分曼妙，充滿海島韻味，教人看了不喝也醉。

只是一個浪漫的念想而已，沒想到馬方外貿部的十個女職員外加我館的兩個家眷，居然可以趕在酒會一個月前倉促成軍。可是，一個月？我心裡不免滿滿都是問號，以往的練舞經驗，起碼也要花兩三個月的時間跟舞曲兩相廝磨，才能夠情投意合，一個月的時間怎麼可能來得及呢？

對方好像一點都不著急，慢條斯理，好不容易才發出第一次的練習通知。她們從城中一路開來機場的貴賓室，不疾不徐放音樂，站好各自的位置，二話不說跳了一遍。我和年輕的台灣美眉傻傻跟著跳，完全追不上她們的舞步。緊接著她們又兀自跳了一回，完全沒有意思要分解動作一一講解。我一看苗頭不對，趕緊拿出手機錄下完整的影片。情勢看來不妙，這舞，恐怕只能靠自己回家惡補，依樣畫葫蘆了。

兩個台灣女生回家對著鏡子反覆苦練，下次再回來，腳步還是跟不上節拍，圈圈永遠轉錯方向，她們看了我倆的拙樣也只是微微笑，隨便妳舞弄，愛怎麼跳就怎麼跳，沒人在乎也沒人認真替妳打分數。

我這才總算意會過來，對她們而言，跳舞是一件輕鬆愉快的事情，只需自然融入，不用刻意學習。這個舞台上，沒有老師與學生的區別，同樂，似乎是唯一共同的起點與終點。

酒會之前，我們總共只練了三回，一回頂多跳個三遍，還不是每次全員到齊，總是有人落隊沒有出現。可愛的駐台大使阿嬤剛好回來度假，臨時被抓來當我的舞伴，她只來得及參加最後一次的練習。

「反正我就靠妳了喔！」她離開練習場地的時候，一派氣定神閒。

而服裝呢？同一塊布料領了各自去找裁縫，樣式各顯神通，沒有任何規矩方圓。我和台灣美眉在菲律賓裁縫那裡想破頭，最後還是選了相同剪裁的魚尾長洋裝。而平時完全看不出端倪的舞伴們，臨到表演當天，一人一襲別出心裁絕無重複的花洋裝，頭上頂著各領風騷的彩色花環，婀娜多姿，舞都還沒跳呢，已經是風情萬種。

她們身上有一種態度，意思是，安啦！就跳舞吧，一切都會水到渠成！

一共練習不到十遍的舞碼，上了台，燈光灑下來，照樣跳得舞姿曼妙引人入勝。那匆促加入的大使阿嬤，笑咪咪沉著上台，幾度腳步踏差幾乎要對著別人投懷送抱，輕輕悄悄扭個腰換個方向，也沒人看出什麼不該的波瀾。

不用為了舞步完美苦練三個月，不用為了服裝整齊大張旗鼓，這舞，也同樣可以贏得滿堂喝采。

就跳舞吧！緊張什麼呢？

安啦！原來一切真的都會水到渠成！

見證

要見證過哪些變化更替，才能算是把異地住成他鄉？

剛搬來小島的頭一年，我根本無法專心開車。車窗外海景太過夢幻，我很難不分心放慢速度來拍照，幸好這只有一條公路的小島，不難找到前無來車後無追兵的獨享時刻。

出社區，右轉，左手邊有一塊小海堤，幾棵椰樹隨意生長，孩子們嬉鬧玩耍，出沒在樹影之間，漸層的藍色海水就在身後閃耀著迷人的光輝。那畫面，好美好美。

雖然被內外海夾擊擁抱，但在這條海岸公路上，想在市區直接看到廣闊海景的機會並不多。房子一棟過了又是一棟，椰子樹麵包果樹林投果樹，一叢接著一叢，大多數的海岸都成了人家的後院，絕美的海岸線，我們無緣目睹，只能憑空想像。

所以特別珍惜還能與大海直面相視的少少機會。

另一個我常路經的點，在垃圾山的正對面，那裡有一大塊難得的空堤。每當陽光大好的日子，那海面好藍好藍，各種不同色度的藍一層一層往外拓展開散，無比浪漫。我常常在公路中間直接把車停下來，趁著四下無人屏息貪看。人們要坐多遠的飛機去到多麼避世的小島才能一窺這樣的景象，而我何其幸運，可以天天置身於如此的天堂。

我的手機裡躺著數不清的藍色照片，那天那海，沒有一張是一模一樣的複製貼上，拍了一年了，還是不曾有過感到厭倦的時候。

兩個開敞敞的祕密景點，我暗地跟小島立了租約，假裝那是我也可以擁有的專屬後院。

我當然沒想過可以天長地久享有，但也從沒想過我還沒離開這塊土地，這兩項專利已經憑空消失。

有一天，附近空堤的椰樹突然被整排腰斬，連根拔起，清空，青草味夾帶著塵土的氣息瀰漫

在空氣中散之不去，預告著一個舊時空的即將結束。沒幾日，大型工程車進來了，填土，推平，灌漿，鋪上水泥，蓋起海牆，不出幾個月的時間，海岸線完全消失，大海一點一滴隱沒在海牆的後面，連海浪呼吸的聲音都再也完全聽不見。

我曾經的後院變成一大片停車空地，我感到無比失落。

垃圾山對面的那片海，緊接著也被怪手侵入，無止盡地挖掘再挖掘，海岸線被推擠被扭曲被永遠改變，我問不出原因，只能抓緊時間，日復一日捕捉海堤僅存的風情。倖存的藍色海水，還是很美，我只要小心把鏡頭避開那些突兀的機械銅鐵，還是可以假裝跟它本色相見，並沒有什麼太大的不同。

工程緩慢地進行了一年，他們填出一大片新生地，藍色的海岸線退到最遠，再也不復婀娜多姿的風采，暗淡地待在垃圾場的最邊邊。

是的，好意外的結局，我曾經耽溺其中的藍色後院成了小島第二座垃圾場，和對面的垃圾山隔著一條馬路，風塵相望。

這幾年，我所目睹的不只是日漸消失的堤岸，還有拔地而起的高樓。

市區有片臨街空地施工了好久，一樓一樓緩慢往上堆疊，在你還沒意會過來的時候，他已經長成了五層樓高的小伙子。「這是做什麼的？辦公大樓嗎？商場餐廳嗎？」大家彼此探詢，眾說紛紜，也沒誰說得出真正的用途。當建築終於完工成型，現代的外觀儼然成為市區的明顯新地標，人們這才確定這是一棟嶄新的住辦大樓。

大樓落成啟用，首先開幕的是傳聞已久的頂樓酒吧。

島上有幾家小型酒吧，有時我會跟知心女友在黃昏的時候相偕喝一杯。常去光顧的那一家開放式酒吧，桌椅老舊，燈光昏黃，我們就著一盞微弱的黃燈泡喝啤酒啃雞翅，還得用手機照明才看得清楚食物。有時夕陽相陪，偶爾小雨霏霏，還有幾次肥鼠咻咻飛過眼前，我們互看一眼，什麼都沒說，低下頭，繼續吃炸魚薯條，舔舔手指，再喝一口啤酒，絲毫不為所動。

心滿意足啊，小島娛樂這樣就已足夠，不能再要求更多。一直到五樓酒吧開門營業，那歷史篇章翻了好大一頁，一時之間還真是喜出望外到說不出話來。

第一次和丈夫去探險，一進門拐個彎，看見電梯矗立面前，眼淚快要掉下來，在島上整整三年，沒見過這樣東西，我們幾乎是攜手一躍而入。兩扇鐵門緩緩闔上，顯示樓層的藍色螢幕蓄勢待發，同時還「有人」開始說話，「現在是一樓！」我們面面相覷，樂不可支，又互相驚喊：「它還會說話欸！」簡直是興奮到失去理智。

這是我們在島上第一次登上五樓，從一個未曾有過的高度與角度，鳥瞰住了一千多個日子的土地。

總算清楚看見，唯一的公路是如何形單影隻向前延伸，其上的車輛又是如何潮水般湧動不絕。也是第一次看見無際的大海是怎樣從遠方奔流而來，搖曳著白色的裙襬，成為一幀壯闊的背景布幔。而那些停泊於內海的船隻，也很神奇，高低錯落，層次分明，就像是曾經習以為常的一幅平版畫，突然之間，變得油畫般生動而立體。

噢！原來我們是住在這樣的馬久羅。

酒吧三面全是玻璃牆，澎湃洶湧的外海，波光粼粼的內海，還有漁船停靠的港灣，裝在巨幅畫框裡，用不同的姿態等待著你的到來。內裝乾淨明亮，精緻的下酒菜看得一清二楚，別說是老鼠了，連一隻蒼蠅都飛不進來。

我們選了戶外的位置，倚著欄杆，飲一瓶 Corona，配點 Poke，來盤 Quesadilla，就著海景，有時說說話，有時相對無語，直到一顆星星安靜地從海面升起。

小島的某個衰微與興盛，我曾經是一個微小的見證者。

曾經擁有，曾經目睹改變，曾經在心中跟它無聲告別，也曾經看它從無到有寫下新頁。我站在小島歷史的某一個邊緣，見證過每一顆逗點是如何演變成一顆終於的句點。此後，來人將無從得知我駐足過的轉折，何其幸運啊，我的短暫存在於是成了無可取代的一小段永遠。

悲憫

居住了一千多個晨昏的馬久羅，堅守了形同鎖國的小島兩年多，隨著丈夫造訪了十多個大小外島，如此之後，我看待我腳下每一塊世外淨土的眼光，已經大大不同於以往。

以前飛去外島，我的目光所及，除了無一不絕美的碧藍海岸，此外，便是崎嶇不平的椰林泥巴路，克難搭建的簡陋木板民房，燠熱難耐的高溫高濕，唯賴卡車接駁的公共交通，沒冷氣沒網路沒醫院沒高等學校，沒餐廳沒超市沒有齊全的生活物資，只有椰子林投果麵包果芋頭海魚土雞得以自給自足。

我一次又一次搭乘螺旋槳小飛機降落在泥土地，花上幾個小時的時間，親眼見證外島生活的大不易，然後懷著悲憫的心情離開這些小島。

後來事情漸漸變得有點不一樣。

不知道從什麼時候開始，從我的鏡頭看出去，藍天碧海之餘，更多的，是人們，是一種獨一無二的小島精神。

三三兩兩錯落在椰子樹下乘涼聊天的人群，挨著彼此坐在棚下參加儀式的老少婦孺，長者們臉上布滿自然的風霜，孩子們的笑容乾淨純潔像是晴空，眼睛發亮好比太陽映照著海洋。這些人，唱歌有如天籟，跳舞隨興而自在。以外面世界的眼光來打量，百思不得其解，明明就是艱困匱乏的孤島生活，可他們臉上，卻總是有著某種無以名之的光彩。

我花了很長的時間才漸漸了解，那是回歸原始貼近自然才得以生成的生命光輝，才會懂得的安適知足。

「我衷心喜歡那樣簡單過活。」最近有個年長的馬國朋友跟我描述她從小成長的外島生活：「吃飯，睡覺，勞動，大家一起椰作編織釣魚，每天都有做不完的活，閒時我們就在海邊戲水游泳，在椰林泥地騎腳踏車，在樹上攀爬，在野地奔跑玩耍，那是城市生活絕對沒有的自在快活。」

她瞇著眼睛，無比神往：「簡單而富足，自然而飽滿，那是我來日退休後最想要的生活！」說話時她的臉上閃耀著動人的光彩，我為之震懾，把原本所有出自於城市人的愚蠢疑惑，一個一個，默默吞進肚子裡。

原來我所看見的艱苦，很可能是外來者自以為是的單向解讀。

驚駭之餘，開始反思自己可怕的淺薄。對於物質表象的執著，對於富足與貧窮的刻板界線，我腦袋裡的想法是如此根深柢固難以轉圜，竟然從來沒有想過，如果轉個身換個角度，小島便會以不同的面向運行開展，那向度，完全超出我的想像。

幸福不會只有一種定義，也不是只有一種模樣。

前陣子，我的攝影師好朋友飛到南邊外島 Ebon 拍攝影片，預期一個禮拜就要搭機回轉。不太意外地，歸期到了，一週僅只一班的飛機取消了。雖然他也知道這是外島常有的突發狀況，但還是受到很大的衝擊，一時之間難以接受這個臨時的改變，整個人全然陷入風暴式的抗拒狀態。

原本醉心不已的絕美海岸，以及為之傾倒的小島風情，在飛機取消的瞬間化為烏有。沒有網路，他不能與家人聯絡，消失在外島的他形同與世隔絕，他開始懷疑自己從此將被世人遺忘。無所事事的閒晃變成氣憤無奈的頹廢，睡了一個星期的教堂地板也忽然到了忍耐的極限，他感覺自己「整個被困住了！」滿肚子的焦慮、憤怒、著急，像是走到了懸崖的邊緣。

但，能怎麼辦呢？無計可施，他只能被迫與眼下的僵局和解。心裡再怎麼過不去日子還是會過去，他的每一個今天都比昨天還要認命一點點，還要甘願一些些，在外面世界遺忘他之前，他一天一天逐日遺忘對外面世界的既有貪戀。

只能隨遇而安，無能改變的情境，他臣服，他漸漸放棄無謂的抗拒。

有一天清晨，他一個人走在海灘，四下無人，除了海浪再無一點聲響，太陽正從海面上緩緩升起，陽光照在他的眼簾，海風輕拂他的臉龐，細沙撫摩著他的雙足，藍天白雲樹木草地各自安好存在，瞬間，有一個念頭突然闖進他的腦袋，「萬物都是如此安然自在，為什麼就我不能呢？」

好像有一道閃電當空而下，他突然感到一股前所未有的幸福感，如同海浪一層一層不停湧上來，將他完全淹沒，「這輩子，我從來沒有那樣幸福過！」他說從那刻開始，出不去的小島生活，對他來說變成一種難以言喻的享受。

聽他說到這裡，我當下起了全身的雞皮疙瘩。會不會生命根本就是如此簡單，當你放下全力張滿的弓，撒手，無所求，放棄對抗，臣服於此時此地，那麼，幸福就會把門打開，歡迎你進來？

而會不會對外人來說千難萬難窺見的幸福，對島人而言只是一種再簡單不過的自然而然？

以前每次離開外島，飛機起飛時，窗外島民們揮手的身影一閃而過，我心中總有一種把他們「留在」孤島然後自己轉身回到城裡生活的隱約愧疚感。

如今的我對於曾經的自作多情自以為是感到十分汗顏，其實，哪裡是他們被我們「留下來」，反而，是我們被他們「送離開」。

這世界，到底誰才是真正的幸福？究竟是誰該悲憫誰，又是誰該欣羨誰？

不存在的電影院

除了幾間深夜小酒吧，島上沒有娛樂場所。

很多年前，市區曾經有一家電影院，還有一家保齡球館，據說最後都因為生意清淡收支難以平衡而被迫歇業。兩棟建築現在都已經成為古蹟般的存在，破舊傾頹。我開車經過時會多看一眼，很難憑空想像有電影可看有保齡球可打的小島會是怎樣鬧騰的模樣。

我所認識的小島，順隨自然的運行，日升日落，潮起潮退，人們安於樸素寧靜的生活節奏，那些對外在世界來說理所當然的熱鬧繁華，對他們來說不是非有不可的必然需求。

現在的我，也已經不是非要什麼不可。小島生活過下來，曾經澎湃的購物慾望幾乎丟入大海隱匿不見，除了必要的生活採買，想不起來已經多久我

沒買過新衣新鞋，更別提昂貴無用的名牌新包。無處可買自是當然，但更大的原因是，幾件衣服兩雙鞋一個包對我來說已經足夠，我想不出來我就一個我，為什麼這些身外之物總還需要更好或更多？

唯二放不下的念想是書店和電影院。那都是可以讓我暫時把自己交託出去，忘卻現實，戲耍遨遊的另一個神祕時空。我無比思念徜徉其中的自由自在。

書店是過分的奢望了。幸運的是，在小島，我還有些少少的機會，得以重溫往日電影院的美好氛圍。

第一次看電影，是在酒吧。一名德國攝影師花了數年的時間，拍攝了一支馬紹爾的紀錄片，內容是關於氣候變遷的切身議題。酒吧旁有一個圓弧屋頂的大型場地，架起銀幕，擺滿塑膠椅，把各國的觀眾放進去，再加上爆米花和炸魚薯條的免費供應，儼然就是電影院的架式。

電影裡面的場景都是我們熟悉的地方，幾位受訪的島民也是平時身邊出沒的朋友，看著他們在銀幕上侃侃而談，那種感覺十分奇妙。有人既是銀幕裡的演員又是台下的觀眾，電影結束還繼續擔綱座談會的一名要員，是當天最忙碌的人。

非常新鮮有趣的經驗，可是太過實際，跟我對電影院的想像（或需求）差距太大。我真正想念的，是一種看電影的美好氛圍。

德國女朋友有一個溫暖的窩，對異鄉人來說，燈光昏黃的客廳以及香氣充滿的小廚房都釋放出一種家的信號，召喚著我們前來。最特別的是她擁有一座大露台，那是我們絕無僅有的星月電影院的祕密所在。

入夜，我們從島的各方帶著食物前來集合。主人的德國蔬菜湯還在小爐噗哧噗哧滾著，我帶來高麗菜水煎包，日本女生做了關東煮起司鳥蛋串，義大利媽媽買了一個海綿蛋糕，菲律賓男生裝了兩大碗爆米花，隔壁的澳洲媽媽挾帶了兩歲的小男娃。食物全部搬到露台小桌，架好投影機，各自尋個地方，或席地而坐或找張椅子隨便窩，遙控器一按，電影就要鳴鑼開場。

自然是二輪電影院，打在白牆上的 Lalaland、鐘樓怪人，都是好萊塢的陳年舊片，這座露台上，我真正享受的不光是電影本身，更是看電影這件事。

此時此刻，大海的呼吸輕聲起伏就在幾尺之外，晚風無比柔軟輕撫著我的臉龐，銀幕上方，一輪滿月散發飽滿的光芒，幾顆星斗閃爍著微光，一起映照在我們頭上。還有白雲，一大朵一大朵緩慢游移在夜空，清晰可辨，教人忘記你其實身處暗夜。

也曾經一回，銀幕上女主角旋轉著大圓裙與男主角翩然起舞的時候，天空突然灑下毛毛細雨，當你伸出手心，驚覺它也正如劇情般浪漫地存在，鵝毛般的雨絲卻又即刻消逸無蹤。

如夢似幻的星月電影院，我不禁要想，日後當我離開小島，回想起那些夜晚，是否也會懷疑它是否曾經真實地存在？

貳 是如此解鎖寂寞

海島女孩

她總是獨來獨往，一個人住在島的另一端，後院就是汪洋大海，周圍一大片荒草蔓延，幾乎要把小木屋隱藏起來，不仔細瞧還真看不出大門躲在什麼地方。

明明已經是七旬熟齡，可她依舊行動矯健，每天清晨，她穿著一襲花洋裝從家裡出發，沿著濱海公路，走上四十五分鐘左右的路程去上班，中午休息時間，有時她會攔輛計程車到市區瑜伽練習，超市採買或是銀行辦事。人們看見的她總是形單影隻，但你不會替她感到寂寞，怎麼看，你都覺得她一個人得理直氣壯。

過去兩年，她意外受傷過幾回，在外島騎腳踏車摔傷大腿，上班路上跌傷腳踝，有一天在街頭還走著走著突然昏倒，被路人送進醫院，醒來額頭腫了一個大包。畢竟年歲日增，她看起來總算有了那麼一丁點老態，只不過她的腰桿還是永遠挺得筆直，瓷娃娃般精緻的巴掌小臉，亮晶晶的灰藍雙眼，她縱使一頭銀髮卻還是像個女孩那般神采奕奕，對這個世界充滿無限的好奇。

瑜伽課共學一段時間了，我們只是約略知道她是島上外國移民的元老，與當地人有過一段婚姻，一兒一女長居美國。除此之外，她對我們來說，始終還是一個謎樣的人。

一直到有一次課前閒聊，不確定是哪個點觸動了她，突然她興致一來，破天荒主動提起她的小島前半生，我們聽得無比入神，那天的瑜伽練習整整延後了二十分鐘才開始。幾個女生意猶未盡，課後還拚命撒嬌央求她，人家想聽故事的完整版啦！可不可以找一天給我們細說從頭？

她竟然也樂意。打鐵趁熱，下一個週末清晨，四個不同國籍的女生聚集在一家小小的當地食堂，在三雙眼睛殷切的注視下，她打開塵封的記憶匣，以驚人的記憶力，描述三十幾年前的一點一滴。

只能說，人生如戲，而她主演的這齣戲實在太過傳奇。

從那天開始，我好像才真正認識我的瑜伽老同學。以前只覺得她剛毅，跟人保持一定的距離，不喜旁人主動親近，有時在島上其他地方遇見她，直接被她視為路人甲乙，說聲嗨，連寒暄都自動省略，隨即轉身離去，就好像我們只是見過一面的陌生人那樣乾脆。

現在才好像有點懂了，她不是冷漠或疏離或不近人情，她不過只是乾脆而已。

這座島國，實現過她天真爛漫的青春理想，但也粉碎過她對婚姻家庭的純情夢幻。人生的繁華與失落，寬闊與糾結，她全都經歷過，如今塵埃隨著年歲漸次落定，我猜，或許她只想順服自己的心意，過上一種總算可以乾脆的熟年生活。

她說一切都是父親起的頭。幼時父親買了很多世界地理雜誌，她像海綿吸水般沉浸在書裡那些廣闊無比的精采異世界。成長於美國內陸小城，她尤其渴望海洋的滋潤，開始夢想有朝一日能夠在小島過活，才十幾歲，她已經預備好，總有一天她一定要向著遙遠的島國展翅高飛。

大學一畢業，才二十出頭，她追隨志工團體從美國大陸飛來太平洋島國。當年她降落的那塊土地，徹底溢出我們如今的想像，原始而荒涼，完全符合大洋孤島的模樣。坐上卡車後車斗，從市區到 Laura，泥石路上，無止無盡顛簸跳躍，得花上三四個小時的車程才到得了，中間遇到輪胎壞掉還得下車，守在路邊漫長等待。一群美國來的大孩子，天不怕地不怕，全新的世界開展在眼前，沒有辛苦只有新鮮，外人看來艱困的環境，對他們而言只不過是實現理想的過程中必經的環節，一點都不值得拿來炫耀說嘴。

在馬久羅待了幾個星期後，她被分發到外島，搭船得花上好幾天的時間，才能到得了那座更加荒僻的境外之島。當時她年輕力壯，熱情充滿，關於島上的那些人那些事，回想起來莫不是各種驚奇的樂趣。她熱愛這座太平洋島國，就算之後期滿離開，她也確信這是她命中注定未來必將回返的地方。

許多年後她再回來小島工作，並沒有想過接下來的人生將因此遭遇顛覆性的巨大轉變。關鍵性的那一年，她的當地摯友難產過世，生死一線之間，她允諾代為照顧嗷嗷待哺的稚子以及甫才出生的幼女。一個未婚的外國年輕女子，對一雙孩兒視如己出，傾心看顧，只為了不枉摯友臨走之前的一句託孤。再後來，孩子的爸爸出乎意料向她求婚，她雖然震驚，幾經考慮，最終決定接收摯友遺留下來的未竟人生。

重情重義，並不意味著她的異國婚姻可以走得比別人更加順利。當地話說得再流暢，海島文化研究得再透澈，在地習俗觀察得再細微，她都還只是一名半途闖入的西方女子，無論如何也替不了摯友原先的位置。各種文化衝突不可避免地在生活中漸次浮現，家庭觀、金錢觀、教育觀、婚姻觀，關關不同，美國大陸與太平洋島嶼之間的巨大間隙，絕非竭盡全力就可以輕易抹平。

無法真正融入，可也無法避免衝突，妥協與對抗相互拉扯，爭執不休。她悲哀地發現，一天一天，她變成一個連自己都不認識的人。當初來到小島是為了實踐自我，如今卻把自己弄丟，這哪裡是她最初想要的生活？

磕磕絆絆過了十年，她最終還是選擇投降，帶著兩個孩子離開小島，回到美國開始全新的生活，靠著一個人的薪水養活一家三口。在遙遠世界的另一端，她繼續堅守當年對好友的承諾。

一直到小孩長大成人，數十寒暑過去，因緣際會她又受聘回到小島工作。這時，她已經來到中年的尾端，無法捨棄的大海夢，不曾須臾離開的小島魂，始終靜靜等著她回頭。

「妳會在街頭遇到前夫或是以前的家人嗎？」

「會啊！」她笑說：「擦肩而過，就跟陌生人一樣。」

當年巨浪般強烈的恩怨情仇早已止息，如同那藍色的潟湖一樣平靜無波。小島獨居十年來，她早已練就一種置身事外的生活態度，別人怎麼看她，巷弄間有什麼流言，她從不證實或辯駁，也從不給外人添油加醋的機會。說穿了，她根本無所謂。不拖泥帶水，她活得很乾脆。

在我看來，她是永遠不老的海島女孩，日復一日，穿著花洋裝，不管他人的眼光，走在唯一的沿海公路，繼續未竟的小島旅途。

很美，很酷，很天真，也很勇敢，是我那七十歲的海島女孩。

邦誼與友誼

我跟兩個女友約在旅館的餐廳吃早餐，一大早，陽光還沒完全從海面上甦醒，熱騰騰的鬆餅剛剛上桌，我才咬了一口，手機突然響起，奇怪了，是丈夫辦公室的祕書打來的電話。

「請您現在趕去醫院急診室，大使剛剛趕著參加活動，在旅館的停車場跌倒受傷，現在正在急診室治療！」

放下電話，我沒說話，繼續吃了一口鬆餅，深吸一口氣，這才推開椅子站起來，跟不明所以的兩個女生說：「我先生被送去醫院，抱歉，我得先走一步。」隨即匆忙離開。

短短五分鐘的車程，我的心中起伏不定。丈夫明明也在旅館的另一端參加美國退伍軍人協會的紀念活動，怎麼一牆之隔幾分之差他竟然受了傷出了意外？難怪剛才好像依稀聽到救護車的聲音在附近停留，原來是為了我的丈夫在奔忙，而我卻安坐餐廳裡面喝咖啡，渾然不覺。

趕到急診室，停好車，同事已經一臉驚慌站在門口等候。我直直走進去，最底的診療室裡面，丈夫躺在診療檯上，額頭臉頰都有傷，還在滲著血。

靠過去他的身邊，我握住他的手。「很抱歉，給妳添麻煩了！」是他先開的口，冷靜但虛弱地這樣說。

要是平時聽了這種溫情充滿的話語，我應該會立刻鼻酸落淚，可眼下不是感性軟弱的時候。我審視了他的傷勢，顴骨上一大塊血痕看起來是皮肉擦傷，額頭的那道傷口沿著眉毛的弧度裂開一條深縫，開敞敞，血汪汪，正等著外科醫生來收拾。

急診醫生說這傷口很深，必須縫合，但醫院的三名外科醫生，一名因為疫情困在夏威夷回不來，一名剛好休假，另一名正在手術室開刀，還得等上幾個小時才會出來。

怎麼辦呢？傷者就被晾在一盞白燈下，虛弱，驚嚇，還有滿腹的無可奈何，此時此刻能做的事情，只是靜靜地等待。我始終握著他的手，貼在他的身側，讓他有山可靠，不覺孤單。

可他其實並不孤單。

沒多久，等不到大使現身的馬方官員得知他意外受傷的消息，一個一個，從活動典禮當中默默離開桌位，上車，先後趕到醫院。

第一位到來的是總統。他緊緊握著丈夫的雙手，眉頭微蹙，眼神黯然，輕聲細語徐徐詢問，做的每一個動作，說的每一句話，都輕到感覺不出一絲鑿痕。總統平時是個溫文儒雅的人，不多話，不誇張，在這特別的時刻也是如常的舉措，但現場的人都清楚感受到那溫和中的強大力量，那絕不僅只是官方禮儀，也不是外交辭令，而是一份誠摯的關心與遺憾，真真切切撫慰到了傷者的心。

總統才剛離開，外貿部長緊接著趕到。他還沒現身，聲音已經先行奪門而來。外長開朗健談，有一種可以把壞事收納藏妥的本事，好像沒有什麼值得捶胸頓足大驚小怪。他一邊表達驚訝與難過，一邊不忘夾雜幾句輕鬆的玩笑，嘻嘻哈哈，成功化解了不少丈夫的焦慮與不安。說笑完畢，他接著就在診療床邊跟病人正經八百談起公事，一樁接著一樁，一聊十多分鐘。他恐怕十分了解丈夫的個性，對嗜公務如莫大樂趣的丈夫來說，這些話題應該才是最最強效的鎮定劑。

當然外長不光是來插科打諢說說笑笑而已，他的憂心閃爍在刻意的戲謔裡，雖然我在一旁賣傻助陣，但也看得一清二楚。

還有衛生部長，也隨即趕來。

衛長是多年前第一個在台灣取得碩士學位的馬國留學生，他與我們有著一份特別的感情。他遠遠站在門口，停留好幾秒，雙手捂著胸口，看向丈夫，不發一語，接著緩步靠近床沿，雙手還撫在胸前，側著頭，看著丈夫，不說話，又是幾秒鐘。彷彿是電影的一段特寫鏡頭，需要緩慢推進，需要時間琢磨，才能明確表達那說不出口的千言萬語。

「我的朋友，你還好嗎？」終於打破沉默，他緊緊握住丈夫的雙手，又是久久，久久。

我別過頭，第一顆軟弱的眼淚被眼前這個溫柔的壯漢給瞬間逼了出來，沿著臉頰，偷偷滑落在沒人看見的地方。

這些即時出現的官員，在公文往來中謹遵規格，在正式場合上行禮如儀，然而在這間簡陋的還飛著蒼蠅的診療室裡，都只是一個又一個情真意切的好朋友。

他們都離去之後，休假中臨時被急叩回醫院的外科醫師匆忙現身，一頭大汗的馬紹爾年輕醫師，和善而靦腆，心細手巧的他，一針一線密密縫合傷口，像是縫製一件精緻的手工藝品那般全神貫注。

縫合完成，上藥完畢，丈夫起身移坐到輪椅上，被幾個人簇擁著送進醫院進行其他檢查，先照X光確定有沒有傷到骨頭，再接受眼科醫生檢查是否影響到視力。這期間，診間外始終有名男子無言守候，我看他覺著面熟，一時之間想不出來在哪裡見過。他從頭到尾不曾穿過人群靠過來跟丈夫致意說話，一個人站在離診間有點遠的角落，滿臉的憂愁，無言的關心溢於言表，緊緊盯著我們的動向，沉默跟隨。

眼科檢查進行到一半，祕書靠過來傳話，說是原本應該正在機場搭機的大酋長，把所有等候起飛的貴賓晾在一旁，執意親自趕來醫院探望，正在急診室門口等著他。

怎麼好讓上了年紀又地位崇高的大酋長在外等候呢？我們很心急，可檢查還是得按部就班完成，等丈夫被推出醫院，已經二十分鐘過去。我們一眼看見滿頭白髮的大酋長拄著拐杖，含著腰，神色嚴肅站在門口。

他俯下身，緊緊握著丈夫的手，輕輕拍，像是慈愛的長者撫慰跌跤的幼童，口氣溫柔，連聲說：「沒事的，沒事的，沒事了！」

大酋長的地位太過偉岸崇高，我不敢造次靠得太近，只能站在有點距離的後方不知所措一逕傻笑，可為什麼，笑著笑著，有一層薄霧迷濛了我的視線，眼前變成模糊一片。

而那名我不知道姓名的隨行男子，在我們上車即將離去的時候，才隱退消失在人群之間。我後來才想起來，他是外貿部的司長，或許他是職責所在奉命留下觀察丈夫的病況，可沉默無語的他，那眼神中所流露的巨大焦灼與擔憂，絕對不是聽命於誰的不得不然。

那是朋友之間才有的真情流露。

這些人，教我如何不相信，我們所努力朝向的邦誼永固，其背後，也正是可貴的友誼長存。

夫人與攝影師

小島上，我有個忘年之交，每隔一段時間我們會相約碰面聊聊天，談話的內容天南地北，從藝術的珍貴到靈性的光輝，講著講著總能激盪出意外的火花，每每轉眼兩三個小時過去，兩人必須各自返回崗位了，卻都還是意猶未盡。

除了偶爾餐聚暢談，我們更常碰面的機會其實是在各種活動的現場。

這三十幾歲的小孩，貴為富裕商二代，他卻喜歡當個總是無酬的攝影師，他說那是一份理所當然可以衝鋒陷陣挺進熱區的工作。手上的相機，是他光明正大的識別證。

在小島，這些那些場合，我也總是被安置在第一線，距離舞台最近的地方。甚且許多時候，我直接端坐在舞台上，面對台下的與會者，觀賞，同時也被觀賞。

我的識別證是我的丈夫，沾他的光，我才能順勢取得搖滾區的入場券。

大使夫人和獵影人，常常同時出現在各種前線。我在貴賓席乖乖坐著，舉措有度，行禮如儀。他不同，獵人那般神出鬼沒，哪裡有畫面，他立馬往哪裡奔去，舉起相機，給光給快門還給一個不變的瞬間永恆。

表面上看起來，第一排的貴賓們，居高臨下獨享一覽無遺的榮寵，可其實，全場唯他才是獨一無二的直搗黃龍。

那一天，國際婦女日的慶祝活動，臨時搭起的舞台上，我和丈夫比肩坐在首排，旁邊緊鄰著總統伉儷。活動開始前一刻，我們攝影師這天一改趿拖鞋綁馬尾的藝術家造型，戴上漁夫帽，穿好休閒鞋，托著相機，出現在台下邊邊。我和他隔空相互使了眼色，那個意思是說：誒誒，要鳴鑼開場了，扮好你（妳）的角色囉！

我的位置正對著講台後方，是總覽講者背影的最佳視角。今天的典禮主持人是馬紹爾小姐，我盯著她曼妙的紫色背影，想像她正面的無限風情。與此同時，台下攝影師無遮無攔游移在舞台的前方，左拍右拍，鏡頭裡唾手可得的巧笑倩兮，我只能眼巴巴憑空想像。

我有點羨慕他。不過沒關係，我好整以暇細細端詳著的婀娜背影，澎湃及臀的波浪捲髮，他也無緣觸及。

我們各據現場的正反兩端，而故事，本來就有不同的面向。

第一夫人演講時，我看不到她正面的表情，反而注意到她講台後方的一雙腳趾塗上了黑色邊緣的法式美甲。教育部長戴著一席草帽說話，風來時，她幾度伸手抓緊帽緣，我無緣欣賞她鎮定自若侃侃而談的神態，倒是注意到她脖子後方的髮根深處藏了一小行精巧的刺青，隨著頭部的動作若隱若現。

儘管如此，我還是必須承認，比起我，他仍然擁有絕佳優勢，那是絕對的自由。

台下婦女團體表演舞蹈時，他穿梭其間大動作找尋絕美定格，此時台上的我只能輕輕搖頭晃腦，如何也無法透過柱子與講台看到表演全貌。

再比如，活動進行至尾聲，某位講者正在台上說話，我稍微傾身右側，斜斜瞥見台下的來賓座位區發生了一點小插曲。有個流浪漢從場外搖手擺腳走進來，後頭尾隨著兩隻大狗，好大陣仗擠坐在前排兩位女士的中間。一如馬紹爾人慣有的和善，兩旁女士們沒有出言制止，也沒有面露嫌惡，只是稍有距離略見尷尬地與他搭話，還任由他與一雙狗兒當著總統官員的面前歡快嬉戲。

那畫面好有故事，我字句迅速寫下，儲存在腦袋裡的草稿匣，只是可惜了那有趣的畫面沒能及時捕捉下來。我幾度極力按捺住起身拍照的衝動，不只因為那將會太過唐突，也是因為距離太遠，就算手機鏡頭拉到最近，也不過是沒有脈絡可尋的大約輪廓。

原本專注拍著講者的他，一眼瞥見那光景，轉身悄悄走到流浪漢面前，蹲下身，跟他打個手勢，留下了我想留下的瞬間。

不知道他有沒有聽見，我在心裡跟他說謝謝。

他曾經說過，他越來越喜歡攝影，因為他可以親身貼近好多在地的故事。我想，世代差距一點都不妨礙我們是同類的人，差別只在於，故事描繪形成的過程，他是用相機，而我是用筆。

我們都擁有一種無以名之只能概括稱為熱情的東西，對於命運給予的這份禮物，我們心存無比的感激，盼望著不要輕易辜負這可貴難得的恩賜。

嘿！攝影師，下次再來跟大使夫人喝一杯，碧海藍天的跟前，我們來交換那些現場的正面與反面，以及彼此捕捉不到的珍貴瞬間。
我相信，這樣的小島故事，肯定更加趨近於完整無缺。

飛魚小孩

嚴肅的正式餐會進行到一半，氣氛開始變得有點活潑，當話題來到他最愛的釣魚時，話鋒一轉，他說想分享一則他的童年趣事。

那是一個關於飛魚的故事。

十歲那年的某一天，父親計畫隔天傍晚出海捕飛魚。飛翔的魚？他瞪大一雙黝黑的眼，閃著興奮的光芒，連聲央求父親一同出海。

「不行！你年紀還小，那太危險！」父親一口回絕，沒有商量的餘地。

他也不忙著爭辯，暗自決定無論如何他一定會跟上這段航程。隔天一早，天還沒亮，趁著大家都還在睡夢當中，他摸黑偷偷上船，躲在小小的船艙，鐵了心，耐心等待傍晚的到來。太陽出來以後，船艙悶熱難耐，時間過得特別慢，再加上飢腸轆轆，一分一秒非常難熬。可他安靜地躲藏，怎麼樣也不願意放棄他已經設定的目標。

那個年代，孩子一大段時間沒出現在眼前好像也不是一件值得驚慌的事情，有時候他和友伴划著獨木舟出海遊蕩，玩到天黑了才回家，也好像沒有人發現。

他就像一隻小貓安安靜靜窩在小小的船艙。終於挨過白天來到傍晚，他感覺到有人靠近船隻，沒多久，船身開始緩慢移動，這是最後關鍵的一刻了，他屏息以待，直到海浪拍打船身的聲音規律傳來，他才從船艙裡面一寸一寸冒出來。

「你這小子，怎麼會在這裡？」父親大驚失色看著他，氣噗噗，厲聲喊著說：「我要把你丟到大海裡！」

他當然沒被父親丟到海裡餵鯊魚。那一夜，他親眼目睹了大人們與飛魚交手的精采過程，飛魚張開翅膀好像在燈火下飛翔，那景象奇幻無比。父親口中危險的禁忌，因為他的執拗，因為他的擅於安靜等待，變成他這輩子難以忘懷的記憶，也是老後都還能夠拿來炫耀的無上勝利。

這故事，他說得很起勁，臉上還有著十歲男孩的洋洋得意。我們聽得很入神，像是跟著他躲在船艙，跟著出現在大海上，共同經歷了一場神奇之旅。

我突然想通了一件事情。

我之前在台灣朋友的固定聚會裡遇過他好幾次。一桌把酒言歡的鄉親裡，他顯得特別安靜。當大家用他聽不懂的話語爭相說著有趣的話題，他沉默不語，安坐桌子的一角，在與他無關的聲浪裡隨波逐流，在旁人哄堂大笑的時候會心微笑，彷彿心領神會。他吃菜，乾杯，聆聽，或是乾脆放空，安然存在於自己的世界。

要是我，澎湃大海裡一朵掉隊的浪花，一定會覺得不安而尷尬。我一直很好奇，他為什麼可以這樣安然自在，好比一個鬧市裡的隱者，對滾滾紅塵完全不為所動。有時候我會用英文跟他聊上幾句，搭個便橋讓他進入話題，他上了橋，走了小小一段，接著又不著痕跡走回橋的另一端，悄無聲息坐回自己的老地方。

原來，他安靜埋伏的本領其來有自。

那天的餐會，說完飛魚的故事，他興致正好，又說了另一個台灣旅程中的有趣經驗。

那一年，孩子在台灣念書，他們夫妻趁機去依親小住一段時間。有時深夜睡不著，他一個人去外面蹓躂，沒有誰發現他消失在異鄉月夜的家門前。

他在附近的巷弄之間晃蕩，無意間發現一間小酒吧，他走進去找個角落坐下來。店裡全是台灣人，熱熱鬧鬧唱著歌，說著他完全陌生的語言，唯他一人獨自喝著啤酒，顯得特別孤單。他享受那種氛圍，別人怎麼看怎麼想，他其實無所謂。

酒吧老闆也不諳英文，儘管他已經算是常客，也沒法多跟他攀談幾句。一直到有一晚，店裡來了一個會說中文的外國客人，他才總算有機會開口，遠方島國的政壇老將，從此身世大白。

原本默默坐在角落安靜喝啤酒的小人物，聚光燈突然之間啪一聲打在他的頭頂，那積蘊多時埋伏已久的光芒，一束一束盛放，像是一叢煙花一樣。

從此以後，他出入酒吧的姿態變得光明正大，大家會跟他隨意哈拉，用蹩腳的英文找他閒聊，他不再是一個來路不明的阿逗啊。他還是獨自喝著台灣啤酒，可是他開始上台唱歌，一首接著一首，盡情在孤獨與熱鬧之間自在遊走。「我老婆到現在恐怕還不知道，」他眨眼笑說：「那是我在台灣時，最快樂的一段祕密時光。」

直到此刻我才懂，或許，他的心中一直有個飛魚小孩，用躲藏在船艙的姿態，在未來人生的某些時刻，安靜埋伏，耐心等待他終於可以探出頭的那一刻，緩緩到來。

萊蒂西婭

在朋友家的喬遷餐聚上，遇見我的鄰居萊蒂西婭。

她坐在長椅的最裡端，夜色裡燈光微弱，依舊清楚映照出她滿臉的憂愁。

這不是我認識的萊蒂西婭。來自哥倫比亞的她爽朗樂觀，一口西班牙口音濃厚的英文洪亮有力，不論在哪裡，總是伴隨著寬八度的笑聲。那個萊蒂西婭，去了哪裡？

原來她正在經歷一段人生中非常艱難的時刻。

她在大學裡面做海島農業研究的工作。才剛幾個月之前，她在研究室拿刀剖椰子，一不小心剁了自己手掌虎口好大一道傷口，當場血流如注，緊急被送去護理站縫合，好一段時間才緩慢復原。把手掌當椰子砍的認真研究員，完全沒料到如今會突然收到學校的不續聘通知。

不光是她，一樣在大學工作的丈夫也同時飯碗不保。三個十幾歲的女兒們都還在英文學校念書，原本的規劃是起碼等到大女兒高中畢業才離開小島，這下子，計畫趕不上變化，一切都在瞬間亂了腳步。

「我的研究項目甚至都還沒完成呢！」她嘆了很深一口氣，無奈至極，原本以為理當是穩定妥當的工作，卻無緣無故被中途腰斬，她萬千茫然，都不知道該去跟誰要答案。

我挪了位置，從長椅的這端移到她的面前，一旁的朋友們正在月下烤肉，對著大海飲酒盡歡，唯獨我們倆，小桌對坐，一盞黃燈下，對答的是人生的艱難以及生命的關卡。我決定善盡一名聽者的職責，讓她不停地訴說，任她發洩心中的煩憂與怒火。

萊蒂西婭一家是典型的候鳥家庭，結婚前，她和阿根廷丈夫談的就是注定漂泊奔波的遠距戀愛，兩人經歷了許多挫折與考驗才終於修成正果。結婚之後，他們遠離家鄉的舒適圈，逐工作而居，不論移防駐紮在世界哪個角落，他們一家人總是緊密相依，不曾分離。

這個家讓我覺著十分熟悉，在他們身上，我看到了自己流浪的影跡。

兩年前才認識這個家庭沒多久，他們突然從這個島集體消失，整整九個月。其中原由十分曲折離奇。疫情爆發之初，小島上的我們還沒意識到外面世界用很快的速度正在翻轉改變，他們按照原訂計畫，趁著假期空檔飛往紐西蘭訪友兼看牙醫。一家人才抵達斐濟準備轉機，一夕之間，紐西蘭疫情驟變，即刻宣布關閉國界，他們只好懸崖勒馬趕緊回頭，萬萬沒料到，一轉頭，馬紹爾的國門居然也在同一時間哐啷上鎖！

一家人被卡在莫名其妙的轉機點，前進不得後退無門，你看我我看你，一整個傻眼。訪友未果，看牙不成，都算了，都無所謂，可接下來夫妻倆還得上班，女兒們還要上學，還有一棟房子一隻貓咪在小島盼著他們歸來。看看手上僅有的幾卡行囊，這下該怎麼辦？簡直是無語問蒼天。

九個月之後，當萊蒂西婭在小島餐桌上描述這段經歷時，生動的口吻配上激動的表情，活靈活現，把當時極其混亂的現場瞬間帶回到我們的眼前。可當我們哇哇哇表達驚訝與同情時，她已經劇情大翻轉，用快轉的速度，把悲劇當成喜劇來演。

「人生，不就是這樣嗎？」她聳肩，雙手一攤，「遇上了，總是有辦法可以解決！」

幸好有朋友慷慨提供免費的住處，就在市區，購物出入都十分便利。幸好大學的研究工作隔海仍可如常進行，不會耽擱進度。幸好孩子們的學校同意視訊上課，不至於中斷學習。幸好，一家五口齊心協力，共同面對一起解決難題。「就當成是天上掉下來的一段長假囉！」她笑笑說。

開闊的大人領著勇敢的小孩，起初的焦慮又被一家人住成了平靜，他們一邊盡情享受突來的斐濟長假，一邊持續打探可以回家的消息。一個月一個月過去，「結果，我們一天比一天還要喜歡斐濟。哈哈哈！」她大笑，下了這樣的結論。

這段不可思議的遭遇，已經成為他們家的傳奇。人們口耳相傳著他們被疫情綁架的荒謬離奇，而我看見的是這一家人隨遇而安的本領，以及同舟共度的家庭特質，讓我由衷感到尊敬。

可這晚，她看起來幾乎就要被現實打敗，夫妻同時失業，孩子們面臨輟學的危險，接下來更大的挑戰是即將到期的居留期限，她雙手托著前額，激昂之後的無盡沉默，令人忍不住也跟著焦急。我注視著她，盡我所能說了一些鼓勵的話，說著說著，不知不覺之間還是忍不住與她幾度淚眼相對。

離開前，我給她一個超級大擁抱，隔兩天，我烤了一大盆肉桂卷，送到她的家門前。門一開，一股家的溫暖襲面而來，女兒們依舊歡鬧如常，她與丈夫熟悉的熱情就像往日一般。這可愛又可敬的一家人啊，我是否能夠給他們一點微薄的安慰？

某一天，在社區的黃昏，我與她擦身而過時，沒有一句寒暄，她開口就大聲說：「給我一個女士之夜！我需要喝一杯，我需要有人可以痛快聊聊天！」

我完全接收到她語氣裡的迫切，幾天後，三個不同國籍的好朋友集中在中國餐廳的小包廂，聽憑她的處置。這回她沒哭，驚懼已成過去，取而代之的是奮力求生中的一股怒氣。夫妻倆找到臨時的工作，日子就要看見一絲曙光，可關於工作簽證官部門等等等等所有的力不從心，她就像隻無頭蒼蠅，依舊找不到正確的途徑可以脫身。「就算要放棄一切離開這裡，我竟然找不到一家貨櫃公司願意走這條航線！」她氣急敗壞，無奈說：「我連走都走不了！」

三個女生七嘴八舌給意見，一桌子的慷慨激昂熱鬧沸騰。這回的她雖然還是一隻困獸，還沒完全掙脫現實的牢籠，可是起碼她充滿鬥志，勇於嘗試，不怕碰撞，我知道那個熱情勇敢的萊蒂西婭，已經找回她的方向。

後來呢？

中間我回了一趟台灣，兩個月後再見到他們夫妻倆是在日本朋友家的餐桌上。一家五口再一次安然度過人生的湍流，夫妻分別找到更理想的新工作，女兒們繼續優秀的學業，簽證工作證圓滿解決，一切的困頓又回到平安的原點，甚至比起以前更加圓滿一些。

當鄰居的這幾年，我時常在黃昏的時候看見他們的身影。有時是夫妻兩人的並肩散步，有時是父女幾人親暱共行，又或者是一家人大包小包準備走到附近海堤野餐。就算是難題環繞的日子裡，他們還是親愛相依，我猜也正是這樣，他們才能無所畏懼。

萊蒂西婭曾經說過，許多年前，她的丈夫在很短的時間內接連失去雙親，從那個時候開始，他們就有所認知，人生無常，隨時可能瞬間失去所有，「所以我們一家人要緊密相依，珍惜每一天的每一分每一秒，努力過生活。」

這一家人做到了，我是他們在小島的見證者。

他們

我大概是全島的外國人中最勇於嘗試不同理髮店的女生了，每過一段時間就會有人跟我說：「喔！妳剛剪頭髮喔？」

通常，「好好看」這句由衷的讚美很難被勉強說出口，我心知肚明，有時候還會自我解嘲補上一槍：「哈哈，我就很想知道自己的這顆頭可以呆到什麼程度。」

每個理髮師的手法截然不同，難怪朋友們很難立即消化我的新髮型，可有趣的是，我的這顆頭那顆頭，全都出自菲律賓人之手。

這幾年，我最少經歷過五個菲律賓理髮師，每個我都曾經持續光顧一段時間，也都因為不同原因畫下句點。一個年輕男生，每次把我剪得像是十七歲的清湯掛麵，有一回大失手耳上剪缺了一大塊，我花了幾個月的時間才把它補回來，從此敬謝不敏。另一個大叔師傅，一雙快手十分俐落，而且自信充滿，幾無閃失的時候，可惜後來回了家鄉沒再出現過。接著是一對姊妹花，下刀謹小慎微，有一回連修了三遍還是無力回天，那顆頭，我怎麼看都不對，只好再次另覓高手。最後找到後街一家小店，有個男扮女裝的高手潛伏在內，我以為終於找到了春天，沒多久，他又不知道飛到哪個海角天涯另謀高就。接替他的男師傅也是女性的扮相，這人，因為疫情困在小島，剪著剪著，我也就變成了每個月都要見面的老顧客。

我對新師傅的性別沒有疑義，直接認定她是一位溫柔的女士。她原本並不特別喜歡說話聊天，專心剪髮的同時幾乎都是我在嘰嘰喳喳說個不停。有一回我說起在阿布達比念書的兒子，她眼睛發亮，停下剪刀，興奮地告訴我，小島之前，她也在杜拜住了二十五年。那個當下，我們之間有個開關被啟動，變成兩個有著共同頻道的異鄉人。

雖然從事的是勞力的工作，可杜拜的豪華生活她也曾用她的方式愉快享受過。她的口氣裡充滿對那個城市的無比懷念：有趣，多樣，工作之餘還有各種娛樂可以選擇。「不像這裡，什麼都沒有。」她一邊剪著頭髮一邊笑著說：「不過，這樣可以多存點錢也是很不錯。」

辛苦攢下的錢，幾乎全都寄回去菲律賓，她沒結婚，兄姊的孩子就是她自己的孩子，幾十年來不間斷地供給他們生活，念書，添房。「等我老了回鄉，他們就會照顧我。」她說得天經地義，就像是能為家人出外打拚是她無上的光榮，一點點犧牲者的委屈都沒有。

疫情走到一半的時候，她開始興致勃勃規劃她的下一站，美國內陸的親戚說那兒有新差事正等著她去上工。每次我推開門，發現她都還在，還總是跟著遠方家人愉快地視訊中。「妳還沒要離開嗎？」「再兩個月吧！」這對話來回至少十個回合，都兩年過去了，我們還在鎖國，還在各自的困局中努力尋找各自的自由與快樂。

我沒再換過理髮師。比起高超的技術，我更想趨近的其實是一股動盪中還能安妥淡定的能量。每次我從那張椅子上起身離開，不只頭髮變俐落了，心情也變得十分輕快。花了十塊錢，更像是為了確定在這座島上，有人跟你一樣很正向，很努力，對未知的將來保持著一定的信心。

有時候聊得太忘我，她也是有下錯手的時候。有一次我頂著一顆超級西瓜頭回家，耳垂涼颼颼，後腦勺一塊光禿禿的青草地非常之不可思議。丈夫看到我啞口無言，一句話都說不出來。

「好醜對吧？」我說。

「還好妳最近很少出門。」他竟然這樣回答我。

*

「太太，我要趕快回家打電話。」不動聲色把所有工作完成離開前，她才冷靜地說：「我剛才接到菲律賓來的電話，我媽媽快要不行了，等著跟我視訊見上最後一面。」

我十分詫異，她實在太客氣，怎麼不立刻放下工作提前離開，或是借用我的網路馬上跟家人聯絡呢？

跟我同名的潔思敏，我的打掃阿姨，她就是一個這樣謹守本分的人，該做什麼不該做什麼，她胸中自有一把尺，清清楚楚丈量著合宜的路途。就算在這樣緊急的非常時刻，她也不輕易越線，一如往常沉著穩妥，只是稍稍露出了一丁點焦急的神色。

接下來幾天，我十分掛心她的情況，那晚她來得及跟媽媽告別嗎？會不會因此錯失寶貴的最後一面呢？我所認識的她，是那麼良善無私，心心念念都是遠方的至親家人，她把賺到的辛苦錢盡其所能往家鄉匯，父母、手足、後輩因她而過得更加滋潤更加光彩。她總是微笑描述這一切，身為一個離鄉掙錢的奉獻者，她自認那是一種心甘情願的付出，而絕非是無可奈何的犧牲。

下週她再出現時，很遺憾，她果真已成失恃之人，但幸運的是，隔著汪洋大海，她順利跟老母親有了最後一次親密的對談。

她一向勤奮做事，安靜不多言，那天工作前難得花了二十分鐘跟我聊天。深度悲傷過後的輕微亢奮，反而教她顯得有些淒涼。她反覆描述那晚的最後對話，媽媽在病榻上不停誇讚她「做得好，妳做得很好，我相信妳以後也可以做得這麼好！」離鄉背井來到小島打拚掙錢多年之後，這一刻，她從媽媽口中得到了至高的肯定與獎勵，好比拿到一張成績斐然的畢業證書，她圓滿結束一場聚少離多的母女情緣。

我有些語塞，我不能說為妳感到開心，可也不能只說我真替妳感到難過，悲喜交集的小島人生，我唯一能說的是惋惜。惋惜她只能從小框框的螢幕裡目睹母親肉身的衰老敗壞，卻不能有一個真實的擁抱，這是遠方打工者的悲哀，也是疫情間最大的無奈。

過了幾個月，家鄉傳來大姊確診危急的消息，她再度跟我吐露她的憂心忡忡，詳述她與手足們害怕再度失去親人的無比驚恐，以及他們是如何的團結互助，出錢出力，準備一起共度難關。我很是被她對家人的深情所觸動。以前只知道菲律賓海外移工吃苦耐勞，對他們這般緊密的家族連結卻是毫無所悉，想想十分汗顏。

有一天她笑逐顏開跟我說，經歷三次就醫遭拒之後，因為美國姪女的四處奔走，大姊終於順利被醫院收治，隨後她的病情也奇蹟似地好轉。「我一度以為我要失去她了！」她的眼神閃閃發光，是我已經多久沒見到的神采飛揚。雖然緊接而來的是一筆巨額的醫療費用，「沒關係，那就全家人一起想辦法解決吧！」她依然沒有一句消極的怨言。

這是我所遇過第幾個無怨無悔為家人奉獻一切的菲律賓朋友了呢？

這樣的他們，藏身在小島的每個角落，還有很多，還有很多。

伊拜的女兒

從伊拜回到馬久羅之後，我一直找不到機會跟她碰面，快要滿溢出來的心得報告一直在我胸口翻攪，恨不得吐之而後快。

那是我第一次的伊拜之行，行前兩天我在一次活動餐會裡碰巧遇見她，兩人一談如故，聊到欲罷不能。她是正港的伊拜女兒，對於我首次造訪她的原鄉，給了我許多深刻的提點。

「等我回來，我再跟妳報告我的伊拜心得。」那天的話題結束在沒有約定好的下一回見面。才三十出頭的她，已經是島國政界一顆冉冉升起的明日之星。照理說，我和她怎麼樣都不會是「朋友」，每次聚會，大部分的時間我只是陪襯，餐桌上的話題通常是丈夫與她的公事往來，幾乎沒有單屬於我跟她之間的交流平台。論年紀，我們更是不同時代的人，要是我結婚再早一些，女兒可能就是她的這個年齡。長輩與年輕女生之間禮貌性的寒暄，應該是我們唯一相處的模式才對。

但是很奇怪，我和她有一種靈犀相通，無關於身分或是年齡，我們對彼此有種無法言說的特殊看待。我可以大膽這樣說出來，因為我明確感受到有一條線，我們各執一端，微微拉扯，力道很細很輕微，但是千真萬確。

再次見面是在一場游泳池畔的晚宴，我坐定後，遠遠看見隔了兩桌距離的她，我興奮地跟她招手，她報以笑容，溫煦如和風。我們一句話都沒機會說出口，我低下頭跟身旁的丈夫輕聲說：「她懷孕了。」

丈夫一頭霧水，不知道我這話從何而來。她還是一如往日那般豐潤美麗，看不出有什麼一點不同。「妳從哪裡看出來？」他不解地問我。

我就是知道，因為她看起來格外溫暖。

再過一個月，我們終於約好時間在中餐廳的小包廂見面。一坐下來，菜都還沒上，「天哪，那真是個神奇的地方，天哪，我居然在那裡感受到家鄉熟悉的溫暖！」我開始哇啦哇啦說個不停。她坐在圓桌的正對面，專心聽，時而微笑不語，時而補充兩句，她的臉上流露出一股「是我族類」的歡快。那種表情我認得，那是我每次聽到馬國人跟我描述他們美好的台灣經驗時，我要很努力才有辦法克制的意滿志得。

接下來的發展我也很熟悉，當有人對你的來處表現出真摯的尊敬與熱情時，你背後那獨一無二的原鄉故事會被鼓譟著蜂湧而出，停不下來。

她自小被祖父母領養，隨著大家族一起生活。親人間的領養？在我們聽起來很奇特，可對島民來說只是一種尋常的習俗，也是一種親族之間的奇妙運行。在大家族的成長歷程裡，充滿了龐大的共生連結，祖父母對從各島前來依親的族人來者不拒，小小的房子時常一住二三十人，家裡的擁擠程度如同伊拜巷弄裡沒有間隙的水泥屋群。「我離開家鄉以前，不知道什麼是擁有自己房間的感覺。」她笑著說。

因為生活沒有隱私而心生不滿嗎？時常因為被打擾而覺得煩躁不安嗎？她頻頻搖頭，對她來說，那是一種自然而然的群體生活，也是一種親族的滋養之下才能獲得的奇異溫情。共生的家族生活裡，她尤其從奶奶身上習得一股原味純粹的小島精神，不管是傳統的文化習俗，或是原鄉的衣著飲食，都是她成長過程最重要的養分，也都在日後成為穩定她生命的最中核心。

長成一個純粹的島國女兒，對她來說其實並不是順理成章的事情。七歲那年，她在全島眾多孩童之中被揀選出來，獲得對岸瓜佳蓮美軍基地附屬學校的入學許可，從此展開她在兩島之間來回遊走長達十二年的求學生涯。

每天一大清早，左鄰右社同齡的娃兒們還在賴床，她已經來到碼頭，搭上渡船前進二十分鐘之外的另一座島。從下船開始，她踏上的是另一個世界的領土，白天，她像是一塊飢渴的海綿吸收美國的教育與生活模式，說英文，學習美國教科書，跟美軍子弟們玩耍與競逐。放學之後，登上黃昏的渡船，她把那個美國化的小女生留在碼頭，又變身小島女兒，走進眾人雜沓的村落，說馬國話，吃當地食物，睡大通鋪，遵循長輩族親的生活邏輯，直到明天太陽升起，那班航向另一個國度的渡船再度來臨。

「這好像雙面人生喔！」我忍不住要問，擺盪在兩種截然不同的生活之間，她內心難道不會感受到極大的矛盾嗎？她不曾對自己原生的土地產生質疑嗎？或者，她從來沒有遇到過任何自我認同的困難嗎？

她微笑，沒有，並沒有。就算以優異的成績從高中畢業後，她到美國念大學，在美國結婚，都不曾須臾疏離或忘卻過養育自己的島與國，她確知自己從哪裡而來，又終將回到哪裡去。

我眼前這個年輕的女孩，有著超出年齡的堅定與聰慧，好幾次我在她的談話裡，感受到一股強烈的電流，一次又一次激發火花，觸動著我的心。

「再過一陣子，我會去美國住上幾個月，」話題告一段落時，她帶著一抹神祕的微笑，跟我說：「我準備去待產。」

「我看出來了。」我也微笑，一點都不驚訝。

就像我不奇怪她會選擇暫時離開，可島國是她根源的所在，我也不驚訝她一定會再回來。始終擺盪在大陸與小島之間的奇特命運，她有許多面臨選擇的時候，但是絕對沒有過任何一丁點背離原鄉的念頭。

她允諾離開前要請我吃飯，為了回饋我的中式午餐，也為了讓我更加貼近她的飲食文化，她打算請我嘗嘗她所鍾情的小島在地料理。

那天中午，我走進旅館餐廳的時候，嚇一跳，看到入口告示板上面寫著她的名字，她居然訂下一間大包廂。打開門一看，更是一整個驚呆，她準備了一整排數十人份的 buffet 自助餐，就為了我，一個人。

當地芋頭、烤麵包果、林投果糕、鮪魚生魚片、涼拌小章魚還有新鮮椰子水，一字排開，她在餐桌上一樣一樣詳細解說，如此細心體貼又如此盛情難卻。我一邊享用一邊聽得津津有味，那感覺很奇特，就好像我們今天參加的是一場小島傳統飲食的研討會，而不是單純兩個忘年之交的尋常餐聚。

對於即將來臨的赴美待產，她顯得有點顧慮，小島的醫療與設備或許比不上美國完善，但卻有著獨一無二的生產儀式感。如果在島上生產，她會有眾多親人陪伴包圍，會有產婦專用的本土湯藥即時在側，她會感覺到彷彿有祖輩們走在她的前面，有愛有溫暖還有滿滿的安全感。

我也是島國的女兒，也對原鄉有著至深的依戀，十分理解她心中的忐忑與糾結。離開前我給她一個很大的擁抱，祝福她一路平安，希望她順利帶著小女娃歸來。

而我們之間的故事還沒說完，伊拜的女兒，我會耐心等妳回來。

浪潮與雲朵

不可思議的是，在人跡罕至的海角小島，有許多台灣移民在這裡落腳深耕，幾十年來自成一個小社群。

不滿百人的台灣社群，在各行各業獨領風騷，超商批發、五金建材、汽車買賣、漁船補給、土木裝潢、餐廳、銀行，每一個人都擁有自己的一片榮光。不論在天涯海角哪個地方都能墾荒闢地開花結果的台灣人，在這座島上就有一張漂亮的成績單。

有鄉親在的土地，再怎麼陌生都還有一份熟悉。那種感覺就像是，眼前未知的硬仗還沒開始，已經有人跑在前面替你打了先鋒那般的安心穩妥。

對我而言幾無娛樂資源的這座島，因為有鄉人的存在而不至於太過孤單。我生活裡一小部分的樂趣，是去台灣人的各種店家採買或光顧時，和鄉親說說話聊聊天，假裝自己還一腳站在家鄉沒有離開。

老闆老闆娘都很親切溫暖，可也都無比忙碌，一邊跟我說話，一邊必須眼盯四面耳聽八方，隨時等著有人要找或是有活要忙。我很識趣，總是點到為止，趕著把話說完，快快放人回戰場繼續打拚。

有一位經營船務與民宿的大姊是少數的例外。公司就在住家裡頭，我可以大方在客廳沙發坐下來，多聊一會兒。她跟我台南家鄉的大姊長得十分神似，也同樣俐落幹練熱情友好，每次我車停門口，推開那扇門的時候，居然會有一絲絲回到娘家的錯覺。

可惜她後來被疫情困在台灣回不來，那個只有老闆的客廳從此沒了娘家的遐想。

幸好，想家的時候，我還有另一個窩巢可以躲藏。

有另一對夫妻已經在小島生活三四十年，從青絲壯年到華髮熟齡，人生超過大半都在這方圓幾里的地方。「他根本就是馬紹爾人了！」女主人瞅著丈夫，不只一次這樣說。

引領馬國銀行界四十年的男主人一直到前幾年才在海邊蓋了新家，藍色木屋舒適雅緻，面對著整片湛藍的海天一色，坐擁無敵豪華美景，價值難以估算。主人第一次禮貌性的邀約之後，從此我們無法克制地對那房子上了癮，每隔一陣子就要去造訪一遍。

通常是百無聊賴的週末午後，住家四周一片寂靜，幾乎可以聽到遠處海浪規律拍打的聲音。我們互看一眼，立刻讀懂彼此的心思，海邊的藍色小屋，永遠是理所當然無需言傳的第一選項。

那時剛好也是我最熱衷烘焙的時期，週末加班的烤箱總是為了造就一個四人共享的黃昏時光。趕在太陽落下之前，捧上熱騰騰的麵點，飛車經過廣闊的機場大道，椰林公路迎面而來，往下開，轉個彎，藍色木屋藏在椰林叢的底端，和藍色大海靜靜等待著我們的到來。

找張椅子，男人們並肩坐在露台，面對平靜無波的大海閒聊，貓狗成群慵懶地在腳邊梭巡來去，而夕陽正一寸一寸悄悄攏來逼近。屋內音樂恆常都在，芭蕾舞曲、蕭邦樂章如濤聲流瀉，成為女士們談心的背景。在夜色來臨的前一刻，女主人點燃屋裡的一盞黃燈，擺上美味的餐點，四人一起圍著長桌坐下來，舉起酒杯，互敬這個美好的夜晚。

那樣的時刻，所有平日的努力都可以暫時擱下。美好的小屋、溫暖的長者，我感到被安置被珍重被無條件接納，就好像回到娘家那般的安全與自在。

退休在即，主人決意展延他的藍色家園，在海灘左右兩邊又先後蓋了兩間海上小木屋。藍色的天藍色的海藍色的小屋，彼此應和相互為伴，再浪漫也不過是這般的景象。第一棟小屋完成之後，主人問我，妳可以來為小屋取個名字嗎？

這個特別的任務我當仁不讓，左左右右仔細打量，回家之後不停地前思後想，有一天我突然有個靈感，「浪巢」兩個字噗通蹦進腦海。

沒多久之後，另一棟也完工了。「那這一棟的名字呢？」主人再一次來問我。

「浪巢」，在浪花上築巢。那麼，就「雲躲」吧，在白雲裡躲藏。

於是兩棟小木屋從此有了名字。

第一次受邀入住浪巢，我清晨醒來，睜開眼睛的時候，嚇了一大跳，白色的雲朵一朵緊挨著一朵，綿延橫貫幾大片玻璃窗，我呆坐在未醒的木屋裡，感覺好不真實，就像從暗室中仰頭看著電影一般。

天亮之後，我趕忙跑去跟主人說，不對不對，它們要換名字，這棟木屋簡直躲在雲海裡，它

必須是雲朵。另外那棟，就讓浪花，一層一層，靜靜簇擁著它。

寫作者的任性誰也攔不住，兩棟屋子於是各自交換了姓名。並且在半年後，兩塊從鶯歌的傑作陶藝精心燒製而成的門牌，飄洋過海，從太平洋的那端抵達了這端。築夢者、寫作者、以及創作者，三個台灣人的全心全意，就這樣，一起留在了馬紹爾。

然而，沒有誰知道，不管是築巢還是躲藏，都偷偷揣了我的一份心思在裡面，以此為記，這片藍色家園，曾經是我的異鄉窩巢，也曾經是我安全躲藏的幸福所在。

她的隆重登場

那個黃昏，丈夫和我又來到機場附近的潟湖走路，走沒幾步，我停下來，四下張望，然後，說：「好靜喔！今天。」

我們所熟悉的潟湖黃昏，從未像這般安靜過。海面無浪，如鏡一般，要仔細端詳才能察覺海水靜默移動的端倪。我這才發現，往常以為是理所當然的海濤浪潮，切切嘈嘈，那些規律的聲響，原來不是必然。

遠方的天空一朵雲都沒有，周身的空氣裡一絲風也沒有，「你看那樹葉，一動也不動。」我感覺到自己的聲音，空蕩蕩，彷彿響在一個真空的瓶子裡。

奇怪的是，原本該是熱鬧的黃昏小公園，沒車，也沒人。我們倆成了突兀的闖入者，在這個凝結的時空，安靜地往前走，又安靜地回頭。

凝結。不知道為什麼，在徹底的凝結之中，我覺得有些什麼，在靜默無聲的背後，正熱滾滾醞釀著。

沿著潟湖，我們走到靠近機場的碎石路，一路到底，然後回頭，再走一遍。

走了幾公尺，馬路上終於有一輛來車，與我擦肩而過時，我瞥見它開近碎石路，引擎慢下來，停在我們身後不遠的地方。

我沒轉頭看，繼續往前走，約莫兩三分鐘，到達另一端的盡頭，我們同時回頭。

「哇！」

瞬間我倆齊聲驚呼，不過幾公尺的路幾分鐘的光景，我們背後，那原本如洗的淡藍色天空，忽然之間像是著火那般，紅豔豔霞光一片，從海角此端一路延燒到遙遠的天邊。

原來那輛車正巧目睹了天空瞬間變妝的一幕，才會突然切進石子路，停下來欣賞奇景。而我們兩人還渾然不覺，不知道世界已經背著我們，悄悄換了布景。

彷彿向著火焰，我們繼續往前走，卻沒料到，走一步便把霞光走淡一分，幾公尺的路還沒走盡，天空已經兀自恢復原本的模樣，淡藍淡藍的暮色，好像一切都沒發生過。

一陣微風迎面而來，一朵浪花翻身而過，一輛車接著一輛車出現在公路的轉彎處，世界忽然醒轉，重新有了聲響。

從來沒有過的奇幻經驗，我一廂情願地相信，那真空的寧靜，凝結的片刻，其實是一段無聲的前奏，全力醞釀著火焰夕陽的隆重登場。

後來跟幾個朋友吃午餐時，我聊到那令人既驚豔又震撼的神奇黃昏，我的馬紹爾女友聽完我文謅謅落落長的描述之後，會心一笑，言簡意賅，緊接著說了一個外島的民間傳說來回應我：

「Lijakwe 是全島最美麗的女人。她是如此美麗，以至於不得不在 Ebon 外島的潟湖邊緣獨自生活。當她在隱蔽的潟湖中沐浴時，天空會忽然幻化出許多美麗的顏色。一直到今天，當我們遇到這種黃昏美景，人們會說：喔！那一定是 Lijakwe 在洗澡囉！」

說完，朋友臉上露出一朵專屬於島國的燦爛笑容，歡快而單純。而我眼前這個美麗的女孩，恰恰是一年前島民選出來的馬紹爾小姐。

會在選美競賽奪冠，對她來說完全是人生最美麗的意外。當時她還在美國念書，突然接到一張免費機票，家鄉長輩說有要事讓她快快回來小島一趟。她把學業擱下，收拾行囊匆忙回家，才恍然大悟，原來長輩們力推她代表家鄉外島角逐第一屆的馬紹爾小姐選拔。

她一整個啼笑皆非，那不是她人生的規劃，美國的生活還在軌道上等著她，她想不出理由非要走上一條突如其來的歧路，可她也說不出理由非要拒絕長輩的善意鋪排。像是被一股浪潮擁著走，她被列入選美名冊，被掛上彩帶推上舞台，然後在決選的那個夜晚，被揀選被戴上后冠，一夕之間，成為馬紹爾最美的女孩。

我開始在各個重要的場合遇見她。「我是馬紹爾小姐。」第一次她主動靠過來跟我握手時，這句自我介紹聽起來有些生澀勉強，就好像她介紹的是另外一個女生，還不是她自己。我想，她應該需要一點時間才能確定自己的美麗，也才會知道，有了這個馬紹爾小姐的頭銜，她的人生再也回不去平凡的從前。

她必須邁開美麗的步伐往前走，太平洋島嶼小姐的競逐在巴布亞紐幾內亞等著她，這也是她始料未及的挑戰。隨行的攝影師好友全程見證那個奇特的歷程，「她那麼嬌小一隻選美界的菜

島，我以為她會被其他候選人的架勢跟行頭嚇到不知如何是好。」他說。

出乎意料，這個平凡的小島女生換上傳統的編織服裝，瞬間變了一個模樣。走上伸展台，她的眼睛發亮，她的聲音高亢，她舞蹈，舉手投足自信飽滿，她侃侃而談，淋漓展現小島崇高的尊嚴與驕傲。她不過是一顆微小的星，卻能在巨大的夜空恣意綻放屬於自己的光芒。

彷彿她之前平凡的人生都只是等待著這一刻的隆重登場，就與我曾經親眼目睹的那場神奇黃昏，一模一樣。

我們

澳洲大使夫婦發現島上藏著一家罕有人知的菲律賓小吃店，興沖沖說要帶我們一起去冒險。我們，說的是日本大使夫婦和我們兩人，加起來一共是三對六個人。

我隱約知道他所說的地方，公路就這麼一條，很難有什麼店家會被忽略。一大張印著食物照片的帆布招牌，後頭躲著若隱若現的小店，我曾經異想天開猜測那會不會是印尼小吃，還認真詢問過辦公室的當地雇員。他也說不上來，只說他進去吃過拉麵，搞了半天，原來是菲律賓人開的小餐廳。

外表陳舊的小木屋，孤零零站在公路邊，要不是有人帶路，我們應該不會想要唐突闖入，一探究竟。活潑的澳洲大使語氣十分興奮，「那是一個很有趣的地方喔！」他眨著藍色眼睛這樣形容。

傍晚，天陰欲雨，停車的時候突然颳起一陣怪風，匆忙中看見他們的車子都已停妥，我們趕緊上前想推門而入，推半天卻怎麼樣也推不動，狂風中門閂緊閉的小木屋，微弱的燈光下更添幾許神祕。

原來是風勢太過強勁，他們乾脆從裡面把門反鎖。我們滿頭亂髮，狼狽進了屋，一盞黃燈下，唯一的一張小桌已經幾乎被四位大使夫婦坐滿，他們齊齊抬頭，咧嘴笑：歡迎來到菲律賓！好像異地重逢，也好像小學生結伴去郊遊，六個興奮的大人擠擠圍著小桌，頭靠著頭，研究起老闆很快送來的幾道菜餚，炸春捲、酸魚湯、馬鈴薯燉牛肉、煎蛋茄、紅燒豬肉，酸酸鹹鹹是我完全陌生的口味。我睜大眼睛仔細研究，每樣只吃一點點，沒有什麼飢餓的感覺，只顧著享受眼前這好玩的氛圍。

吃到一半，屋外突然一陣狂風暴雨，帆布招牌底層的木條扣扣扣一次又一次大力撞擊桌旁鐵窗，力道猛烈，幾乎要把房子拆了那般。我們面面相覷，會心一笑，繼續埋首吃飯，沒有誰特別在意。

這一頓飯，很混亂，很溫馨，很新奇，也吃得迅速無比，才一個小時的光景，桌上的菜餚已經被六個人風捲殘雲一掃而空。風雨飄搖中的木屋小桌，不是談天說地的好選擇，菜足飯飽之後，我們利索起身，握手擁抱，互道晚安，在初升的夜色中就地解散。

我享受這樣短暫但是溫暖的交會。沒有精緻佳餚杯觥交錯，也沒有筆挺精緻西裝華服，更沒有外交辭令有禮有節或是天花亂墜，這不是世人想像中的使節團餐會，這其實只是好朋友臨時起意的隨興小團圓。

小島的大使們夫人們，彼此之間，有一種無法對別人言說的特殊情誼。

來自不同國家的我們，在小島，有時候卻會自動歸類成為一國的夥伴。典禮活動中永遠被放在第一排相鄰而坐，官員馬拉松式的馬文演講，全場只有我們一起默默放空或八方神遊。餐會上永遠共坐最顯眼的那一桌，身穿花花島衫，頭頸戴著貴賓花環，被介紹被矚目被放在取餐的第一順位。有時候我會覺得我們像是共乘一艘獨一無二的太空船，航行在陌生宇宙廣闊的星海，看起來很孤單，可是始終有人為伴。

尤其是外島的參訪行程，幾國大使與夫人們更像是一支旅遊團的基本班底。螺旋槳的小飛機，總統夫婦領軍，我們隨後排排坐，然後才是官員押底，十幾個人轟隆轟隆飛上天際。一小時或兩小時辛苦的航程，我們一起滴著汗，歪著脖子望穿雲天，默默倒數下一個島礁浮出海面的時間。下了飛機，接駁卡車已經在草地上等候，大使們夫人們吆喝一聲翻上後車斗，肩並肩腳抵著腳，在椰林泥徑上蹦躍前行，等終於來到會場，理理衣裝，開始下半場的行禮如儀。這些奇特的經驗，就連當地人也未必曾經有過。

有一回，使館旅遊團受邀來到總統助理部長的外島家鄉，餐會結束後離飛機起飛還有一小段空檔，部長親自開來一輛皮卡車，「有一個特殊的景點，我帶你們去逛逛。」他說。

逛逛？我們雀躍地跳上車，日本大使和我們夫妻倆肩並肩坐在後座，旅程開始之初，三個人不停對著車窗指指點點，一棵檸檬樹一棟教堂都不輕易放過。我們興致高昂，在車輪駛過每個水坑的時候一起大叫，或者在每一扇樹葉迎面打上擋風玻璃時齊聲驚呼，像是校外教學的小朋友那般興奮誇張。

可十分鐘過去，房子人跡漸漸消失不見，窗外景致越來越荒涼，椰樹叢林，泥巴小徑，大小

水窪，全都長得一模一樣。時間一分一秒緩慢流逝，三人漸漸靜默下來，在後座面面相覷，用唇語無聲互問：「我們這是要去哪裡？」

「快到了！就快到了！」部長雙手抓著方向盤，眼睛直視前方，一眨也不眨。

這「快到了」的路途無窮無盡往前延伸，我們開始暗暗擔心會不會趕不上飛機。兩位大使在我的左右兩邊互使眼色，一來一往，最後丈夫才小聲問說：「請問還要多久才會到呢？」

部長是島主，足跡所到之處皆為他的領土，恐怕連他自己也搞不清楚那個「特殊的」景點究竟在哪裡。他默不作聲又堅持了五分鐘，在某一個點上懸崖勒馬，終於決定回轉，還一邊自己哈哈笑著說：「我好像也不知道到底在哪裡，沒關係，我們下次再來喔！」

一個小時的椰林泥路，走不盡的漫長，好像是電影裡某個故障的片段，一再反覆播放。日後每一次提到這次經歷，日本大使臉上就會浮現一抹奇異的笑容，那笑容，只有坐在後座的我們三人才懂。

我們最後的一次集體出征，是在瓜佳蓮外島的伊拜，大酋長的加冕典禮。五十年才得一見的盛會，是我們在島上前所未見的場面。典禮前兩個星期，大使夫人們互相提醒紅色是這次衣服的主色，原本預備藍色島衫的日本夫人趕緊買布裁衣，慶幸還好有同一條船的盟友相互幫襯，才免於一場難以挽回的尷尬局面。

當天進場時，望之不盡的紅色人海，十分壯觀，總統夫婦領走在前，我們幾國使館夫婦跟隨在後，一條紅色的人龍，在所有人的注目中，蜿蜒著往前移動，落坐在最前排，以最靠近的角度，見證這莊嚴隆重的歷史一刻。

對我們幾人來說，這也是歷史性的一刻，我們何其有幸，可以天涯海角聚到這裡，共同得到這樣的榮寵。

我環顧左右的我們，突然之間，有一股暖流，熱泊泊，湧上了我的心頭。

承諾

幾年前離開印尼泗水的前兩天，好友木蘭姊姊們邀我去山中過一夜。

她們都是老闆級的人物，放下各自繁忙的工作，用整整兩天的時間陪我山上四處遊走，生怕我還有什麼地方該去而沒去，留下遺憾離開泗水。那天晚上，聚集在山間的木屋小築，夜蟲唧唧，涼風拂面，我們喝茶聊天直到深夜。

「等妳在小島安頓好，我們會去探望妳。」臨走時，離情依依，她們跟我許下承諾。

許下承諾，聽起來很是老派的一句話，沒錯，那正是我們那個年代表達情意的老方法。我們不說甜言蜜語，但會用實際行動挺你到底。

雖然我一點都不懷疑木蘭姊姊們的重情意講義氣，可當時我並沒有真的把這個許諾放在心上，尤其真正來到小島之後，我自己率先退卻好幾步。從泗水到馬久羅，路途迢遙，抵達不易，我如何能夠奢求她們真的會大費周章千里尋我？

半年之後，她們排除萬難依約到來。

這條路究竟有多難？她們從泗水出發，飛雅加達，轉台北，停留幾日，飛關島，過兩夜，搭上跳島班機，一路飛飛停停，總共停經四個島載客加油，經歷幾番起降以及下機等待，最後才能看見馬久羅終於浮現在大海的盡頭。

我和丈夫在機場大廳，引頸守候她們出關入境的那一刻。門被推開，她們神采奕奕結伴走出來，好像我們只是相隔一堵薄牆，而不是一片廣闊的太平洋。我當下覺得有些恍惚，還不能相信五位姊姊跟我們倆真的合體在這遙遠的天涯海角。

回到住處，她們爭相打開自己的行李箱，除了少少的換洗衣物，全部塞滿了各式各樣的補充物資，五花八門什麼都有，堆起來像是一座高聳的小山。行前姊姊們一再詢問我需要什麼，我怕增加她們的負擔，再三說妳們人來就好人來就好，結果她們按照自由意志，幾乎要把印尼跟台灣的著名家鄉味全數搬來。我和丈夫合力把禮物搬回家後，整理到半夜還整理不完。姊姊們盛情如此，真不知道該如何是好？又該如何回報？

「因為一句承諾，所以我們千里奔波。」有位姊姊在臉書這樣說。

我看了，眼淚快要落下來，不敢置信，這世上，怎麼有人這般真心真意對待我？

短短五天的時間，入住島國不到一年的我，充當不合格的導遊，開車帶著她們從島頭闖到島尾，能耍的花招我都耍遍了，就怕遠道而來的貴客不能盡興而歸。旅途中的最亮點不是哪一個綺麗的景點，而是在台商家裡與五湖會的相見餐會。

五湖會，正確名稱據說是五糊會，五個糊塗男人的聚會，後來以訛傳訛才被美化成為縱橫四海的五湖會。成員都已經算是半個小島人，一住二三十年，最美的仗已經打過，小孩長成，事業穩固，回頭一看，人生已經在異鄉過了大半。

好幾年了，他們固定每週五晚上聚會，吃飯、喝酒、談天說地，酒酣耳熱之際彼此解嘲，相互吐槽。時間在這張桌上過得特別快，散會時通常已過午夜時分，走出門外，海風迎面而來，才發現，糊裡糊塗又送走了一個酒意酣然的異鄉月夜。小島人生，就這樣，一年過了又是一年。

我其實非常羨慕這幾個聰明的糊塗人。離開家鄉千萬里的他方異地，有幾個同鄉人可以結伴同行，是一件何等幸福的事情。

很多年前，父親的幾個老朋友也固定來家裡聚會，他們自稱為「飲酒會」，一樣是吃吃喝喝，插科打諢，永無止盡那般倒酒乾杯。那時母親才剛離開，父親的孤單因為有人相陪而稍得緩解。小鎮的中年男人們沒有溫言軟語那一套，說不出口的慰藉，繞個大彎減速到來，反而更有力量。

我那時候才二十出頭，有時躬逢其盛，一旁安靜坐著，好像觀賞一齣溫馨的鄉土劇。我喜歡看著幾個叔伯輩的男人們紅著一張臉，險走在酒醉的邊緣，爭先恐後搶話說的滑稽模樣。不知道為什麼，他們明明是在陪伴一個甫才喪偶的可憐鰥夫，卻讓一個剛剛失去母親的小女生也得著無比的溫暖。

數十年後的這座島，雖然只是偶爾去插花蹭飯，但每一次在五湖會的餐桌上，都會有種似曾相識的感覺浮上我的心間。離家那麼遠，歸期那麼無限，他們相互取暖的同時，彷彿時光飛轉，我回到當年小女兒的姿態，偷取那麼一點火光，成為我暗中的慰藉。

話由真心，我曾經多次感嘆說：「你們是全島最幸福的台灣人。」而下一句話，我會緊接著說：「有一天，我一定要介紹泗水的木蘭軍給你們認識！」

行至中年，人在他鄉，卻有緣分有福氣可以彼此親密為伴，在我心目中，分居天涯海角的兩組大哥大姊，是唯二可以相互比擬的夢幻組合。我不只一次跟小島男人幫提起木蘭姊妹花的泗水傳奇，也不只一次跟遠方的姊姊們描述五湖兄弟的種種趣事，明明兩方人馬素未謀面，卻好像已經是老朋友那樣彼此知悉，熟識經年。

雖然明知機會不大，可酒後的五湖兄弟偶爾還是會問起木蘭姊妹來訪的動靜。確定她們的行程之後，我在下次餐會上宣布這個消息，現場一片譁然，他們瞪大眼睛，立刻舉杯慶賀，不敢置信竟然真的可以等到兩方交會的那一天。

那個初相見的夜晚，大哥大姊們從以禮相待到玩成一片只花了兩個小時，豐盛的小島菜餚當前，兩邊高手過招，輪番的笑話有如短兵相接互不相讓，一桌子異鄉人幾度笑到捧腹彎腰，還把眼淚都給逼了出來。

說再見的時候，五湖會對木蘭軍許下諾言，有朝一日，海角搬到天邊，今夜這齣相見歡的戲碼，要易地而演，原班人馬再來一回。「我們在泗水等你們來！」木蘭姊姊們豪氣萬千，臨走的時候也留下另一句老派的諾言。

誰能料到一場疫情大大改變了世界的樣貌，跨國移動千難萬難，原本可能的夢想都變得遙不可及。小島為求自保，把自己緊實地鎖了起來，人們也只能跟著原地禁錮哪兒也去不了。一開始，寂寞的鎖島歲月，我們在偶爾的五湖聚會裡尋得莫大的安慰，可漸漸地，在還沒會意過來的時候，這份安慰卻兀自式微，最後竟然無跡可尋。

亂世中的亂局，我至今仍舊不清楚究竟是什麼原因，曾經持續多年的同鄉聚會驟然凋零，憑空消失，再也不復往日榮景。

反觀印尼，一度疫情嚴峻，姊姊們依舊執意堅守自己的工作崗位。每個週末，她們離開市區的工作場域，齊聚山上小屋，遠離城市的病毒威脅，在山野叢林間遊走，攀高望遠，攜手等待世界恢復平靜的那一天。我每天都會收到她們傳來的照片，姊姊們還是神采奕奕一如往日，還是不離不棄緊密相依，那份情誼歷久不衰，在這亂世裡更顯得無比珍貴。

缺了一角，海角天涯再次相逢的夢幻組合，好像從此變成一場難以實現的綺夢。

可我還是忍不住想要小心翼翼探問一句，要是等到世界恢復平靜的時候到來，小島的五湖弟兄們，不知道你們的承諾是否還有實現的那一天？

Kiki

Kiki是一隻狗。

德國好友把她的臨海小陽台借我作為書房。第一次上工，在藍天大海的加持下，我下筆有如行雲流水，完全沉浸其間，滿心有著難以言說的暢快過癮。等到我闔上筆電準備離開的時候，這才有了多餘的心思觀察起腳邊那隻安靜無聲的幼犬。

一看不得了，這隻虛弱的狗狗，毛髮稀疏，眼神黯淡無光，小鼓一樣膨起的肚子不停上下起伏，急促地喘息，彷彿隨時就要接不上下一個呼吸。她幾乎就要死在我的腳邊，而我卻渾然不覺。

隔壁的幾個小孩靠過來趴在陽台矮牆上盯著我看，竊竊地掩嘴笑，跟我說，「她叫做Kiki，是我家的狗狗生的誒。」語氣稀鬆平常，說得好像是別人家的小狗。

這狗於是有了名字。我蹲在她身旁，輕聲喚她，Kiki，Kiki，她勉強抬起眼皮，斜斜瞄了我一眼，費力移動一下身軀，拖著一顆起伏的肚鼓，艱難地走幾步路，把頭靠在後門板，萎頓癱坐，了無生氣。

中午回家後，來不及分享我在她家後陽台靈感大噴發的好消息，我劈頭就問好友：「有一隻生病的狗狗，一直待在妳的後陽台，妳知道嗎？」

哦，可憐的 Kiki，她悲傷地說：「那是鄰家剛出生的幼犬，不知道為什麼偏偏認定我的陽台就是她的家。她病得很重，我不知道應該怎麼辦才好？」

Kiki 把頭靠在門上背對著我的模樣，一直縈繞在我的腦海揮之不去。「我來試試看。」我無法控制路見不平拔刀相助的我自己，立馬這樣跟她說。

在島上，我有個同輩的朋友，以前在台灣曾經是個資深的獸醫，他工作忙碌，我從來不敢煩擾他，這回，我毅然決然即刻寫了求救簡訊：「有隻狗，病得很重，可以麻煩你來看看她嗎？」

獸醫朋友很仗義，二話不說，約好隔天進城時繞去好友家看個究竟。到了約定時間，好友打電話來說獸醫已經快要抵達，我立刻發動車子往她家方向全速衝去。小島沒有街名，沒有門牌號碼，藏在深巷底端的小木屋，外人很難一眼辨認出來。

果不其然，半路看見他把卡車停在路邊，下車正在問路，我開近他的身邊，放慢速度，小心按個喇叭，搖下車窗比個往前的手勢。他很有默契，轉身跳上車，全速踩油門尾隨而來。

那一刻，無聲勝有聲，我忽然覺得我們像是一支帥氣的團隊，風風火火趕去及時救援。

這是我第一次看見朋友變成獸醫的模樣，他拎著醫藥箱，氣勢飽滿，直直走向 Kiki，一把拎起來，「哦！這很嚴重喔！」他說。

獸醫大叔手腳俐落，不多說，拿出針劑，捏起狗狗的膨肚皮，連扎三針，毫不留情。Kiki，一開始還不明就裡任他擺布，完全不知道要反抗掙扎，最後那一針，她好像突然醒轉，用 baby 的稚嫩聲調，狂吠不停還拚命竄逃。

獸醫大叔這才耐心跟我們解釋，要是二十四小時之內她逐漸好轉，那這條小命就應該保住了，可這小東西先天不良後天失調，就算逃過這關，長大後，恐怕還有得操煩。

奇蹟似地，垂死的 Kiki，被台灣大叔從鬼門關一把拎了回來，好友隔天傳訊息興奮無比跟我說，這是 Kiki 第一次用聚焦的眼神看著她，也是第一次，用有力的四肢到處探索她的新家。「真的不知道該如何謝謝你們！」她的訊息好長一串，最末端還掛著一大顆感激的淚珠，閃閃發著光。

康復之後的 Kiki 跟吹汽球一樣，長得很快，也越來越健康。一開始，我幾次開車繞進去看她，不知道是否曾經死裡逃生，她的性格靦腆溫和，不會跟我有太大的互動。我一廂情願摸摸她，自言自語老半天，從各種角度為她拍拍照，然後揮手說再見，再逕自離開。有幾次等我走到屋前準備上車時，才看見她的身影悄悄出現在轉角，若隱若現，彷彿正在無聲跟我說再見。

主人不時跟我更新 Kiki 的近況。長個子了，變漂亮了，更活潑一點了，最近還交了一個男朋友，兩人（哦，是兩狗）時常在黃昏的海邊談情說愛，常常忘了回家的門禁時間。

我想像那畫面，莞爾一笑，多美好的春花正開！

可再過幾個月，突然傳來 Kiki 生病的消息。她身上出現許多淡色斑塊，原本發亮的毛髮逐區脫落，肚子再度漲成一顆圓球，一高一低急促起伏。照片裡的她，像是回到我第一次見她時虛弱無助的模樣。

之前的獸醫大叔已經離開小島，幸好他還有一個接班的年輕人，也是名獸醫。我跟他不熟，連他的手機號碼都沒有，可是還是厚著臉皮輾轉找到他，拜託他救救可憐的小 Kiki。

年輕人也好熱心，當天下午立刻出現在好友家，給了及時的治療，狗狗的病況再一次得到立即的緩解，脆弱的生命又被搶救了回來。可惜的是，島上沒有足夠的藥劑可以完成全程的治療，一天一天，Kiki 又自顧自地往生命的下坡走去。

有一次我獨自去探望她，她躺在狗屋裡，艱難地喘氣呼吸，全身毛髮嚴重脫落，一塊一區到處露出粉紅色的皮膚，連臉頰都只剩稀疏的幾根毛髮，孤零零站在鼻子的兩側。我既心疼又驚駭，輕輕喚她，她無力抬眼看我，而我，連按下快門為她拍照的勇氣都沒有。

那一刻，可憐的 Kiki，我幾乎要以為這是我們最後一次見面。

但主人從沒放棄過她。接力出手的是我們的好朋友澳洲大使夫人寶拉，她翻箱倒櫃把家裡所有的抗生素都找出來，一試再試，可惜效果還是有限。有一天我們一起去瓜佳蓮的美軍基地參加活動，趁機聯手殺到美軍附屬的獸醫診所，她拿出手機，把 Kiki 的照片秀給護理師看，希望能夠得到一些幫忙。我在一旁見證她毫無掩飾的熱心腸，心裡想，Kiki 真的好福氣，這麼小的一座島，有幾國聯軍一起努力，無論機會有多微渺，這些人，就是要千方百計救她一命。

後來我回台灣一趟，再也沒有 Kiki 的任何消息。而我，根本不敢主動探問那最後可能的結局。

兩個月後，我從台北回到小島，在朋友們為我洗塵的聚會上遇見久違的 Kiki 主人，酒酣耳熱之際，她突然想到什麼朝著我驚呼一聲：「啊！我差點忘了跟妳說。」一邊拿出手機，一隻健康優雅的大狗狗，登愣，出現在在螢幕上，泛著光澤的金色長髮迎風開展，風姿萬千對著我笑。

最後是美國朋友輾轉寄來的處方藥劑終於起了作用，天可憐見，強者 Kiki 又活了過來，還長成了我沒想過的迷人模樣。一時之間，我激動到說不出話來。

是上天的垂憐，也是因為小島各方友誼的可貴，她才能走過一連串死亡的幽蔭，脫胎換骨重獲新生。多幸運的 Kiki，我為她無比開心，並且發自內心祝福她，從今爾後，再也不會是那個可憐的小東西。

關於 Kiki，行筆至此應該總算可以告一段落，可是還沒，故事還在繼續往下走。

那晚是我的洗塵餐會可也是 Kiki 媽媽暫別前的小聚，隔天，她飛回德國休假，再一次見到她又是兩個月後的事了。我們幾個女生再度聚在一起，返鄉話題告一段落時，她拿出手機，神情嚴肅，說：「妳猜 Kiki 這回怎麼了？」

怎麼了？命運曲折的 Kiki 這回又遇上了什麼考驗？

「她當媽媽了！」她臉上爆出阿嬤的笑容，大聲說：「八隻，她生了八隻小狗狗！」

天哪，我尖叫連連，怎麼可能？她怎麼可能變媽了？這實在太難想像，那幾度虛弱到教人不忍直視的小 Kiki 怎麼會這樣就當了人家的媽？

好友的南非男友在生產當天充當接生婆，一個人獨力接生八隻小狗，其中一隻還靠他用人工呼吸才驚險救回小命。她在遠方視訊助陣，中間一度因為產程太過漫長還看到睡著，等到醒在德國的清晨時，她已經成了八隻幼犬的小島阿嬤。

國際接力救援這回換成南非隊出手，又一次圓滿達成任務。

我只能說，Kiki，小島上最幸運的友誼之狗，非她莫屬。

練習題

如果在一座孤立的島上被孤立，孤單中的孤單，那絕對是難事一樁。

我的某個女友跟我說，不知道為什麼，島上有個別國來的女生特別討厭她。我安慰她，喔，那個人我也知道啊，她應該對誰都一樣，我在社區跟她擦肩而過時，就算我開口說哈囉了，她也從沒轉頭看過我一眼。

「不是的。」她說那女生的敵意十分明確，敲鑼打鼓衝著她而來，不只明著討厭她，還暗地四處說她的壞話。嘆了一口大氣，她無奈說：「我完全不知道哪裡得罪她，要讓她這樣孤立我。」

妳長得太美？身材太高䠷？眼睛太藍？男友太帥？還是人緣太好？這些安慰連自己聽起來都覺得可笑。討厭一個人哪需要什麼理由？光是聽見名字都要覺得心煩。

討厭，一開始只是一個念頭，要是把持不住付諸行動，孤立，就會變成一種暗中的暴力。

另一個亞洲太太也有類似的處境，雖然不曾與人有過檯面上的衝突，「但我不是笨蛋。」她清楚感受到幾股暗潮，從不同的方向，將他們夫妻步步推出同鄉的社交圈，不知不覺當中，一回頭，兩人早已成為落單的孤舟，在人跡罕至的外海獨自漂流。

「我不知道確切的原因，我也不想知道，無論那是什麼，都會傷害到我自己。我至少可以選擇不受到傷害。」那是她的決定，豎起一座高牆，隔絕所有她不想聽見的流言，保護自己，也捍衛心愛的家人。

這麼迷你的島，這麼稀少的外地人，這麼難得的萍水相逢，甚或是這麼可貴的他鄉遇故人，相伴相惜都來不及了，怎麼還會花時間花精力在彼此傷害與相互排擠？或許正因為島小人少，來往太密切，訊息太集中，一丁點的嫌隙都可能被放大，被扭曲。我暗自忖度著，要是放寬胸懷，不鑽牛角尖，不對號入座，裝裝瘋賣賣傻，照樣可以歲月靜好，安穩度日。

為他人的痛苦糾結找根源下藥方，很容易，一但事情輪到自己頭上，才悔恨之前振振有詞的剖析與勸慰，狂妄而幼稚，簡直大言不慚到了可笑的地步。

有段時間，天時地利人和，身邊幾個新朋友老朋友，像是約好那般，輪番派給我一道又一道突如其來的人際練習題。無緣無故斷絕聯絡的，不著痕跡排拒閃避的，抑或是私下小話八卦的，一樁緊接著一樁，從潘朵拉的盒子裡接連跳出來，簡直教人應接不暇。我從沒拿過這種等級的測驗卷，太長，太難，好似考也考不完。

驚訝，是最原始的反應，傷心是無可避免的自憐情緒，再接下來呢？是充滿挫折的自我懷疑。是我不夠好嗎？是我哪裡做得不對嗎？是我不值得被接納被喜愛嗎？最後狂濤般湧現的，是憤怒。我是如此滿腔熱血，情真意切，你們怎麼可能又怎麼可以這般對待我？

幾年前，曾經有一個相識二十幾年的閨蜜語重心長暗示我：「真心可是會換絕情的喔！妳那副熱心腸那股真性情，是不是應該緩著點來？」當時聽者傻裡傻氣，照樣一意孤行不知收斂，如今踢到了鐵板，才真正懂得了閨蜜當年的用心良苦。

要是在外面的花花世界，去看場電影吧，去泡一整天書店吧，再不，和另一夥好友相約喝一杯，或是開車到很遠的地方，一個人，在車上大聲唱歌或是痛痛快快大哭一場。

在小島，這些你全都做不到。出不去，走不遠，你會不由自主沉浸在無法控制的自憐或怨念裡面，怎樣都出不來。你會反覆思量，各種奇怪的念頭會像海浪一波一波不停追上來，你會在不注意的時候，陷進去一張深灰色的沒有邊際的憂鬱海洋。

這些都發生在不自覺的狀態，除非你身邊的人夠靈敏嗅出你身心靈的不對勁。我身邊那人忙於公務，自顧不暇，不是心靈守門員的適當人選，我的幡然覺醒，是因為照片。

有一天我突然發現，咦？我最近拍的每一張照片，裡頭那人，看起來都好陌生。「我好醜。」我不只一次跟丈夫這樣說。

好醜的我。不論姿勢怎麼擺，角度怎麼拍，都，好醜。

看著那些照片，電光石火啪一聲，瞬間有個念頭像是流星閃過，啊！妳變醜了，因為妳的心不美，因為妳弄丟了心中曾經飽滿的那份慈悲。

或許折騰到頭了，釋懷，竟然可以如此輕而易舉毫不費力。

想想也夠可笑，天下哪有所有的人都該喜歡你的道理，世上總有許多人，不論你再努力，他就是無法不討厭你。還給那些人討厭你的權利，尊重那些人拒絕你的決定。那些心念，那些行為，都是他們的事情，你無權過問，你也無能為力。

而情真意切，有時不過是你的一廂情願。你跟人家坦誠相見之前，曾經問過別人要不要跟你走在同一路線？你挖心掏肺之前，有問過別人，這顆真心，他是否樂願接受？友情，只能你情我願，不是你熱腦熱心腸的單向投遞，他人就得照單全收。我終於想通，真摯，不一定全是美德，有時候，對某些人來說，它很可能反倒是一樣沉重的負荷。

突然之間豁然開朗，不再沉溺在無謂的糾結。如果小島本身有自帶聚焦與放大的功能，那我要注目的要感激的是友好我愛護我的多數人，而不是拒我於門外的那少少幾個人。

至於那個情真意切的我自己，好吧，我會收斂，但不會全盤改變。真誠，那是上天給我此生特別的恩惠，我要做的不是雙手歸還，而是為它找到更加適切的定位。

因為這座島，因緣際會，我拿到一張困難的測驗卷，可也正是因為這座島，無可遁逃，我才有足夠的勇氣去面對，去細細思考，去找到我要的答案。

這些練習題，完成了，及格了，也值得了。

小島書差

聽說她身體不適，住進馬久羅醫院好幾天，我一直在想，除了祝她早日康復之外，我還能替她做些什麼，才可以振奮她病弱鬱悶的心情呢？

迷你的島國，封閉的生活，對於年輕的移民女生來說，尤其不容易。外面世界的同齡女友們都在過著什麼樣的生活呢？也許是時髦的工作女郎，窄裙高跟鞋闖蕩自己的一片天，也可能已經談了戀愛步入禮堂，結婚生子，經營自己的家庭願景。無論青春以哪一種型態呈現，總可以找到合適自己的養分，開花結果。

可在小島，守著一方家業，日復一日單純過活，忙碌的工作日常，有限的社交圈，一年過了又是一年。尤其鎖國這兩年，小島似乎停止了運轉，停留在某一個真空的地帶，可歲月它照樣自顧自地往前開跑。什麼時候才可以暫離這座島，出去透透氣，曬曬她的青春呢？每次看見那乖巧文靜的小島女孩在店裡奔忙，我總是不由自主感到些許不捨。

她病癒返家之後，我做了一盒紅豆烤年糕送去他們店裡。我跟她其實不熟，只能用大人的心思自顧自胡亂猜測，或許，甜蜜溫暖的點心，起碼可以讓她有點好心情。

媽媽很開心女兒終於回家，但難掩心中的擔憂，無意間跟我提起她的身體雖然逐日痊癒，但心情還沒完全平復，有時晚上還不易入眠。

睡不著？我登時雙眼發亮，那也正是當時我最大的煩惱。

不知道從哪天開始，我突然失去睡覺的能力。夜已深，四周一片寂靜，連遠處的海浪都已歇息，可我躺在床上瞪大雙眼，輾轉難以成眠。多少個小島暗夜，身邊那人早已鼾聲大作進入夢鄉，而我還停留在真實世界，苦苦召喚不知哪裡躲藏的一丁點睡意。

有好幾回，輾轉無眠到清晨五六點，窗外天色漸漸發白，我乾脆一把翻開棉被，下樓吃完早餐，再回到床上，這才迷迷糊糊睡上幾個小時。生理時鐘隨它高興胡亂走，生活完全亂了節奏。

運動量不夠嗎？心中憂慮太多嗎？還是更年期荷爾蒙失調不由分說？我怎麼都想不透，以前那個一沾到床就能秒睡的人，怎麼說翻臉就翻臉，消失得無影無蹤？

除了床墊上歪七扭八的棉被，還有床頭櫃上四處散落的書冊，見證著每一個睡不著的漫漫長夜。一盞黃燈下的深夜展讀，不是為了助眠，只是希望暗夜的腳步能夠走得再輕一點，再快一些。

「那她喜歡看書嗎？」我突然之間靈光乍現：「那我來把我的書借給她看好嗎？」

「啊！太好了！」媽媽一秒都沒猶豫跟著喊出來：「她從小就愛看書！」

我充其量跟女孩只是點頭之交，完全不了解她，怎樣也沒想到，她需要的不是取悅心情的精緻甜點，而是滋潤靈魂的精神食糧。

我是風風火火的行動派，不只借人家書還打算親自送書上門。一點光陰都不浪費，小島書差計畫即刻拉開序幕，我開著小藍車送去的第一輪書，五本，其中一本翻譯小書名為「我睡不著的那一年」，作者幽默的書寫與淡定的態度，我忖度著，或許能帶給她失眠時的一丁點安慰。

我從來沒有想過，兩大書櫃裡我所獨享的上百本書冊，有朝一日，會排隊出走，寄宿他方，成為另一個人眼中的珍寶。

當初我們僅僅拖著四卡行李箱來到小島，幾年過去，唯一增加的家當是兩大櫃的書冊。每一本書都是大費周章才能從台灣來到這裡，一開始少少幾本慢慢郵寄過來，後來因為疫情關係，包裹抵達不易，一直到經營大型超市的台商好友慷慨提供貨櫃的一個小角落，這些書才能一批一批，乘風破浪穿越太平洋，長路迢遙安抵小島。每次收到的紙箱，夾帶著各式各樣不同的味道，塑膠鞋、蔬菜、文具，不一而足，但在我聞來，全都散發著友誼的清香。

每次打開紙箱，迫不及待把新書一本一本挖出來，鄭重地擺滿一桌，仔細打量，在接下來的每一天，慢慢翻，細細看，捨不得一次把幾個月的精神食糧狼吞虎嚥，一口吃光光。

如果書是論件計價的珍寶，那麼在這座島，我應該是最有錢的台灣人。每一本書都是我精心挑選而來，而且我是有潔癖的讀書人，書上沒有一點髒汙，沒有一絲摺痕，就算讀完的書也是乾乾淨淨如同全新一般。

可我不怕分享，如果這些書帶給我的幸福感可以傳遞給另一個需要的人，我比任何人都要來得慷慨。

女孩一開始被我送去的書嚇到，「這本書才剛出版誒！」「妳的書都好乾淨喔！」她無法掩飾收到書的興奮，可也小心翼翼，生怕弄壞了我的寶貝。

「別怕，放膽去看，沒關係的！」我再三跟她保證她愛怎麼看就怎麼看。可有一回我到他們店裡，碰巧看見她把小說家王定國的簽名書用花布書套包起來，就如同捧著一件價值連城的珍寶，在繁忙的工作空檔謹慎端詳，絲毫不敢鬆懈，連大氣都不敢喘一下。太可愛，我不禁啞然失笑。

一開始送過去的書大抵是純文學書籍，雖然我們碰巧有一兩位共同喜歡的作家，但畢竟我的選書還是充滿個人偏好，這大幅度擴展了她的閱讀版圖，也推她走出原本的舒適圈，看見更廣大的文字世界。

後來發現她對心理相關的書籍也情有獨鍾，恰好鎖國這兩年，為了在孤單中自求生機，我書櫃裡的心理書冊遠遠多於文學類別，幾乎把每一季受到矚目的新書都囊括在內。這些書，一本一本送到她的手裡，那些曾經安撫過我的字句，隨後也柔軟了她糾結的生命議題。

多難得，在小島遇上一個同樣愛書的人。

除了書籍交接，我們很少額外聯絡或見面。每次我抱著書袋出現在店裡，她會立刻撥開人群直接向我走來，從繁雜的工作中抽出五分鐘或十分鐘，急切地訴說她的讀書心得。這本書艱澀那本書易懂，這個作家出乎意料的好，那個作家抱歉不是我的菜。有趣的是，平時她是個靦腆不多話的女生，可只有這個時刻，她會瞬間華麗轉身，眼睛發亮，臉上有光，變成一個熱烈的人。

因為時間有限，我們隨便站在店裡某個角落就可以開起迷你讀書會。我記得有一回，她站在結帳櫃檯前面，熱切地說起王定國的短篇小說，「我沒法一口氣讀完整本書，」她嘆了一口氣，雙眼咻咻噴著火花：「讀完一頁就少了一頁，好捨不得。」

我聽了忍不住驚呼：「妳怎麼跟我有著一模一樣的心情？」一邊說一邊起了全身的雞皮疙瘩。

還有一回，讀書會欲罷不能，從店裡一路持續到外面停車場，兩人就站在馬路邊討論起一本精采的心理學翻譯新書。車子不時從我們身邊呼嘯而過，大海就在教堂的後方遠遠唱和，我們倆完全不為所動，用全島沒人能懂的語言交換著全島沒人能懂的滿腔熱切。

孤單的島，我們兩人何其幸運，還可以共享文字的熱鬧。

她也是我見過最乖的讀者，照單全收，再艱難的書她都不輕易放棄，一字一句不斷琢磨，只想把它們消化之後據為己有。一直到很後來我才知道，她其實只有小學的中文程度，中學之後年年都是島上英文學校的資優生。我著實嚇了一大跳，不免懷疑起這一年來我對她的中文餵養，是否一直在揠苗助長？

她的毅力與熱情深深感動我，也鼓動著我，每隔兩週或三週，不用讀者提醒，我會專程開車去送書，一次五本，幾乎沒有間斷的時候。我是一名盡責的小島書差，勤奮遞送一種只有我們才懂的歡快。

離開小島之前，當我送完最後一批書，仔細算了一算，借書總數恰恰來到第二十回的第一百本。

「我雖然還未能來到財富自由的階段，但我從沒想過，有一天，在這座小島，我竟然先有了『書本自由』的感覺。我好感恩，也好幸福。」她在最終一回收到書之後，跟我寫了這則訊息。

我突然想起少年時，我常常一個人騎腳踏車到鄰鄉的圖書館借書，一直到現在，我還清晰記得在全無旁人的書架間徘徊是一種何等幸福的感覺。小島上，這段特別的書冊情緣裡，感恩的人何止是她，我也衷心謝謝她給我機會，讓我重溫了那唯有書香才能帶來的幸福滋味。

儘管這回，我不是那個愛書成癡的女孩，而是一個獨一無二的小島書差。

我和舒米葉的祕密約會

晚上我一個人繞著社區走路時，經過盡頭彎處，海濤聲在一堤之外澎湃作響，這時，我心裡突然浮現一個念頭，該是跟舒米葉碰面的時候了！

回家後，打開郵件，舒米葉的信搶先一步躺在信箱。「又來了！」我搖頭，微笑，自言自語。

已經記不得這是第幾次了。每當我興起跟她見面的念頭，她總是快我一拍提出邀約，我懷疑她有某種神奇的本領，可以同步接收到我的電波訊號，並且毫不猶豫立刻回傳。

剛認識她的時候，我沒想過我們會變成這樣的朋友。我的另一個日本朋友介紹她來健康中心上瑜伽，一個星期固定一回，上課次數少，說的話也少，精緻小巧的五官，一張特別白淨的臉上永遠掛著禮貌的微笑。「典型的日本媽媽。」這是我對她的第一個印象。

我承認，我對含蓄多禮的日本女生有一種先入為主的觀念。人生第一次在國外生活，是在英國，而第一次往來的外國朋友，是日本人。有個難忘的場景發生在大學的語言中心，課後我跟一個台灣女生道別時，順口就說：「有空來我家玩喔！」等她離開之後，平日和善溫柔的日本女生靠過來，小聲跟我說：「妳要小心喔，她真的會去敲妳家的門喔！」

我猛然想起前幾天才剛去敲了這日本女生的家門，送上我做的英式甜點，天哪！原來我也是錯把禮貌當認真的台灣傻女生！

舒米葉跟她的模樣很相似，我的潛意識自動將她們歸為同類。可要小心不要自作多情，我提醒自己保持合宜的距離，上課前後哈拉兩句，捲起墊子，彼此哈腰離去。

當了同學很久之後的某一天，下課後我們一起走出健康中心，站在門口多聊了兩句。才幾步路而已，意外拉近了我自己所預設的遙遠距離。我曾經以為小家碧玉的日本媽媽，其實是個留英多年的鋼琴家，而我曾經不敢越雷池一步的客套有禮，背後其實藏著蠢蠢欲動的活潑熱情。

一道無形的藩籬雖然自動移除，但我們依舊只是瑜伽課的同學，沒有其他機會更加靠近一些。一直到瑜伽課停了，幾個共同的朋友暫時離開了，平時熱鬧的小小社交圈逐日沉寂下來。小島生活裡寂寞的某一天，沉靜的她彷彿突然醒轉，主動約我一起吃午餐。

從那之後，約莫一個月一回的午餐約會變成我們之間沒有說定的某種默契。我們有許多共同的朋友，可是沒有人知道我和她之間固定的私下往來，我們也沒打算敲鑼打鼓跟誰宣稱這份友好關係。我們認定那跟別人完全無關，只是潔思敏和舒米葉之間謹守的一個祕密。

我很快發現，第一次約會之前我所認識的舒米葉，全都是我自己的想像，或者該說，是我固執的偏見。我承認那是很大的謬誤，在走進一個人的內心世界之前，怎麼好先用過往的經驗，將她量身打造成為符合想像的另一個角色？

事實是，她不害羞，不寡言，不是那個用禮貌的寒暄偷偷打發你的舒米葉。

真實的舒米葉，前半生只活在鋼琴的世界。她幼年開始學琴，高中遠赴倫敦念音樂中學，順利進入一等一的音樂學院修習鋼琴演奏，順利成為舞台上一顆眾所矚目的明星。她在倫敦生活了整整九年，後來成為日本僑界爭相聘請的王牌鋼琴老師。

九年之後，接到母親生病的消息，她決定回到東京幫忙打理母親畢生心血的音樂教室。母親病逝之後，她結婚她生子，人生第一次離開鋼琴，成為一個自由的平凡人，「不用再辛苦練琴，那是我前所未有的快意生活。」出走音樂圈，她竟然覺得輕鬆無比。

成為一名妻子與母親，很辛苦，可是也很新奇，雖然忙碌的丈夫早出晚歸，她幾乎是一個偽單親，但她並沒有太多怨言。反而是丈夫不想繼續忍受如此淡漠疏離的家庭關係，偶然的機會，他爭取到小島的工作職位。

丈夫很興奮即將開展全新的第二人生，也期待可以擁有更加完整親密的家庭生活。可舒米葉十分猶豫，小島生活太難預期，她不確定跟孩子們是否能夠適應，而且，她其實沒想過要離開音樂那麼遠的距離。最後她妥協，「因為丈夫跟我約定好，就一年的時間，合約一滿，我們立刻離開。」

小島的全職媽媽，趕著接送小孩，趕著烹煮三餐，趕著緊盯功課，趕著一堂百忙之中的瑜伽課，趕著一個月一次與我的祕密約會。這就是我所認識的舒米葉，不是倫敦音樂舞台上的新星，不是饒有名氣的鋼琴老師，「這是我人生離開鋼琴最遠最久的時候。」她曾經攤開手，十根手指空蕩蕩，淡淡跟我說。

我們共同的話題是這座沒有鋼琴的島，以及各自經營的小島人生。

我們總是相約十二點，離她小孩放學有完整三個小時的時間。聊些什麼呢？教育的瓶頸、家庭的意義、難懂的人際糾葛、充滿挑戰的夫妻關係，隨手拾來莫不是可以深入探討的人生話題。時光彈指而過，沒有一次離開前我們不是意猶未盡，不是遺憾還有許多話還來不及全部說完。

我非常享受跟她的約會，比起尋常聊天打屁，更像是一種對彼此對自我的深刻挖掘，或是一場未知的探險，你永遠無法預測離開這張餐桌之前，你會打開哪一扇窗看見哪一片你不曾預期的廣闊藍天。

這絕非我自己的一廂情願而已，每次約會當晚，最遲隔天一早，我必定會收到她情真意切的致謝短簽，「謝謝妳讓我有機會進入另一個我不知曉的新世界。」她不只一次這樣說。

我和她的約會順著鎖國的脈絡向前展延，一個月接著又是一個月，預定好的計畫全被打亂，我們還是困在小島，哪兒也去不了。曾經有一段時間，封閉的小島生活來到一個難以跨越的極限，我的內心有著無法言說的鬱結。那期間，我照樣去赴約，雲淡風輕喟嘆幾句，轉頭繼續未竟的有趣話題。低潮過去之後的某一次聚會，她突然跟我說，之前她經歷了一段非常難熬的時間，回國無望，自由無期，她感覺自己走到了一個崩潰的邊緣，「幸好，現在已經好多了！」她說：「謝謝妳，那時我從我們的談話裡得到莫大的療癒。」

真相大白，我們在海闊天空的數個月後相望而笑，驚訝兩人曾經如約定般同步而行，並且感激彼此在那樣暗自艱難的時刻給了無聲但溫暖的陪伴。

舒米葉和我之間，有一種別人難以理解的革命感情，每個月的碰面，有時驕陽大晴有時淡淡陰雨，無論如何總是帶著笑意離去，然後退回各自的世界，繼續與孤單的小島和平共處。我們互不干擾，卻彼此暗中祝福，耐心等待下一次交會的光輝。

淡如水，深如海，這是我與舒米葉在避世之島的君子之交。

珍妮與大酋長

珍妮，我在伊拜的閨蜜，她是一個非常奇特的生意人。

她在馬久羅擁有一家批發超市，由兒女打理，她自己則長住伊拜，經營一家五金百貨，偶爾才會回到馬久羅。有一次她帶了一個當地的女員工一起回來，那女生難得來一趟馬久羅，短短幾天之內，橫掃各商家，買了好幾大箱的伴手禮，幾乎都要上不了飛機。那些花費理所當然全是老闆娘買單，她跟著後面不停付帳，啼笑皆非，可一點也沒動氣，只是在心裡叨念著：「喔！下次不敢帶她來了。」完全沒給女員工臉色看，也沒說出一句責備的話來制止她。

曾經有一位旅館的經理跟我說過，珍妮是一個十分善待員工的老闆娘，就算明知員工闖了禍也不會當面讓他難看，總是願意再給犯錯的人一次重來的機會。「這是我們在地人才懂的小島文化。」他十分驚訝她明明是一個台灣人，怎麼可以如此融入如此在地化？

在地化的還有關於「分享」的島國神髓。我很快從這人那人口中得知，珍妮雖然努力賺錢，可也用力在奉獻。島上各式各樣的大小活動，她出錢出力，只要她做得到就絕不囉唆。我第一次遇見她，是在伊拜旅館的門口，初次造訪的我傻傻站在街頭看人看屋舍，她突然一襲花洋裝出現在我身旁，說是天氣熱，要我進去大廳吹冷氣就好。這時，有個孩子經過我們，對著她大喊：Jenny number one! 我一時之間沒聽出端倪，以為只是孩子調皮鬧著玩，緊接著，又有另一群孩子，遠遠叫喊：Jenny number one! 我這才轉頭看她，她只是害羞笑著，說：「啊他們就喜歡這樣叫我。」

孩子很誠實，誰對他善意，誰做了好事，就是他心目中的第一名。一個外國人竟然如此受到當地人的歡迎！那天我暗地裡的驚訝，在認識她一段時間之後，漸漸轉為好奇，這個永遠笑咪咪的台灣老闆娘，這般慷慨大器，一手進一手出的生意膽識究竟從何而來？

後來才知道，她出身台灣南部成功的生意家庭。打小生活無虞，她沒有養成千金小姐的驕氣，卻從雙親身上學到生意場上的豪爽霸氣與生意場外的樂善好施。她從小就深知要收穫也要付出的道理，也相信，順隨著心意的無私奉獻，將會遠比金錢的巨額獲益帶來更大的快樂與滿足，因為父母親就是那樣地做生意，也是那樣地做人。

十幾年前她單槍匹馬從馬久羅轉戰伊拜，從零開始打起江山，沒有人脈也沒有背景，一開始她的當地話只有簡單溝通的程度，英文能力也只算基本而已，唯一的武器，就是一副敢衝敢拚願意給也願意做的真性情。

一名遊走在盈虧兩端卻仍然可以取得完美平衡的老闆娘，正因為這種與眾不同的非典型商人性格，她才能在日後與大酋長結下一段奇特的緣分。剛到伊拜不久，有一回，她送貨到一個婦女組織的活動現場，隨後順勢留下來幫忙，捲起袖子埋頭做事，她比起工作人員還要更加勤勞。那時她完全不知道，有一個在地人正遠遠打量她，狐疑著這個外國人怎麼忙得這麼起勁，後來一經打探才知道，她哪是什麼工作人員，只是一個義務幫忙的路人甲。那人覺得十分感動，把她深刻記在了心裡。

那人，年紀長她二十，是島上傳統領袖的一員，也是當時大酋長的弟弟，地位崇高，論年紀論階級，珍妮與他都不會有什麼特別的交集。一直到五年之後的某一天，她突然收到一項特殊的任務，他即將飛往台灣進行訪問，希望她能陪同前往。從馬國到台灣，途中幾度起降落宿轉機，十分波折，她隨身照看他的溫飽與安全，直到順利抵台，把他交給接待人員。幾日之後，訪問行程結束，她離家與他會合，相同的行程重來一遍，長途漫漫一起飛回島國的懷抱。

簡而言之，她的工作就是一名旅程中途的護送員。他不是沒有隨從同行貼身護衛，而她也不是沒有狐疑過為何她會得到如此的交託？很久之後她才意會過來，或許，過去幾年他始終一言不發默默觀察著她，見證她一路來的熱心與良善，確認她正是這個任務的最佳人選。

如履薄冰般的小心翼翼，她的周全守護也證明了他的所託無誤，幾年之內，她自掏腰包護送他飛了好幾趟台灣。周折的旅程之中，兩人逐漸建立起某一種從未言說的革命感情，可是她始終誠惶誠恐對他懷著敬畏之心，舉措永遠謙恭有禮，不敢稍有一絲踰矩。尤其後來他繼任大酋長，登上傳統領袖的至高位置，她內心更是充滿崇拜與景仰，因為她打從心底明白，他，是一個非常奇特的大酋長。

他不撒錢。要是人民跟他伸手要錢，他會直接拒絕，要求他們先憑自己的能力去掙錢，但他會暗中觀察，如若哪人真有需要，他會主動出手幫忙。他也不欠錢。跟商家往來，錢項清楚明白，不拖延還款，當然也不會假裝忘記趁機一筆勾銷。誠實，是他對人民的要求，也是他對自己的嚴格紀律，中間沒有許多島國人習以為常的模糊地帶。

「而且，他有魔法。」珍妮不只一次神色敬畏地描述人們傳說中的神奇事蹟，能讓落後的帆船轉敗為勝，能教天氣化雨為晴，還說他一眼就能看穿人心，讀出對方的心思，善惡忠奸在他眼前無所遁形。所以人民不敢隨意造次，連他那座圍牆高聳的濱海莊園都不敢輕易越雷池一步。

對我來說，大酋長的神祕在於崇高的身分下藏著一顆赤子之心。我其實有點懼怕他。他身形偉岸，舉止優雅，眼神深處彷彿藏著無底的智慧。在許多場合遇見他時，我總是即刻退到丈夫身後，傻傻笑，握手道安之後迅速站回一旁，安靜聆聽他們的對話。可其實我也格外喜歡他。他笑起來的時候，一雙眼睛好似彎月，亮晶晶，如同孩子般的清澈純淨，無人可以比擬。

丈夫和他的交情也很不典型，不僅僅是一般外交場域上的友好關係。我始終覺得他看出台灣大使在公務之外的一番懇切，而對他另眼相待。有一回丈夫得知他喜歡古典音樂，送給他一張珍藏的捷克四重奏台灣民謠專輯，過了大半年，我們去伊拜參加他的莊園所舉辦的一場盛大慶典，突然聽見音響流瀉的音樂竟然是熟悉的台灣民謠。面對我們的驚訝表情，大酋長微微笑，什麼都沒說，一切盡在不言中。

不論位階高低、種族差異、年齡老少，或是魔法有無，在我的眼裡，珍妮和大酋長其實是同一類的人。愛，以及真誠，都是他們生命中不可或缺的元素，也是他們之間友誼恆常的祕密。

能為這樣的大酋長付出，對珍妮而言是一種榮耀。付出，主要不是那些大塊事項上面金錢或物質的奉獻，她一個婦道人家，最能關照到的不過就是日常生活裡的瑣碎必需。她不定期主動送食物進去他的大莊園，不是什麼珍饈美味，都是她自家廚房的熱湯菜飯。要是有什麼難得的珍貴點心或新鮮蔬果，她自己捨不得吃，第一個想到的就是孤家寡人的老人家。「吃飽沒？」台灣南部人掛在嘴邊的一句問候，來到千里外的島國，變成她對大酋長最大的牽掛。

她對他的好，自動自發，心甘情願，「我以前不能理解那些信教的人怎麼會死心塌地跟隨一個人，現在我懂了，我對大酋長，也是同樣的感覺。」而且，她並不期待什麼回饋。島國生意場上有太多人情世故的糾結，她四處想辦法解決，就是不曾開口跟最高權柄的大酋長討過一次人情。有一回為了兒子遲遲進不了入境的隔離名單，她求助這人拜託那人，就是沒動過一點大酋長的念頭，直到幾個月過去，消息輾轉傳到他的耳裡，他二話不說主動出手相救。這是他們之間沒人能懂的君子之交，也是他們之間不用言傳的情義相挺。

我曾經問過珍妮，你們之間的關係比較像是父女呢？還是忘年之交呢？她傻笑，想很久，說不出答案。

國界關閉來到尾聲的時候，伊拜舉辦一場五十年才得一見的大酋長登基大典，籌辦時間長達數月。每天，年歲已高的大酋長隻身坐鎮會場正中央，指揮布置工作，監督少年棍子舞團的排練，一張孤單的椅子一坐幾個小時。珍妮送食物送咖啡，還不時靜靜待在稍遠的後方，無聲陪伴。典禮前幾個星期，大酋長命人送來一塊布料，囑咐她訂做當天的制服。「那是他們家族才能穿的布料！」珍妮不可置信跟我說：「而且，他還把我的座位安排在家族特區！」

典禮當天，我看見珍妮穿著同色制服，低著頭，神色肅穆，安坐在家人席上，百千眾人裡，我切實感覺到一股真摯的情感在默默中流淌，不動聲色之中，他們已經是家人般的存在。

幾個月前，我和丈夫在與伊拜一海之隔的瓜佳蓮隔離兩個星期，隔離結束的那一天，大酋長和珍妮意外出現在美軍園區，特地趕來迎接我們出關。我們好驚訝，這是何等的榮寵，老人家一大早渡船過海又乾等兩三個小時，只為在我們重獲自由的那一刻，親自跟我們說聲辛苦了。

見面的時候，大酋長滿臉笑意，用力抱住丈夫，兩人都有點激動，那是男人之間的情深義重，而我，照例站在有點遠的後方，跨前一步，伸出手準備輕輕一握。沒想到，大酋長張開雙臂，同樣給我一個溫暖的大擁抱。我驚訝之餘，看見後方的珍妮，咧開嘴，會心一笑。

兵分兩路，大酋長和大使，珍妮和潔思敏，各據一桌各自談心，兩個小時後我和丈夫準備登機飛回馬久羅。踏進機場入口前，我回頭，看見他們兩人的身影消失在長路的盡頭。

珍妮與大酋長，是我在島國親眼見證過的，愛與真誠的奇特組合。

參 是一座瑜伽的島國

為什麼妳要在這裡？

「為什麼妳要在這裡？」

五個呼吸，老師遲遲不喊停。當我全心全意，想像自己是一棵定靜的樹，是一陣柔軟的風，或是一隻被馴服的小獸，我唯一未被掏空的心念只剩下這句：「為什麼妳要在這裡？」

為什麼要汗水淋漓撐住這要命的五個呼吸？

要在很久之後我才真正明瞭，因為撐過去，妳會得到一天的平靜與舒暢，作為妳勇敢面對自己的獎賞。

剛開始練習瑜伽那幾年，還不太懂這個道理，不時在勉為其難和心甘情願兩者之間徘徊不定。

許多年前搬到新竹陪讀，送兒子上學後我會直奔健身房，趕赴清晨第一堂瑜伽課。寬闊的教室裡，我總躲在柱子後方最邊邊的位子，在老師看不見的地方，賣力追隨，痛苦伸展。一個小時之後，從大休息的姿態緩緩側身坐起，合掌彎腰，Namaste，靜悄悄捲起瑜伽墊，快步離開，下樓，到星巴克，打開筆記本開始書寫。

有一本書，是帶著瑜伽課未乾的汗漬寫出來的。有時忍不住要一邊寫一邊問自己：「妳為什麼不安分當個優雅的女文青就好？偏偏要這樣舞弄得一身狼狽才來寫字喝咖啡？」

可是，還是一次一次，乖乖回到瑜伽教室最角落的位置。

在印尼泗水，幾經尋找，最後落定在離家十分鐘車程的健身房。這回，並不熱衷交際的台灣瑜伽客闖進一堂熱鬧開心的印尼瑜伽課。老師們用印尼文帶領，同學們幾乎都是當地人，嘰嘰喳喳說著我來不及聽懂的笑話。我照舊把墊子鋪在邊邊角落，微笑，不輕易開口說話，勉力跟上老師與同學的節奏。

星期一到星期五，為了那堂早七的晨光瑜伽，丈夫為我買了一輛小車，一千西西的迷你Toyota，噗噗噗，迎著晨曦，跑在還沒完全清醒的泗水街頭。

不知道為什麼，印尼同學們筋骨特別柔軟，我常常忘了自己的極限，順隨著他們的步調，全力而為。課堂中間，常常痛著瘦著忍著不停問著：「妳為什麼不在家裡睡好睡滿就好，偏偏要跑來這裡折磨妳自己？」

可是很奇怪，還是每天去報到。

剛來到小島那幾個月，諸事雜亂，一時之間找不到瑜伽課，只能自己在家隨意伸展。規律的瑜伽日常被打亂，沒多久時日，筋骨變硬了，呼吸變亂了，隱隱約約，我時常聽見瑜伽召喚我的聲音。

後來，我一打探到有個在大學任教的美國老師在RRE旅館教授瑜伽，二話不說，揹起瑜伽墊被初識的年輕朋友載著走。我完全沒概念要去什麼樣的地方上什麼樣的課，只知道，我思念無限的伸展，我嚮往身心的柔軟，我甚至開始懷念全身痠痛之後尾隨而來的放鬆快感。我確信，該是我回到瑜伽墊上的時候了。

沒人事先告訴我，原來，這是一堂大海瑜伽課。

小小的高台，無處可逃，我只能順其自然把瑜伽墊鋪在最前方。大海，一整片湛藍大海就在你的眼前。吸氣吐氣，雙手像翅膀往天空延展，在最遠的半空停留，輕輕放回胸前，合掌，緩緩彎下腰，手心觸摸地面，胸口貼近膝蓋，抬頭，大海就在你伸手可及的前方。

吸氣吐氣，彎曲右膝，右手捉住腳踝，左手高高舉向天際，右腳緩慢向後伸展拉高，眼睛平視前方，你好似一艘揚帆待發的小船，靜默駛向大海藍色的懷抱。

一切都在極度的靜謐中無聲進行，一直到最後躺平在瑜伽墊做大休息的時候，我才聽見海浪的聲音，一拍接著一拍，跟隨著心跳的節奏，聲聲傳來。

在奧地利的女兒看了我拍的照片，連聲讚嘆，說：「哇！景色好美，居然對著大海做瑜伽？學費很貴吧?!」

和善又熱情的美國女老師，義務上課，不收費。

課後，來自世界各方的瑜伽客背起瑜伽墊，結夥而走，才幾步路，來到旅館二樓餐廳，併起兩張桌，一邊吃早餐一邊隨意開講，鬧騰騰，像是一場提早開始的週末趴踢。

我一樣坐在最邊邊，微笑，認真吃著早餐，認真聽著各種不同口音的英文，偶爾找個空隙奮力鑽進去，開口聊幾句，勉強把自己硬生生塞進他們的話題裡。從這裡開始，一步一步，我要努力學習像大海一樣的開闊大度。

馬久羅的大海瑜伽課，海景無敵不收門票，老師溫柔不收學費，另外附送一堂高級英文會話課。

多年的瑜伽課，第一次，我忘了問我自己：

「為什麼妳要在這裡？」

瑜伽客與翻譯者

大約一整年的時間，我在馬久羅醫院附設的 Wellness center 上瑜伽課。一週三次，一三五早上十一點整，我開著藍色小車，背著粉紅瑜伽墊，準時去報到。

一開始是聽人家說，醫院的健康中心「好像」有一堂沒有老師的影片瑜伽課。人生地不熟，我不敢直接貿然闖進去，找了一天上課的時間，來到教室外，我擠身在牆邊，透過門上的小玻璃窗斜斜觀望，躡手躡腳，很怕被人發現。

教室其實是一間小型健身房，簡單的運動器材之餘，只剩小小的一匝空地，兩個老太太，端坐墊上，正對著投影機的布幔銀幕，專心做瑜伽。她們的動作順暢俐落，雖然稱不上武藝高強，但這身手，看得出來應該已經練習了不少年。

小窗上貼了一張紙，上面清楚寫著一週的上課時間，我用手機拍下來，無聲無息悄然離開。兩天後，下一回上課時間，我背著瑜伽墊，深吸一口氣，推開門，硬著頭皮走進去，傻笑，開口說：「我可以跟妳們一起做瑜伽嗎？」

一句話我分兩次說，一是英文，一是中文。因為我的同學們，一個是博物館的資深館長，幾十年前從美國遠道而來；另一個是中國阿嬤，多年前漂洋過海來依親，幫忙做生意的女兒照顧年幼的孩子。

兩個超過七十歲的老太太，轉過頭來看我，「可以啊！」「Sure!」不約而同開口回答，臉上也不約而同浮現一種複雜難解的表情，有點興奮，卻有點平靜，有點熱情可也有點淡漠。

那表情，彷彿是她們在表示歡迎的同時，預留了一些空間來觀察這個陌生的「年輕女子」（對她們而言，我當之無愧）：她是誰？她是來亂的嗎？她是一時路過嗎？

她，會做瑜伽嗎？

我展開瑜伽墊，鋪在最角落的位置，燈光暗下來的同時，銀幕上的金髮女老師開始第一套動作，同時流瀉而出的是緩慢低沉的英文旁白。整整一小時的伸展流動，我要勉力追隨才能完全跟上。這套全身瑜伽動作組合，堪稱進階水平，而這兩個老太太，全程毫無懼色，也沒有一絲疲態，我一邊跟著，一邊在心裡讚嘆著，哇！這也太厲害。

第一堂課上完，她們似乎對我產生了一點興趣，或許心裡嘀咕著這不知打哪冒出來的女生，看來也不是花拳繡腿的泛泛之輩。連續全勤一週之後，我感覺到終於被接受被認可，她們甚且難掩喜色，話由真心，分別跟我說：「妳來了，真好！」

真好，並不是因為我七八年的瑜伽資歷還追得上她們的水平。她們真正在乎的是，同窗四年，共同做了幾百個小時的瑜伽之後，天可憐見，終於有一個台灣女生莫名奇妙跑進來，站在兩人中間，把頭轉得像是撥浪鼓，一左一右，一右一左，作為她們的即時翻譯員。

兩個瑜伽阿嬤，一個不會說英文，一個不會說中文，「那妳們這麼多年都是怎麼溝通的？」我好奇地問。

「比手畫腳，雞同鴨講。」美國阿嬤說。

我很快發現，比起摸不著頭緒的比手畫腳，她們共通的語言，是默契。每次上課前，美國阿嬤負責開電腦叫出影片檔案，調整音量，與此同時，中國阿嬤在另一邊按下投影銀幕升降開關，一轉身，再關上大半的燈光，然後各就定位，進入各自的瑜伽世界。

還需要什麼語言呢？一切盡在不言中。

行之多年相安無事。儘管如此，當有一座橋梁忽然橫空出現，她們還是忍不住趕快想跑到對岸去，把風景看個究竟。

比較活潑的美國阿嬤提出第一個想必忍了很久的問題：「妳快點幫我問她，她到底幾歲了？」

「七十四。」一向沉著鎮定的中國阿嬤正義凜然說。

等到答案後，美國老太太豁然開朗，像是終於解開一道懸疑多年的數學題，皺紋的臉上露出小女孩的天真表情，難掩喜色笑著說：「哈哈，她果然比我老。」

多麼不可思議，四年來，一個星期同窗三回，除了國籍，她們對彼此一無所悉，恐怕連對方的名字都叫不出來。「老太太」，中國阿嬤用濃厚的鄉音這樣稱呼她，「she」，則是美國阿嬤給她的英文代名詞。

而「妳」跟「you」，自然而然，變成了我在瑜伽課的識別碼。

不過，可別誤以為我們一直忙著在聊天。除了影片開始與結束的前後五分鐘是我忙碌的翻譯時間（就算有時聊到起勁了，頂多十分鐘，我們會自動坐上瑜伽墊開始盤腿，或捲起瑜伽墊各自說再見），兩個阿嬤絕對不會忘記，這終究是一堂嚴肅的瑜伽課。

和兩個年過七旬的阿嬤做瑜伽，非常具有自我鞭策的絕佳效果。暖身時連續七次的滾背站立，我做得氣喘吁吁，旁邊兩人一點聲息都沒有，好似兩隻靈巧的小燕輕鬆撲翅。分腿前彎時，我要花很大的氣力把頭垂墜在兩足之間，顛倒著望過去，摺成一半的她們卻柔軟得不費吹灰之力。中間的下犬、三角、勇士、舞王、鴿式、橋式、坐姿扭轉……七十歲的筋骨未必都能夠完全到位，但全都勇往直前，不完美，卻也了無退縮的空間。熬到最後的肩立、犁鋤，在我還小心翼翼把十根腳趾頭從空中緩慢地放到頭頂，她倆，咻一聲，早已經安好兩把漂亮的鋤頭，好整以暇等著我。

阿嬤們都可以，我怎麼能輕易說我不行？雖然越過自己的瑜伽墊與旁人較勁是很幼稚的行為，但在她們面前，我的幼稚好像是一種專利，被允許用來驅策我自己，要認真，要更努力。

同樣一套動作做了四年之後，雙人瑜伽課成了三人新組合。我記得以前大學的易經老師說過：兩個點只能連成一條線，三個點才能變成一張平面。墊上的我們，被連線，被交流，被伸展的，不只是瑜伽的技藝，也是一份特別的友誼。

君子之交淡如水。這份友誼只發生在瑜伽教室裡，出了這扇門，我們仨，各走各的路，沒約過吃飯，沒電話往來，在只有一條公路的小島上，我們甚至幾乎沒有曾經偶遇過。

孫女已經離家到美國上大學，完成任務的中國阿嬤預計在下一個夏天告老還鄉，「我們約吃個飯吧，妳得在她離開前幫我留下聯絡方式。」美國阿嬤不只一次這樣說，我轉達給中國阿嬤，她微笑而不答，沒附議也沒拒絕。

這不容易。英文單字不識一個的中國阿嬤，不會用電腦郵件，也沒見她拿過手機。面對美國阿嬤的殷殷期盼，我第一次覺得，隔著一個太平洋，這條波折的線，想連得上來，真難真難。

夏天來臨之前，美國阿嬤連續兩回無故缺席，打電話到她工作的博物館，得到模糊的訊息，說她生病了。之後，我按原訂返台計畫，離開將近一個月，等到再度回到小島，被蕁麻疹困在家裡整整兩個月，我再也沒有回去過阿嬤瑜伽課。

中國阿嬤應該已經離開，美國阿嬤呢？我迂迴探問過她的消息，有人說她不在島上，或許是回到美國家鄉退休養老了。

過了好久好久，久到我幾乎要忘了阿嬤瑜伽課，兩個月前，我在超市門口，剛停好車，遠遠看見一個熟悉的身影正在博物館前面的路邊攔計程車，我趕緊跑上前，我的美國老同學卻已經上了車，跟我擦肩而過。

原來她還在。

而我，很抱歉，這堂課，我卻已經先行離開。

歡迎來到新世界

日本大使夫婦設宴在某中國餐廳，簡陋的包廂最角落坐著一個陌生的日本女生，很瘦很瘦，瘦到我不好放眼直視，可也很難不教人偷偷地多看兩眼。

閒聊中才知道這個看起來弱不禁風的女生，諾比，其實是個隱藏版的運動能手。每天清晨六點，天還沒亮全，她已經準時出現在機場附近的公園，繞圈圈，跑到太陽出來的清晨七點鐘。

「今天是沒有間斷的第一百八十天喔！」她巴掌大的臉容光煥發，曬過晨曦之後的一朵笑顏，顯得特別亮眼。

我那時已經和健康中心瑜伽課的美國阿嬤失去聯絡大半年，不確定中國阿嬤離開之後她是否還持續那堂課。我原本並沒有回歸舊課的打算，不知道為什麼，在這個精力飽滿的日本女生面前，有股莫名的熱情在我胸間突然醒覺，火焰焰一片，我竟然開口問她：「妳想上瑜伽課嗎？」

她雙眼登時發亮，猛點頭，熱切地問我：「咦？在哪裡？在哪裡？」

午宴結束前，我一時衝動，和她約好帶她去上久違的影片瑜伽課。我人來瘋，禁不住對方熱情的回應，腦袋都還沒想清楚，撒開手腳拚命往前衝。一離開餐廳我就後悔了，那段時間我犯了蕁麻疹，好好壞壞，我其實不確定自己是否已經準備好再回到影片瑜伽的老懷抱。

都約好時間了，哪能隨便反悔。我硬著頭皮，拎著瑜伽墊，引領她來到久違的健身房。推開門，美國阿嬤一臉驚訝看著我們，喜出望外，但仍維持一慣的淡定，波瀾不興，說：「喔，妳回來啦！」

沒想到，這一回來，影片瑜伽課重新洗牌，諾比取代離開的中國阿嬤成為新班底，嶄新的瑜伽金三角於焉成形。

事情的發展超出預期。哪裡知道隨手拎回來的一隻菜鳥，隨便點撥兩下，一飛沖天，很快追上老鳥的行列。才上幾堂課，她已經做得有模有樣，完全看不出來是瑜伽墊上的新鮮人。

尤其教人意外的是她的熱情與毅力。一週三天，無論雨晴，她幾乎沒有缺席的時候。我原本只想擔綱領路人的角色，帶她入門後隨即緩慢淡出，沒有打算和她們地久天長。沒想到反而被她的熱情推著走，時間一到，我會乖乖出現在教室最右邊的角落，那感覺，仿若有一雙隱形的手按捺住我，安坐墊上，調整呼吸，一步一步匯入她的節奏。

整整一年的時間，一週三回，我們重複練習同一套影片，我有一種關在洞穴練功的錯覺。我的功力平穩維持，而她不遑多讓，簡直是跳躍式的越級，肢體的柔軟度和穩定性都達到相當的水準，連我多年來始終做不來的烏鴉式，她輕巧完成，不費吹灰之力。

當然，瑜伽不能光靠技術的困難度來區分高低，更關鍵的亮點應該在於它是否進到你的身心深處，成為你人生的一種態度。在我眼裡，瑜伽前後的她，有了很顯著的變化。之前的她瘦巴巴，楚楚可憐的模樣，讓人不由得想隨時扶她一把，現在的她，依然纖細，可舉手投足之間透露出一股強壯的氣息。剛認識時的她，外表活潑熱情，但交談之際，你還是聽出她的缺乏自信。後來的她，表裡相符，像是海島熾烈的陽光，充滿獨特的魅力。

日月推移，我們聯手擴張我們共有的瑜伽版圖，除了健康中心的老課程，許多新課突然百花盛放，週三的清晨瑜伽，週六的大海瑜伽，以及不定期的後院瑜伽，每堂幾乎都有我倆的身影。有她的小島，我的瑜伽練習達到空前的高潮。除了是瑜伽練習場上的盟友，我們也是密切往來的閨蜜，她的出現，滋潤豐美了我的小島人生。

她曾經不只一次當面跟我說，整個島，她最感謝的人就是我。是我把她領進瑜伽美好的世界，她因此更加了解自己，也因此大幅度擴展了社交圈，認識許多來自世界各地的好朋友。她的小島生活，因我而更加精采更加熱鬧。

她不知道的是，到後來，我其實不太確定小島的這條瑜伽路，誰才是那個帶領者，而誰又是那個追隨的人？

諾比之後，我們又有一個瑜伽新朋友。剛來小島的台灣女生，媽媽說她很宅，除了上班，沒有誰可以輕易把她弄出門。某一回聚餐，我輕描淡寫說：「要不要跟我一起去RRE試試週六清晨的大海瑜伽課？」她可能不好當面拒絕我，微微笑，若有似無點點頭，我完全不確定這是禮貌的拒絕還是勉為其難的只好接受。

媽媽鐵口直斷說：「啊！她不可能！」

可她居然真的願意試上第一堂課。下一個週六清晨，我專車直達，提早十分鐘到她店門口接她。她上了我的藍色小賊船，順從地被我載往一個未知的大洋。下了車，她揣著新買的瑜伽墊，安靜乖巧跟在我後頭，可我其實有點懷疑，她心裡不知道有多少的茫然沒有清楚說出口。

美麗溫柔的老師，高䠷的身影嵌在藍色的大海裡，隨著海風緩緩伸展，柔美得像是一幅畫，浪漫得像是一首詩，或許因此輕而易舉擄獲了小女生的心。她也完全不怕生，勉力跟著，沒有一絲退卻遲疑。我任她去，沒想過分心多看她一眼，或是糾正任何一個動作，只要是在安全的範圍，我樂見她順隨自己的節奏，完成她人生的第一堂大海瑜伽課。

與自己和睦共處，是瑜伽世界的核心修鍊。我的想法很簡單，就算她不愛出門，也可以透過瑜伽的帶領，一個人在家，窩得很愉快，宅得自由自在。

第一堂課結束之後，原本沒有特別期待她會願意繼續來練習，沒想到一堂接著一堂，週六的清晨瑜伽成為她工作前的固定暖身，前一晚，要是我忘了簡訊通知，她還會主動來問：「阿姨，明天我們有瑜伽課嗎？」

她像嬰孩學步，在老師溫柔的帶領下，在自然的懷抱裡安全前行，一小步一小步，更加趨近於自己。我猜，這可能是她一次又一次回到瑜伽墊上的原因。

幾個月後，又有另外一個台灣女生，與她年齡相仿，背景類似，工作雷同，她的媽媽也說，除了上班，她總是窩在家，哪兒也不去。

「一起來瑜伽嗎？」我又忍不住這樣問。

神奇的是，她也來了。一襲黑衫黑褲，從店裡徒步走來，墊子攤開，一樣是個乖巧溫順的瑜伽新女孩，安靜地跟隨，無聲地與自己抗爭或和解，把內在習慣蜷曲的那個女孩，默默，默默，伸展成一朵盛放的花蕊。

我同樣冷眼旁觀，默不作聲，動作間偶爾瞄她一眼，確定她沒有太過偏離正軌，一樣放手隨她去。可我心裡有一股澎湃，很感動，是怎樣溫柔的力量，才能推著她願意出走，勇敢投入一個陌生的新世界。

小島的這一條新路，很開心我曾經是那個帶隊的人。可惜，這瑜伽墊上的萍水相逢，總有一天我會提早離席，那天到來之前，我有話想說。

女孩們，我把妳們領進瑜伽的新世界，日後，當我離開這座島，妳們可以忘記我，但請不要輕易離開瑜伽為妳們打開的新宇宙。

這條路，請妳們繼續，慢慢向前走。

且隨它去

影片瑜伽課進行到一半，突然有個女生敲門想要進來。

十一點到十二點是例行的瑜伽課時間，原本還在運動的民眾通常會在我們放下投影布幕前有默契地離開，如果有人不諳規則，我們會趨前，客氣說：「抱歉，現在開始是瑜伽時間喔，可以請你一個小時之後再回來嗎？」

瑜伽課借用健康中心的健身房作為練習教室，這個場地理應全民共享，雖然門上張貼了瑜伽課的時間表，但我們畢竟獨占了一小段時間，姿態應該格外謙卑而柔軟。

可有時候情況很難掌控，瑜伽做到一半，孩童調皮胡亂敲門，或是有人臨時想進來借用廁所。像這樣的時刻，我們的美國班長會原地用馬文洪鐘般地大聲說：「我們正在上課！」「門外旁邊有廁所！」

我其實聽不懂精確的話意，但從她的口氣以及對方的反應即可略推大要。說者與聽者溝通明確迅速，問題立馬得到解決。

唯獨今天不同。外面那人離去兩分鐘後旋即又回來繼續敲門，一聲急過一聲，夾雜著我聽不懂的抗議。

「外面也有廁所！」班長提高了音量，又大喊回去。

那人鐵了心不放棄，繼續用力敲，扣扣扣的聲響準確傳遞她的怒氣高張難以抵擋。

來回幾趟無效的隔空喊話之後，其中一個中國同學終於起身走過去解開門框鎖門，敲門人氣呼呼不由分說推門走進來。我們這才發現，她，一個捲髮高壯的斐濟女生，手上揣著瑜伽墊，是來上課不是來借廁所。

她鋪好瑜伽墊，二話不說跟上動作，空氣裡漂浮著隱忍的怒氣，這怒氣，在瑜伽的面前，大家很有默契無聲迴避，等著待會兒離開這張墊子，再來看要怎麼說個分明。

影片一結束，埋伏的爭端即刻被點燃。好意開門的中國女生和半途殺進的斐濟女生兩人一開口就無法避免濃濃火藥味。一個埋怨妳們憑什麼鎖住不讓我進來？一個無奈解釋說我們上瑜伽時會把門鎖起來避免外人干擾。

接下來就是互不相讓的你來我往。

「醫院附屬的公共區域，妳們不應該鎖起來做私人用途！」

「這是固定的瑜伽時間，每個人都可以來參加，不是私人用途。」

「那為什麼不讓我進來？」

「隔著門沒人聽懂妳要做什麼，以為妳要借廁所。」

「就算借廁所，妳也要開門！」

「可是妳沒說清楚到底要做什麼！」

一個還坐在墊上，一個已經收拾好起身準備離開，一高一低的兩人，像是拋球那樣互相回擊，聲量不高但都強硬都堅定，誰也不想輸給誰。

我們其他人，包括美國班長，全都噤聲不語，靜靜旁觀。

我感到驚訝。來小島幾年了，從沒見過有人吵架，島國人性格平和，不習慣當面給人難看，也不能接受別人公開的羞辱，馬路上甚至幾乎沒聽過憤怒或焦急的喇叭聲響。如此相互詰問對峙不下的場景，我還是第一次遇見。

我也被自己的反應嚇到。

以前的我絕對不是作壁上觀的性格，牡羊女風風火火，衝動，講義氣，路見不平拔刀相挺，往往腦袋還沒想清楚，行動已經如同上膛子彈無法抵擋。可眼下，我站在烽火的中間，紋風不動，槍林彈雨對我來說不過是一陣輕風拂過，隨它去。

隨它去。在平和的小島上，在瑜伽的領地裡，我的內在正在盡其可能無邊伸展，手指像要碰觸到天空，腳底像要陷落進海洋，然後在沒有盡頭的地方，我把自己完全鬆開，隨它去。

五分鐘的對峙，兩人毫不退讓但也不踏侵別人領地，中國女生首先撤退，開了門走出去，她仍然不是輸家，門關上的那一剎那，她堅持用著和緩但堅定不移的語調為這場爭執留下最後的結論。

人群漸次散去，除了還坐在墊上的闖入者，只剩我和日本女生諾比。我趨前過去，蹲下身，跟怒氣猶存的陌生人說：「我想要表達一下我的看法，如果不介意，妳可以聽看看。」

她抬頭看我一眼，眼神充滿戒心，沒有誰會在孤軍奮戰之後還給敵軍同夥好臉色，這毋庸置疑。

「以我練習瑜伽的經驗，要是沒有事先經過暖身的階段，直接進入動作，溫和的瑜伽也可能造成難以預期的傷害。妳進來的時間已經錯過暖身，貿然加入是置妳自身於風險當中。」

她的臉部線條明顯柔和下來。我接著說：「以前我的瑜伽老師規定，只要遲到十分鐘，就不能加入練習，這是為了學員的安全。」

「妳這樣說，我能理解。」她點點頭，緩緩棄械，後退一步，似乎不再執著於剛剛那一場沒有意義的爭戰。

離去前，我鄭重跟她自我介紹，再度跟她確定上課的時間，歡迎她加入下一堂的瑜伽練習。

「我不會再來了！」性格剛強的女生雖然從方才的煙硝之中逐步脫身，然而看得出來她一時之間還是氣憤難平。但接下來她語氣一轉，直視著我，變得十分溫和，說：「可我認識妳，在急診室。」

像是有人猛然從我後腦勺一個巴掌重重拍下，啊！我小聲驚呼：「妳，妳，妳是急診室的醫生?!」

幾個月前的一個星期天，丈夫因為在路上被野狗咬了一大口，我急忙把他送來醫院急診室，當時值班的女醫師不慌不忙處理傷口，為他打了一劑破傷風，還開了抗生素以防細菌感染，熱心積極，客氣有禮，我十分感激。沒想到我這豬腦袋，人家不過脫了醫師白袍，我竟然把她的臉孔忘個精光。

我心中暗自捏了一把冷汗，無比慶幸剛才烽火邊緣的我，沒有不分青紅皂白揮刀扛槍衝鋒陷陣。那從我深長的呼吸緩緩打開的一處祕境，那從我指尖擴張伸展出來的一片天地，幸好當時，我乖乖待在那裡。

是小島平和的生活同化了我嗎？還是多年的瑜伽練習終於和緩了我衝動的性格？幸好，不知不覺當中我變成了一個更加成熟冷靜的瑜伽客，才不至於恩將仇報，留下尷尬的遺憾。

且隨它去，小島與瑜伽共通的生活哲理，我總算有了一點點的靠近。

跟著雅霓娜去流浪

島上來了一個新人。雅霓娜是國際無政府組織的職員，工作之餘，也是一名領有證照的瑜伽老師，每週三，她自告奮勇在上班之前帶領一堂清晨瑜伽課。

清晨瑜伽的意思是，早上七點，用瑜伽來喚醒全新的一天。

第一次上課，在健康中心老地方，每個人看起來都還是睡眼惺忪，可雅霓娜已經早我們一步，神采奕奕安坐墊上等著我們，身旁還有一顆小音響，正流淌著清新如朝露的瑜伽音樂。

啊！第一次見面的老師也是清新如朝露，美麗高䠷，說話時，一雙灰藍色的大眼天真無邪，一眨也不眨全神看著你，令你無比驚豔。我心裡暗自慶幸，這海角小島，哪裡憑空掉下來這仙女般的瑜伽老師？

吸氣，吐氣，睡意逐漸消散，身體緩緩隨著朝陽寸寸甦醒。我們跟著她放鬆，延展，隨著音樂自由流淌，好像被催眠一般，渾然不覺一個小時已經悄然溜走。

從此，我的小島瑜伽不再只是千篇一律的一部老影片而已，是真實的指引，是有溫度的練習，可以和帶領者眼神交流，也可以在彼此的對話裡得到靈感。久旱逢甘霖，我感到我的身心煥然一新，無比生鮮。

清晨瑜伽有一票固定的擁護者，健康中心的職員蒂娜、美國大學老師潘朵拉、菲律賓男生馬克、日本女生諾比、台灣的潔思敏，還有美國阿嬤，以及偶爾來插花的澳洲女生瑞秋。大多數的人都住在島的同一端，熱情的諾比自願當司機，沿途載客，反正路線相同，開開停停並不費力。我出門較晚，自己開車，有時會在路邊撿到諾比的漏網之魚，按個喇叭，又撈回一個。

清晨六點多，小島還沒醒全，我們一群好學的小朋友，涓滴成流，匯集到健康中心，踏上墊子，一起攜手去郊遊。

我很享受這堂課。雅霓娜的瑜伽很溫柔，一點都不躁進，順著初學者的節奏緩緩往前推移，難度不高。正因為游刃有餘，反而讓我有很大的空間反思瑜伽學習的原始初心，並且重新修正輕忽已久的基礎細節。這是個很好的機會，提醒自己在瑜伽面前，永遠要保持謙卑，始終要記得把自己擺在最原點。

每次上完課，雙手合十放在眉心，彎腰頂禮，給早起的自己致上最高的敬意。接著，我會對老師獻上一朵甦醒的微笑和一句誠摯的感謝。我們寒窯苦守多年，終於等到一個真實的老師，儘管一週只有一堂課，已經心滿意足，不能要求更多。

可惜不到一年的光景，因為場地關閉，清晨瑜伽宣告終結。雅霓娜轉移陣地，把腦筋動到自家公寓後院，一大片臨海草地，隨便找個角落，應該足足有餘。

清晨瑜伽變成黃昏瑜伽，週四下班後，各方瑜伽客背起墊子來到後院集合。第一堂課是個陰雨綿綿的傍晚，幾個人躲在一朵遮篷下方，墊子中間幾乎沒有空隙，我們照常開始練習。中間雨勢越來越大，滂沱而下，從四面八方澆灌而來的雨水浸濕了墊子，打濕了衣服，我們在移動間偶爾互看一眼，會心一笑，繼續回到自己的定位。對馬國人而言，雨水是一種祝福，那麼我們這些濕透的瑜伽客無疑最是有福之人。

不定期開課的後院瑜伽，存在著各種不確定因素的挑戰。蒼蠅嗡嗡作響在你四周飛繞，揮之不去；野狗成群穿梭在你身邊逗留，像是逛大街一樣；螞蟻結伴在墊子上四處遊蕩，你得小心一一避開。這才了解，原來大自然慷慨給你的不只是能量，還有各種干擾，端看你能不能與之共存，甘之如飴。

三個月後，雅霓娜換了住處，後院瑜伽關門大吉，又一次，我們再度失去練習的場地。

我們的老師對瑜伽的義務教學有著過人的熱情與毅力，她不死心，一定要找到一處安身立命的練習所在。這回，漁業大樓願意出借屋頂空地，她領著一票信徒，從大海草地遷徙到天空樓頂，登高臨下開始做瑜伽。結果那絕無僅有的一堂課，結束在鐵皮屋頂的熱氣蒸騰之中。我想，全年夏天的小島，應該沒有誰還會想做大汗淋漓的熱瑜伽。這項實驗只進行一回，旋即宣告失敗。

我們的老師依舊不放棄，跑到另一端的RRE旅館，直接跟經理爭取到戶外舞會場地的望海平台。那地方，是我剛來小島時最初的瑜伽教室，停歇已久，雅霓娜打算讓傳說中的大海瑜伽重現江湖。

一幫人，各國瑜伽客背起瑜伽墊，再次隨著老師拔營遷徙。這回，我們跟大海只有一堵花牆的區隔，雅霓娜背海而立，深吸氣，深吐氣，開始第一個練習。

大海是不變的背景，上面還有帆影錯落。不定的是天氣，有時晴空萬里，有時煙雨迷濛，也曾經有過突如其來的大雨傾盆，幾個響雷就落在我們的頭頂。不管平和寧靜還是一驚一乍，我們始終守住腳下一方小墊，從未因此中斷或停止過練習。

我們以為從此可以在這塊平台現世安穩，但是並沒有。好幾次課上到一半，台下許多人開始為晚上的舞會布置會場，搬桌椅，掃地，一箱一箱的飲料就搬在我們的舞台後方，甚至開始在一邊爐檯生火烤肉。有一回我們直接在煙霧裊繞中上課，一時之間，還以為我們正在拍攝古裝武俠片。

從此雅霓娜必須在上課前再三確認當天場地無人使用，儘管如此，我們還是曾經被無情地驅逐出境，流落到戶外的一片水泥地，四周斷垣殘壁，幾張墊子一鋪，光天化日之下照常開始練習。

這面對大海的一方平台將會是我們瑜伽課的終點了嗎？誰都說不準。如若不是，那雅霓娜下回又會帶我們流浪到哪裡呢？誰也說不定。

不過，唯一可以肯定的是，這堂流浪瑜伽，起碼我們已經學到了隨遇而安的道理。

戰士與飛鳥

盛夏某一天，她出現在健康中心的瑜伽課。

明顯是個日本女生，但是全身上下海島氣息，不施脂粉，黝黑精瘦，上臂和小腿都有堅實肌肉，很難猜測她的真實身分。

好幾回上課，彼此匆忙來去，沒有機會特別多談，我所認識的她僅止於瑜伽墊上的她。

多年的瑜伽練習之後，我可以用動作大略判讀一個人的內心世界。有人瑜伽得很溫柔，不與人爭，一方小墊就是他的美好桃花源。有的人開放大度，能納百川，像是母親的懷抱一樣溫暖。有的人讓你感受到一股厲氣直逼，他的瑜伽充滿侵略性。有人特別柔弱，瑟縮在角落，缺乏自信。再有些人舉手投足都搶在聚光燈下，孔雀開屏，更像一種展示。還有人顯得格外堅毅，就算他的坐姿前彎異樣柔軟，你還是可以輕易看出流水中的高山，柔軟中的無比剛強。

她是最後那一種。

看得出來她絕非是貿然闖進來的瑜伽新手，進階的影片對她來說毫不費力，甚且游刃有餘。畢竟是全新的動作組合，新人必得花點心思觀望跟隨，但她從容地小小落拍又隨即若無其事跟上來。她一定經過長時間的練習這無庸置疑，而我也幾乎可以確定，每一個生澀或流暢的移動裡，都藏著一顆剛強的心。

這是一種直覺，沒有什麼道理可言。

後來才稍微聽說她在附近外島的學校任教多年，與當地人結婚生女，只有寒暑假飛來小住馬久羅。暑假結束前，另一個日本女生諾比邀我和新同學到她家中小聚，那是我第一次離開瑜伽的世界與她一室共處。正坐在我的對面，她的奇特人生，像是一本緊閉的書，緩慢地翻開扉頁，允許我稍稍窺見其中的一兩章節。

那天主要的話題是女兒。

她的兩個女兒先後離開外島到美國依親念書，一個十歲一個才九歲。怎麼能想像小小年紀就離鄉背井獨立生活呢？更難想像的是，僅只一百多人的外島沒有網路，她只有趁著寒暑假來到馬久羅才能跟她們視訊聯絡，平常母女之間幾乎等於渺無音訊。「天哪！妳肯定萬分捨不得！」我的表情太過懇切強烈，她可能被我瞬間噴發的母愛給嚇到，立刻後退三步，「ＯＫ的，沒問題的。」她笑笑，輕描淡寫，不再多說任何細節。

返璞歸真的外島生活對一個日本城市女生而言會是多大的挑戰？背景迥異的跨國婚姻藏著多少外人無法想像的不易？母女分隔兩地卻又無法隨時聯繫又會是何等巨大的難題？我在腦海裡兀自鋪陳那些我無從得知的枝節片段，內心浮現一個又一個驚嘆號。這個女生，內在該有多麼強大，才能在各種衝擊當中存活下來！

於是了解她的戰士二式為什麼可以做得那麼英姿颯颯。雙足穩固抓著大地，緊緊鎖住核心，右腳屈膝，左腿拉直，兩手力道充滿，朝著兩側無限延展。她是無畏的女戰士，向著征伐之處勇往直前，所向無敵。

暑假結束，她消失在瑜伽教室，回到外島，可她所遺留下的戰士形象一直那麼鮮明，在我的腦海裡揮之不去。

後來瑜伽教室結束營業，再見到她已經是一年後的暑假了。這回我們有了兩次密集的聚會，而且還加入了其他的外國朋友。剛開始，她一如以往保持禮貌的距離，微笑不多語，背後還是我們始終無緣觸及的神祕故事。後來可能被各國大媽們嘰嘰喳喳葷素不拘的話題給鼓譟得有點動搖，一點點，一些些，我們終於步步靠近她傳奇生活裡的更多原貌。

在酒吧，諾比乾脆拿出手機，從谷歌衛星地圖喚出她住了二十年的外島實景。三角形的小島，從天上看下去滿滿一片綠色椰林，星散著幾個白點，她指著其中一個點，說：我就住在這裡，這是我的家。

接下來幾個小時，關於她，一個遠從日本而來的小島媳婦，更加貼近真實的輪廓這才總算大致成型。

二十年前，她暫時離開日本的教職，投身非政府組織，被分發到遙遠的馬國外島擔任義務老師的工作。「那兩年的教書經驗實在太美好了！」她幾乎是用讚嘆的口吻形容她人生最幸福的一段時光。沒想到，這幸福太過強烈，等她來日回到原本的軌道，才發現她把一顆心，留在了小島，重新在日本教書，變成一件「很難」的事情。

怎麼會很難呢？難在哪裡呢？禁不住我們的追問，她沉默想了好久，說：「難在沒有我要的自由。」

小島兩年，她可以在簡陋的教室有限的資源裡，盡情實現她的教學理想，沒有閒雜人等監看，沒有行政旁務牽絆，她不用清晨七點到校深夜九點返家，她不用化妝，不用穿漂亮衣裳，她甚至不用擠地鐵，安步當車走在椰林泥路，二十分鐘的路途，不管晴雨，對她來說都是每一次自由的飛行。

於是，回到日本一段時間後，她作了人生最重大的決定，飛回太平洋的迷你外島，直奔熟悉的學校，果敢取回她的教鞭，一留二十年。

酒吧一片鬧哄哄，我突然感到一片寂靜。我們所認為的理所當然的難題，或是困局，在別人的生命裡可能是一種樂趣，或者根本是另一番自由的天地。

之前在RRE旅館的大海瑜伽課，我們的美國老師曾經讚美過我做的三角式，好比一隻張開翅膀的飛鳥，向著天空盡情翱翔。我想，再也沒有誰比她更適合這份榮耀，更了解展翅飛翔的真正意涵。

我曾經自以為是地認定她是一名剛強的戰士，而原來，在這座島國，她更是一隻飛鳥，以我沒想過的姿態，自在飛翔。

說不的勇氣

健康中心的健身房即將關閉另挪他用，借用場地多年的影片瑜伽課也隨之被迫中止。

身為開課元老，幾年來，學員不斷來去更替，她是那個永遠守住後排中間位置的靈魂人物。而過去的兩三年裡，我算是與她共課最久的人了。

她開始積極尋找新場地好繼續她唯一的運動日常，住在小島幾十年了，她地點熟，人脈廣，又說得一口流利的當地話，很快洽詢到教育部附屬的一間大禮堂，殷殷詢問起我們，有誰要跟著她一起轉學？

上課最勤的日本女生諾比即將回東京休假，另外兩個中國女生只會不定期出現，剩下的就只有我，跟另一個日本媽媽舒米葉。她詢問我倆時，眼裡霹哩啪拉閃爍著期待的光輝，我和舒米葉互看一眼，好像被催眠，不約而同點點頭，一起成了新教室的舊同夥。

我倆互看的那一眼，其實隱藏著彼此沒說出口的萬語千言。一週三回的午間奔波，兩年多了，我正開始覺得疲憊厭倦，不停問自己，大可在家舒服練習，為什麼非得來回四十分鐘的車程趕著去做一個小時永不變化的影片瑜伽？而舒米葉從來就不是全勤的學生，尤其暑假後孩子們在家，她自然將會更難分身。

我們因為不忍拒絕而倉促點下的頭，許下的承諾，究竟能夠持續多久？

那確實是一個寬闊宜人的場地，冷氣充足，乾淨明亮，甩開三張瑜伽墊平鋪在中間，就像是大海中的三隻小舟，可以自在泅泳，不受一點干擾。懷著興奮的心情，我們經歷了十分愉快的首堂全新瑜伽課。

可接下來，不預期的問題陸續浮現。原本約定好在課前設立電腦跟投影機的職員，一而再再而三不見蹤影，我們必須四處找人幫忙，等真正可以開始上課，通常已經過了二十分鐘。加上禮堂後方有兩扇對開的門，形成一條便道捷徑，隨時可能會有人推門而入，偏巧隔壁房間正在施工，工人們進出頻繁是無法避免的窘境。

我心裡有些微的動搖，舒米葉趕在我的決心之前在群組發了郵件，宣告暑假即將開始，她無法來上課了，請大家珍重。

大家，也不過就剩下我與她兩人組成的迷你小眾。原本瑜伽課對我而言是最美好的一段時光，自此之後，每回踏上瑜伽墊，我卻必須扛著隱約的負擔奮力伸展。她的辦公室在另一端的市區，她得大老遠搭計程車趕來，我對她有著一份道義責任，不能把她一人丟在空曠的大堂做孤獨的單人瑜伽。

我照常去赴約，大螢幕下的兩隻小蝌蚪，起碼還有彼此可以相互依靠。然而，我縱使可以勉強自己前來，卻無力阻止更多的突發情境出現。某日課到中途，透過落地窗往外看，我才發現中場休息的工人們聚集在鳳凰樹蔭下，三三兩兩各據一方，或吃飯或打盹，而正午的太陽毒辣辣，就算是樹蔭也抵擋不了他們臉上的疲倦。

原來我們兩隻蝌蚪占據了鯨魚休憩的整片海洋。我有罪惡感，我覺得不安，可是我不知道該怎麼跟我唯一的學伴表白。

約莫來到第六堂課，好不容易搞定電腦之後，我們分別在墊上盤腿而坐，開始呼吸練習。工人們在身後來來往往，深吸一口氣，長吐一口氣，我必須很努力才能維持定靜。課至尾聲，突然有一群學生從後門湧入，站在後方盯著我們瞧。身旁的她立即從鴿式翻過身，快步走去了解情況。其中一個老師說他們預定好了大堂讓學生練唱，她則堅持我們有半個小時的使用權還沒用完。

老師沒有要撤退的意思，說：「沒關係啊，那我們就在這裡觀看就好。」

她眼見拗不過老師，悻悻然回到墊上，趴下身，繼續未竟的鴿式。我瞄見黑壓壓的人群中，有幾個調皮的男生正在依樣畫葫蘆模仿起她的動作，其他的人細細碎碎笑鬧，好像看戲一樣。

「我做不到。」隱藏很久的這句話，突然失去控制從我喉嚨深處自己冒出來。

她頭抬也不抬，說：「妳可以。」

「我不行！」我說。

「妳可以！」她轉頭看我，又說一次。

我不說話了，站起來，定定看著她。

我不是馬戲團，不想讓人這樣圍觀。我繼續無聲的抗議。

她只好再起身走過去跟老師交涉，老師最終願意帶著孩子們暫時離開大堂。

有了第一個「不」字做為前導，為我壯膽，我在下一個樹式動作裡不停詰問我自己：這是妳要的瑜伽練習嗎？如果不是，妳為什麼不敢說不？

為什麼不在一開始就表示妳已經對一成不變的影片瑜伽心生倦意？為什麼不在發現場地備受干擾的最初跟舒米葉一樣決然告退？為什麼不願正視午休工人疲憊的眼神帶給你的罪惡感而勇敢表白？為什麼沒有膽量在眾人圍觀時果決站起來，捲席而去？

為什麼不能像一棵大樹一樣堅定不移，仔細聆聽內心的聲音？

那天回家後，我立刻寫了一封信到群組，表明因為個人的因素我將無法繼續練習。自此落單的她在網路的另一端沉默不語，我知道那是她表達遺憾的方式，遺憾她從今而後失去了幸福的瑜伽日常。

我卻大大鬆了一口氣。雖然對她感到非常抱歉，但是我更需要誠實堅定地面對我的心。

半年之後，我在某個活動場合遇到她。她穿著一襲美麗的海島花洋裝，像一朵花在人群中盛開。我們遠遠辨認出彼此的身影，同一時間快步走向前，給對方一個緊實的擁抱。

「很抱歉當時沒能陪妳繼續上課。」我開口就說。

她的微笑裡沒有一絲絲埋怨，直說：「沒關係，我完全能理解。」

勇敢說不未必會帶來難堪的結局，誠實面對自己才能成就真正圓滿的關係。

這是沒能繼續的瑜伽練習最後教會我的一堂課。

單人瑜伽

十年來，每次的跨國或跨市搬遷，大致安家之後，第一件事情便是四處尋找新家附近的瑜伽課。

究竟為什麼非得瑜伽不可？我自己恐怕都說不出其中緣由。是為了強身健體嗎？鬆骨拉筋嗎？調整體態嗎？其實都不能概括解釋。更接近的原因可能是，它已經逐漸成為我自我認同的一部分。

漫長的瑜伽十年，我幾乎是靠著團體練習才得以持續到今天，自一開始，我從未打算挑戰自己獨立練習的能耐。好比幼孩搖晃學步的階段，你必須仰賴大人亦步亦趨守護著你，或是埋伏四周替你加油助陣。對瑜伽新鮮人來說，最初恐怕也是這樣的心態。

剛剛踏進瑜伽的世界，苦多於樂一點都不奇怪。幾十年沒和自己的身體好好相處過，每一回的探索都像在涉險踩地雷，很多時候，上課隔天，全身上下如同被狠狠揍過那般疼痛，連移步轉身都困難重重。要不是有個老師在教室等著你回來，要不是有堂已經付費的課程聲聲召喚你，實在很難說服自己乖乖回到墊子上繼續練習。你欠缺的，就是那殘忍的臨門一腳。

起初，老師教導的需要是必然，你最好不要憑空自己想像，或是看書依樣畫葫蘆。如果可以選擇，還要找出最適合你的帶領者。總是有些老師，你才看一眼就覺心靈相通，可有些恰恰相反，你打心裡抗拒他的指令，成為一名暗中的叛逆者。折騰自己的身體已經很費勁，千萬不要雪上加霜折磨自己的心情。

而課堂裡的學伴也很重要。「不要跟別人比較。」老師們一再提醒，你腳下的墊子是你全部的領地，專注於它，別左顧右盼貪看別人的轄區。可我覺得，之於比較，菜鳥的心態有時更傾向於暗地求教。偷瞄旁人一眼，悄悄調整自己的姿態，以便於在老師靠近你之前表現出最完美的那一面。我是新人，這一眼那一眼，偷瞄得正大光明。

我也願意承認，有時，與同學們的隱約較勁有助於激發我的熱情。比旁人多撐三秒鐘，多下一丁點腰，或是更加柔軟半公分，就是那麼不服氣的一點點，推著我向前移步一些些。這種心態雖然很幼稚，也不盡可取，但只要不過度挑戰自我能耐，瑜伽路上，這也可能是另一種型態的臨門一腳。

團體課是最適合我的瑜伽入門款。有好的老師指導，有群體的相互陪伴或彼此砥礪，還有一個固定的時間強迫著你習慣成自然。我享受那種朝向一個目標集體邁進的氛圍，然而我也永遠搶在教室的最角落，希望永遠不要被看見，並且從來不曾在課堂裡認識誰，進而變成課外好朋友。我只想默默地跟著群鳥飛，一天一點，飛得再好一些。

幾年之後，當我成為一名比較穩定成熟的瑜伽客，我具備了獨自飛翔的基本素質，可以順利起飛，勉力迴旋，然後安全降落。儘管如此，我還是一次一次回到大教室，跟著大家集體出航，享受那種無以名之的團飛快感。

來到小島，瑜伽課程資源有限，不只沒得挑，還常常出現青黃不接無課可上的空檔。莫可奈何，我一度把恆常放在車上的瑜伽墊帶回家，在二樓書房，對著穿衣鏡，開始嘗試自己在家做瑜伽。

我上網找尋各種教學影片，試了很多回，成效極其有限。動作太難或太簡單，時間太短或太長，始終沒能找到一個合適的老師常相左右。後來乾脆隨心所欲，把平常上課的片段重新編排組合，成為單人瑜伽的基本架構。

自己為師為伴，時間過得特別慢，以為已經做到天長地久了，其實根本才過了小半晌。在家練習還有一個難題，總是對自己太過仁慈，課堂上輸人不輸陣撐著憋著的那口氣，剩下單獨一人時，輕而易舉饒過自己，虛應了事。

幸運的是，總還是有那麼些吉光片羽的珍貴瞬間。一個人的瑜伽時光，把整個人沉到很深很深的靜默裡面，開放所有的感官，平常沒聽見的各種聲響，突然一一浮現，變成真實的存在。小雨輕輕敲打屋簷，隔鄰公雞咕咕啼叫，遠處海浪重重拍打著岸邊，這些平時聽而不見的動靜，在我每一個無聲的移動裡，顯得清晰無比。

也有好幾回，我真切感受到與身體的親密連結。原來，把肩胛再旋開一點是這樣的感覺，原來，我的弓箭步後腳從來不曾到位，原來，深吸一口氣，我還可以再靠近自己多一點。還有幾次奇特的瞬間，某一個長年無解的心結，啪一聲，突然被鬆開，曾經執拗的心田，沒有預警地瞬間柔軟成一片。

可惜這些都不是常態，我很難說服自己規律回到書房的瑜伽墊上。要看心情，要等時機，往往一個怠惰的念頭就足以勝過與瑜伽的多年交情。

所以好幾次投降回頭，乖乖開車出門，安分對著投影布幕重複練習一百零一套的影片，或是心甘情願繼續追隨雅霓娜，成群結隊，流浪到天邊。

真正心悅誠服獨立練習，是困在小島兩年後終於可以回家的旅程當中。兩個月之間，我們經歷了三次隔離，當一天二十四小時全都屬於你，當除了一方斗室無處可去，那張行李箱裡的瑜伽墊，理所當然成為我唯一的救贖。

在台北，在夏威夷，在瓜佳蓮，瑜伽練習是我一天裡唯一的一樁正事。甩開瑜伽墊，攤平，站上去，不論何時何方，不管何種動盪，我都還能放鬆，穩妥，而且自覺平安。

十年之後，我終於可以說，天可憐見，這一回，我總算開始享受單人瑜伽無與倫比的快樂。

肆 是一個人的遊樂園

鄉親

來到小島的第一個新年假期已經接近尾聲，歡慶過後的馬久羅上午還在酣睡當中。我們兩個，在島上無圓可團的異鄉人，開了車隨意晃蕩。

在某個海岸，停下車，一人向前，一人隨後，連眼神示意都沒有，我們在某個彼此都沒察覺的時刻，很有默契地用手機抓住彼此的背影。

此時此刻，天地之間，大海面前，我真正體會到什麼叫做相依為命。鄉親罕至的太平洋小島，我們倆，肩並肩，各自伸出一隻手，圍成圈，就是一個圓。

小島對外交通大不易，航程瑣碎，票價昂貴，阻擋了大多數有心探訪的台灣遊客。除了當地台商，馬久羅很少見到鄉親的影跡。

剛抵馬的第幾個星期，有一次在某個戶外活動場合，意外看見一大票奇怪的人，穿著卡其色制服，在會場周圍出沒。我一眼判定他們是台灣人，靠過去，偷聽他們說話，忍不住開口問人家：「啊你們怎麼會在這裡？」

原來是剛抵達還來不及會面的路竹會醫療團。他們一群人瞬間集結，把我們倆團團圍住，不約而遇，彼此都好開心，吱吱喳喳趕忙彼此留影為證。

可能那時才剛從泗水過境台北幾日，所以在小島遇見台灣鄉親的興奮還不是那麼強烈。再過兩個月之後，有一天，我在馬久羅醫院附設的健康中心和兩個年輕女生擦肩而過，無意間聽到她們的交談。

我的天啊！光天化日之下，這是從哪裡冒出來的台灣人？

她們正走到餐廳的餐檯前準備取餐，我太過開心，像蚱蜢一樣跳到她們身邊，依樣畫葫蘆，拿起餐盤，緊緊挨著問：「妳們是台灣人哦？」

「對啊！」

其中一個女生，聲音低沉，頭也不抬，一手端著餐盤，一手繼續夾菜。

她口氣裡明顯的防衛和冷淡，太興奮的我無暇理會，很開心地拉高音調繼續追問：「妳妳妳，妳們怎麼會在這裡？」

「怎麼樣呢？有什麼問題嗎？」

這回踢到鐵板了！我愣了一下，氣氛瞬間凍結成冰，尷尬至極。她不再理我，我只好頭低低喃喃自語：「啊我也是台灣來的……」「啊我先生來這裡工作……」「啊我們才來兩個多月……」一句比一句說得更加小聲。

一直到說完最後一句，五秒鐘過後，她才突然抬起頭：「妳先生是新來的那個大使嗎？」

沒等她把話說完，我點頭如搗蒜，她這才終於露出了鄉親的笑容。

後來她說，她們受命出來支援台馬建交二十週年慶的活動，之前幾次被對岸大媽的好奇心問得有點心煩，「真是不好意思！」她面帶羞色地說。

我也很不好意思啊，像蒼蠅黏踢踢又像連珠炮說個不停，難怪人家懷疑我是哪來的怪大媽。我跟自己暗暗約定，下次再碰見台灣鄉親，就算再開心，我一定要收斂一點才可以。

過不了多久，週六清早，我一身輕裝隻身去RRE旅館上大海瑜伽課。經過園區時，突然看見一群遊客，站在樹下對著植株指指點點，正在專心討論著。

台灣人!!!

多年的旅外生活，我已經練就一種一眼認出鄉親的本事。又來了，我依舊沒管住箭步驅前的腳，也沒管住一秒張開的嘴，在聽到鄉音的瞬間，我已經站在他們跟前，朗聲問：「你們怎麼會在這裡？」

太平洋小島的大清早，一個台灣女生，穿著瑜伽衣褲，揣著瑜伽墊，莫名其妙冒出來，鄉親們受到的驚喜（驚嚇）應該不會比我小。

他們是很罕見的太平洋島國旅遊團，這是他們旅程第二站的第二天，一大早呢，沒想到竟教我碰個正著。

我又被團團圍住。鄉親們好熱情，拉著我照完團體照，硬是從隨身包包裡挖出兩包芭樂乾塞在我手裡，還有人鄭重送我一支酸梅棒棒糖，說是要送給我的瑜伽老師。

那堂瑜伽課，我的每個動作每個呼吸，都偷偷藏著溫暖的笑意。

那天晚上，丈夫在島上唯一的台灣餐廳有個餐聚，結束時，我經過一間包廂，裡頭熱鬧滾滾，那氣氛感覺好熟悉，我忍不住探頭進去。看吧，被我猜中了。早上才遇見的鄉親，就知道又是你們出現在這裡！

遠離家鄉的海島，鄉親們偶然闖進來，煙火般綻放的短暫光芒，很溫暖，很美好。這樣的時刻，我珍惜，我心懷感激。

下一次，再遇到鄉親們，我保證，我還是會忍不住跳上前，眼睛亮晶晶，拔尖著聲音，藏不住的笑意，語焉不詳，連聲問：

「你你你，

你怎麼會在這裡？」

陪伴

道阻且長，來到小島以後，我才真正了解這句話其中的意涵。

家族裡有好幾個人，不論我搬遷到世界哪個角落，他們總有辦法尾隨而來，給想家的異鄉人捎來至親的溫暖。長年定居英國倫敦的姑姑是其一，在我們二十幾年的候鳥流浪史上，她是無一缺席的代表。

二十七歲，我人生第一次的旅居生活從英國牛津拉開序幕。那時，是姑姑守候在機場迎接我，像拎幼雛那般把我領回家中小住，從此，姑姪倆像是立下無言的約定，不管我去到哪裡，洛杉磯、布魯塞爾、雅加達，她一定會拖著行李箱出現在我家門口。

儘管如此，當她決意飛行半個地球，依約來到小島，這還是讓我備感意外。從英國到台北到馬紹爾，道阻且長，我都不敢仔細數算她要飛多久的路程，要花多少昂貴的機票錢，才能實現我們長達半個世紀的無言約定。

小島第一個春天，我對當地生活的涉入還是一知半解，姑姑的到來，與其說我搖身一變成為導遊，不如說是我憑空多了一個旅伴那般適切。

姑姑熱愛旅行，單槍匹馬闖蕩過世界數不清的大小城市，她還有藝術家性格，能畫能影，從她眼中看出去的小島完全是另一個世界。我不禁要合理懷疑，在這島上，究竟誰是導遊而誰才是旅客？

往 Laura 的路上，她不時停下來拍照，只要看到奇特或美麗的事物，她便會像小孩一樣雀躍，打開車門，咻一下，跳進海濱或椰林，瞬間消失蹤影。當我們來到外海與內海的交界，她一個人赤足走在沙灘，伸開雙臂，全心全意擁抱大海藍天，融合成為大自然的一部分。那瞬間的定格，根本就是一幅完美的畫作。

我站在她身後，內心湧上一股難以言喻的飽滿。這片海灘，我時常一個人開車前來，對著大海發呆，有時晴空大好，有時陰雨綿綿，只有我一人無言獨享。如今，因為親人的陪伴，這片孤單的大海，忽然之間變得鬧騰而澎湃。

姑姑在的那個禮拜，剛好小英總統率團來訪，丈夫的辦公室整個忙翻了過去，我也因為要隨從跟團，常常把姑姑晾在一旁。可她是個不用主人費心的訪客，自己也沒閒著，抓著相機到處跑。訪團車隊從機場開往旅館的途中，我看見車窗外的台商們群聚在路邊搖著國旗高聲吶喊總統好，那其中搖得最賣力的就是遠道而來的英國僑胞。在國宴上，我坐在主桌一側，專心和各國貴賓談話交流，善盡我綠葉的職責，有時候我抬頭一看，人群當中，姑姑遠遠看顧著我，那眼神無言說著：妳很棒，做得很好！

從今以後，這座島，將有親人可以回顧言說，不再只是丈夫與我兩人的私藏而已。

如同大隊接力一般，一個月後，緊接著飛來的是我的妹婿。

剛在台北結束一場激烈選戰的他，實踐他選前的諾言，隻身闖蕩陌生的天涯。他說他選擇小島來放空放鬆，紓解過往數月的龐大壓力，其實他何苦大費周章跑個大老遠來小島圖個清閒？說穿了，那一樣也是親情的至高實踐。

如同姑姑，妹婿一家也沒錯過我們任何一個海外的家園，美西的初春、歐洲的寒冬、南洋的盛夏，如今，大洋洲的小島像是一塊遺落的拼圖，越過航程越過票價，聲聲呼喚他。

與其說他是來拜訪我，不如說他是來陪伴我。

那段時間丈夫忙於台馬建交二十週年的慶祝活動，無暇他顧，妹婿和我兩人自顧自地過起小島的平凡家常。兩個星期，沒有刻意的活動安排，照常去超市採買，照常在家做菜，我按照平常的節奏過活，只是身邊多了和弦，一旁唱和。

一天裡最主要的行程，是USP大學咖啡廳，我一如之前的固定作息，每天花費兩三個小時定坐其中，埋頭書寫。這項日常也並沒有因他而改變，我帶著筆電，他帶著書，照舊每天乖乖出現在校園。

在吧台點完咖啡，之後就是江湖兩相忘的自由時間。我坐在室內，面對整片玻璃窗的海景，對著螢幕字字推敲，而他選擇的是戶外樹下的木桌椅，緊鄰著大海，打開書，專心展讀。我每一次從字裡行間抬起頭，看見他雕像般的身影，嵌在藍色漸層的大海裡，天空的雲一朵一朵從他身後飛過，他全都如如不動。其間也曾遇過突然的大雨傾盆，他快速收拾書本，躲到室內，等待大雨過後，繼續回到大樹下，坐成另一片雨過天晴的好風景。

中間，我們幾乎不交談，任由時光一分一秒安靜流逝。我完成一天的進度，推開門，走向他，通常已經三個小時過去。不知不覺間，我們陪著對方走過了一段文學的長廊。

關原之戰，司馬遼太郎，他手上的三集書冊，一章一頁，海風微微為他翻篇，而當時我刻苦進行的那本書，某一個章節，有親人的陪伴躲在裡面，多了一抹甘美的滋味。

更多時候，窩在家裡，什麼也不做，只是兩人各據一椅，坐在客廳閒聊天。台灣的電視新聞轟轟響著，沒個停歇，好像不斷重複播出的背景音樂，而桌上的啤酒、花生、蠶豆酥，一口接一口好像也從來沒停過。都聊了些什麼呢？全忘了，只是記得那樣的聊天完全不費力氣，是家人之間才有的放鬆恣意無須客套。

兩個星期的時間，他來了一趟小島，而我回了一次家鄉。僅僅花了一張來回機票的錢，完成的卻是兩個人的心願。

小島的第一個春天，因為有親人們的接力陪伴，捎來透著暖意的熱鬧，原本該有的孤單，落荒而逃，不知道去了哪裡躲藏。

端午粽事

小島的第一個端午。

住在英國的姑姑捎來訊息。「自己包粽子，」她說，隨後附上的兩張照片，滿滿一桌的材料和雕琢成形的粽子，接下來她說的話是：「嘴饞啊！想念媽媽的味道。」

千里外的她，懷的心思，做的細活，甚至是拍出來的照片，完全是近日我的翻版。

本來沒打算包粽子，理由很簡單，因為不會。很多年前孩子還小時，在台北，曾經起心動念嘗試過，記得那時大張旗鼓備料，清洗粽葉，炒米滷肉，蒙口罩戴蛙鏡細切紅蔥頭，在炎夏的廚房裡把自己弄得像個狼狽的婆娘。

很遺憾，雷聲大雨點小，翻過來摺過去橫豎搞不定兩扇粽葉，最後不得不棄料投降，徒留一廚房狼藉，端午之粽成了未竟之功。

從此把包粽子這件事直接列入主婦生涯的黑名單，太難太高段，不論在台灣還是海外，不再興起一丁點僭越之心。

汪洋小島有數十名台灣鄉親，在離家很遠的地方互相提醒著時序節慶的到來，端午未至，我們已經收到幾方的粽子，各色各樣，全都是道地鄉味。

何其有幸可以擁有這些不勞而獲的福氣啊！吃著吃著，我突然對媽媽當年包的粽子起了巨大的非分之想，三十年前的味道不知道為什麼排山倒海而來，清晰到口水不自覺就要滴落下來。

我決定要包粽子。

才放話出去，小小的鄉圈立馬掀起一陣漣漪。有朋友即刻送來一大疊清洗完畢的粽葉：「太好了，請接著幫我把它們包完，」送之而後快的她接著又殷殷交代說：「等我纏好棉繩，過幾天給妳送過去。」

不只是她，身邊幾個朋友都在包完粽子之後流露出身心俱疲的解脫之態。她們慶幸順利完工之餘，很慷慨地給予各種過來人的寶貴建議：花生嗎？試試廣東人的小店。紅蔥頭，美國超市或許有，唯獨可遇不可求，得碰運氣。台灣超市只有長糯米沒有圓糯米但已經要偷笑，而香菇只有新加坡的，尚可接受。至於新鮮的鹹鴨蛋黃，別想太多，從來沒見過。

我跑了三四家大小超市，奔波之餘，腦袋突然浮現〈木蘭詩〉「東市買駿馬，西市買鞍韉，南市買轡頭，北市買長鞭」的片段。人家木蘭是趕著去當兵，自然是多頭馬車奔走不休，我不過在小島包個粽子，竟也風塵僕僕搞得人仰馬翻。

忙完外面的活，接下來是回到廚房，繫上圍裙，開張備料。此時又有包粽倖存者好心來建議：「妳得分幾天備料，才不會把自己搞到快瘋掉。」我謹遵教誨，分三天，炒紅蔥頭、滷三層肉、滷蛋、電鍋燉花生、小火炒米，一樣一樣慎重完成，分批放進冷藏櫃。

漸次完工了，可總覺得還是少一樣什麼東西。「乾魷魚！」那個黃昏，我和並肩走路的運動同伴異口同聲齊齊喊出來。已經順利完成粽事的她還露出神祕的一抹微笑，偷偷告訴我她在小島上私藏的尋寶地圖。

於是，晚餐後，丈夫被我一不做二不休的執著拉著跑，無怨無悔驅車前往正在準備收攤的台灣超市，順利獲得一枚珍貴無比的乾魷魚。那可是老闆娘珍藏的非賣品，又是一份無價鄉誼。

記憶裡的味道組合，已然趨近復刻。我把粽料一盆一盆搬出冰箱，當然，還有久違三天的一大袋洗淨粽葉。未料，悶在冷藏三天的粽葉竟然自顧自地無聲敗壞，摸起來一層薄薄的黏液，固執地緊緊互揪不放。我趕緊一邊把各盤備料再度一一封上保鮮膜放進冰箱，一邊打電話求救。十分鐘後，叮咚，又有好友送來兩綑珍藏的台灣粽葉。

重新來過，幾小時浸泡，一葉葉刷洗瀝乾，一切就序已是晚餐過後。幾盆粽料們又從冰箱被請了出來，玩到失心瘋了，我決計要漏夜開工。

一整張餐桌的大盤小碟，擺好擺滿，最要緊的是筆電，放在最顯眼之處，頁面鎖定在粽子教學影片。當年坐享其成，只記得媽媽絕美的粽味，渾然無涉其中複雜的手技，事到如今，按圖索驥依樣畫葫蘆應該也不是太難。我就不相信，萬事俱備還欠什麼東風？

一兩個小時過去，三顆奇形怪狀的「粽子」零落孤單掛在繩結下。我已經費盡全力了，粽子在我手下仍舊自顧自長成了勒著棉繩的三角飯糰。

夜已深，鬥志與體力一點一滴迅速流失，我決定放棄無謂的努力。把幾盆粽料一一蓋上快要爛掉的保鮮膜，再度送它們返回冰箱，又一次跟它們說晚安。

那個晚上，我在夢裡不停包著粽子，摺過來拗過去，一顆接著一顆。這資質駑鈍的婦人認真起來簡直是走火入魔。

隔天一早，丈夫公務出門去，我重回桌前，行禮如儀，再度擺桌，正式展開包粽大業。這是最後一遍了，我跟自己說，這是最後一遍把粽料搬出冰箱了。這粽子包得拖泥帶水，再不果決收場恐怕會是沒完沒了。

印象裡的媽媽是全能的，粽子在她手掌心完美成形不過是談笑之間的小把戲，同樣兩片粽葉到了我的手裡，怎麼就變得桀驁不馴而難以掌控了呢？

不像不像就是不像，捏出的漏斗太大或太小，塞入的餡料太滿或太少，把葉面往下扣的力道過輕或過重，轉過來的葉尾過短或過長，最終，那條棉繩究竟要纏在哪一個面向呢？我還來不及做出決定，幾乎成形的粽體已經兀自坍塌了一半。

速度慢，奮鬥半天，那盆米依舊小山那般高，而且還成效不彰。看著歪七扭八的成品，我無奈覺悟到，再如何精雕細琢，我也只能做到這個程度。就放過自己吧，年歲越長越能明瞭，不是所有的事情都能夠努力就有成果。

天可憐見，其間莫名其妙包出一顆完美的粽子，形狀漂亮到連自己都不敢置信，弄不清楚這運氣到底從何而來，趕緊找來手機拍照存證。好了，我合該算是會包粽子了，剩下的，只要綑得起來，管它長得什麼模樣，我都無關緊要。

包粽子有點像是跑馬拉松，必須有過人的耐力，才能堅持到最後一顆小米粒。

把兩串粽子分成兩鍋，溫火水煮，很快，帶著竹葉清香的粽味充滿整個屋裡。那香氣好熟悉，彷彿我才穿著制服從外面推開門，走進來，放下書包，直直走向廚房，跟忙碌了一天的媽媽大喊：「哇！真香！」

數十年後，我在小島上的小廚房，如願複製了媽媽的味道。這味道，溫暖如昔。我一一分送給丈夫的同事們，盼著每一個人，在這離家迢遙的海角小島，都能從這一點點溫暖裡，得到一絲絲端午的平安。

作者與廚娘

也是因為毅力吧，我在小島的平凡生活才有各種精采可期。

第一次在新啟用的館處宴客廳宴請總統之前，丈夫為了外燴的選擇，在家想破頭，不時自言自語：島上就這區區幾家中餐廳，要選哪一家的料理才能別出心裁又賓主盡歡呢？加總起來二十人的晚餐該怎麼訂菜才能顯得大氣澎湃呢？我在旁邊晃過來晃過去，不發一語，靜默許久之後，我一個箭步靠上前，看著他的眼睛，拍拍胸脯，豪氣說：「怕什麼，我來煮！」

我來煮。簡單的三個字，用嘴巴說很快，用行動完成，很困難。這是牡羊座積習難改的一時衝動之後必須親自收拾的可怕現實。

我不過就一個資歷久遠的煮婦，操辦三餐騙騙丈夫小孩不成問題，二十人份的國家級宴客？我到底哪來的膽子敢說我可以？

我想要為國家盡一份微薄的心力，我想要真心實意親自傳達一份來自台灣的友誼，因為這個單純的信念，我相信，我可以。

憑空想像擬出十道菜。從前一天早上開始採買，單槍匹馬，前後跑了四家超市，才總算買齊清單上全部的食材。從前一天晚上開始備料烹煮，燉的滷的醉的湯的所有能夠預先完成的，花一個晚上精雕細琢，依序完成，然後分樣冰存。

睡前已是筋疲力盡。然而這只是一個開端，隔天，戰場才真的要從小小的廚房舞台冉冉升上來。

清早起床，繫上圍裙正式開工。我的腦袋有一張沒畫出來的藍圖，條理脈絡自成一格。首先登場的是切洗浸泡的備料工程，所有蔬菜魚肉在櫥櫃架上一字排開，一樣一樣輪流來，耗時費力，完全沒有討價還價的餘地。

幾個小時後爐火齊開，煎煮炒炸兩手齊飛，一道菜，再一道菜，像是變魔術，從我手中，慢慢慢慢變出來。

我在廚房整整站了一天，黃昏時萬物齊備，同事們開門進來把十道菜分批搬走時，看著他們在燈光下搖搖晃晃離去的背影，我有些恍惚，像是做了一場很長的夢正要緩緩甦醒過來。

賓客皆歡，圓滿收場。餐後大合照，總統夫妻笑得好開心，那表情好像剛剛去了一趟台灣，重溫一回正港台灣味。等到送走客人回到家，我發現我的腰背痠痛到走不了樓梯上不了樓。

很累，可也很過癮。接下來幾年，我不知悔改，又自告奮勇煮了好幾回大菜，從前總統煮到現任總統，每一次都很圓滿，每一次也都精力耗盡必須連躺兩天才能補得回來。

究竟怎麼辦到的？我其實並不知道。

每次，煮到一半，廚房一片大亂，前路未竟來途不明，終點究竟在哪裡呢？我總會忍不住這樣喃喃自語。然而奇怪的是，我並不覺得害怕，我知道時間到了水到渠成，我總會完成它。

這樣的時刻，我每每想起當時我正在步步推移向前的書寫，兩者之間的心情，幾乎是一模一樣。每次面對大海，打開筆電，我都會先去數算已然完成的篇數，從少少的個位數字開始，一天一天緩慢挪移，「終點究竟在哪裡呢？」我也總是在心裡這樣自言自語。

好笑的是，書寫的長路上，我也沒有懷疑過自己。數完篇數之後，低下頭，死心塌地，繼續一個字一個字慢慢推敲，一句一句細細琢磨，等著單薄的篇數漸漸積累，等著那終將到來的某一天，積沙成塔，終於開花。

煮二十人份的菜餚，寫十幾萬字的新書，面對未可知的長路，我所憑恃的除了一股天真無畏的傻氣，其他的，只能說，是毅力。

一個有毅力的廚娘，和一個有毅力的作者，在這個小島上共生並存，相依相恃，她們彼此為伴，兩人因此都不覺寂寞。

綠葉微光

午前臨時被徵召赴宴，因為賓客突然告知午宴會帶著太太前來，禮貌上我也應該陪同丈夫出席，好與女賓作個伴。

時間迫近，我即刻準備梳洗著衣。明知自己不過是紅花身邊若隱若現的微小配角，但儘管只是一片綠葉，我也必得善盡烘托的果效。

小島生活洗禮經年，我已經逐漸學會了享受這份「工作」。真摯地微笑，適切地握手或擁抱，專注地聆聽，並且輕鬆地回應。當男人們正襟危坐，忙著搭建一座偉岸的高橋，而我，細捏輕捻，談笑之間也編織著一條綿柔的繩索，用輕微到難以察覺的力道，默默拉近兩方的距離。

剛來時會怕，會心虛，每每如坐針氈，膽戰心驚，懷疑自己做不來也做不好這全新的角色。

陪在丈夫身邊，花瓶的工作做了二十幾年之後，曾經自認已經足夠得心應手。坐在主桌中唯一沒有名牌的位子上，得體地微笑，不輕易開口，不隨便發表意見，隨時等待暗號舉杯敬酒，在不感興趣的話題中間默默神遊，偷偷打哈欠，暗暗看時間，最後在大家站起來準備離開的時候，胡亂套回桌裙下不知道早被踢到哪裡的高跟鞋，起身，優雅地微微彎腰，含著一朵剛剛好的微笑，輕聲說再見。

現在想想，以前我那樣當花瓶，也未免美麗得太容易。

來到小島之後，我很快認知到，從這裡開始，我不能再僅僅是一只花瓶，而必須是一片綠葉。我的任務不再單單用來裝飾，而是用來或者襯托或者柔和或者渲染，那紅花的萬丈光芒。

如今這場子，我也有戲，不能只是旁觀納涼，我也必須置身其中。

平常自己在江湖行走，超市買菜朋友哈啦，一口草莽英文尚可矇混打發，可正式場合，怎麼也呼嚨不得。公開場合上，身邊那個等你開口說話或答話的人，從高官達人到各類夫人輪番上陣，他們微笑看著你的眼睛，為你該接的那一句話那一番見解，倒數計時。

四周突然一片寂靜，你微笑，不能被看出破綻，想破頭，立馬拆解對方丟來的炸彈，在被炸得粉身碎骨之前，你必須趕快喊出通關密碼。

頭好痛！好怯場！真想臨陣脫逃！我不是沒有經歷過至深的膽怯惶恐，可我更好奇自己的能耐，想知道要是努力迎上去，我可以走到怎樣不曾想過的遠方。

豁出去，開始努力逼自己勇敢開口。開口就對了，哪怕這句話根本還沒經過腦袋裡的文法守門員驗證合格，就已經被一腳轟到舌尖，哇啦哇啦溜到了別人的耳朵裡面。怕什麼呢？不甚完美的字句，儘管生疏或謬誤，它總會順著心意，找到它自己最適切的出路。

如今幾百個日子過去，現在的我面對各種情境，大多已經可以坦然而淡定。這並非表示我有了什麼能力或見識上的大躍進，而是因為我最終找到了其中訣竅。開放而自在，勇敢而真心，就是我最柔軟的祕密武器。

從誠惶誠恐到如魚得水，等你努力過了，準備好了，那很可能不過只是一線之間的差別。

今日餐會進行得很是愉悅，嚴肅的話題中夾雜著輕快的閒聊。我和女賓私下也有了一次輕鬆而溫馨的交流，吃完飯了兩人尚且意猶未盡。離席之前，她當眾感謝一頓豐盛的菜餚，以及一場美好的對話。話鋒一轉，她轉頭跟我說：「我第一次見到妳是在前年我們舉辦的聖誕節舞會。」

「那時候，」眨了眨眼睛，她意有所指，說：「我以為妳是一個十分安靜的人。」

「喔！」我氣定神閒，微笑以對：「那是因為妳還不夠認識我。」

我其實十分記得那個初初到來的某日夜晚。那是一艘漁船上的燈火晚餐，勉強和桌位上的左鄰右舍簡短閒聊後，我已經招式枯竭，元氣耗盡，只好藉故起身。我躡腳下船，走到岸邊，獨自倚著欄杆，望著黑黝黝的海洋，以及遠方零星的燈火，假裝沉醉其中，以掩飾無處得以安置的窘境。

事實是，那時候，我還不夠認識我自己，還不確信自己的能耐究竟可以走到哪裡。

Before and after，兩年之間，藉著她的眼，見證了一片蜷曲的綠葉是如何地終於舒展，如何地趨近於明媚。

生命自有光澤，不在於濃淡，不在於重要或微渺。如今的我，是如此心甘情願，又如此自在享受，可以隱身在紅花身後，擔綱一個若有似無卻又不可或缺的綠葉小配角。

我不在舞台正中央，我在邊邊的地方，兀自散發著溫暖的微光。

放得開

放得開，對我來說，需要經歷多長的等待，又需要拿出多少青春來交換。

比如說唱歌。

我自認不是「會」唱歌的人。跟朋友去KTV，我絕對是自告奮勇搖鈴助陣的那一個。阿珠阿花裝瘋賣傻我可以，真要拿起麥克風，扯開嗓門對著眾人勇敢高歌，很抱歉，我天生沒那本事。

前幾年在印尼，有時會遇上一些唱歌餘興的餐宴，能躲則躲，能賴就賴，我從來沒有一回真正開過嗓。舞台上的華人朋友一拿起麥克風，瞬間時空轉換沉醉其中，引吭低吟，風姿萬千，完全無視於旁人的存在。那種徹底投入的姿態，我敬佩，我自嘆弗如。

再比如跳舞，我對自己的駑鈍也無能為力。大學四年我只參加過一次舞會，扭扭捏捏又手腳無措，天生只能是一朵壁花小配角。我的自知之明來得很早，我不是那塊料，上不了那個台。

有沒有天賦是一回事，真正的問題，恐怕是我沒辦法放得開，找不到勇氣把無拘無束的自己，大膽放出來。

唱歌的聲音和跳舞的姿態，對我而言，曾經是非常私密的存在，它們應該被妥善藏好，不被聽到不被看見，或者該說，不被評斷，這樣我才得以安心自在。就好像有一條界線橫在我和世界的中間，是我跟自己約定好，那裡危險，千萬別過去。

我記得很小的時候，家裡如果有客人來，我會躲在屋後的廚房，隔著一扇薄門，偷聽客廳的動靜。哪怕時間再久，只要客人不離開，我也有那本事安靜躲著不出來。

那其實稱不上害羞，而是一種選擇性的孤僻。國小六年級，我已經膽敢穿短褶迷你裙踩高跟馬靴，舞耍著指揮棒，領軍數十人的鼓棒儀隊遊行整個小鎮，初中時也可以代表學校參加校外的即席演說比賽而毫無懼色。唱歌跳舞，照理說不過是扳扳指頭的小把戲。我害怕面對的不是別人，正是我自己。

放不開，自由的時候遲遲不來。

扭捏了大半輩子，好像等的就是這一刻。來到小島，機緣巧合，所有的自我制約突然之間都成為泡沫，消融在浪花之中。

一位資深台商的家裡有個小小的歌友會。剛來的那一年，週末夜，豐盛家鄉味，慰勞完思鄉的胃腸之後，卡拉OK緊接上場，本來還在擎酒舉箸詼諧說笑的男女老少，音樂一下，一秒轉換頻道，一個一個華麗轉身，瞬間變成紅歌星。

至今我仍舊不明白究竟是什麼激勵了我。當麥克風不由分說湊過來的時候，我毅然起身，張開口，不專業不拔尖不甚悅耳的，我那塵封幾十年的歌聲，義無反顧從喉嚨深處，石破天驚破繭而出。

丈夫抬起頭，瞪大眼睛扶著下巴盯著我，難以置信眼前的景象。高歌一曲之後，我聳聳肩，微微笑，落座，雲淡風輕跟他說：「好像也不會太難聽。」

都已經來到遺世獨立的天涯海角，還有什麼好糾結好放不開？

不只放嗓高歌，我還在眾目睽睽之下即興跳舞。

馬紹爾人是天生的舞者，跳舞，是餐宴舞會裡不可或缺的一環。令我大開眼界的，不光是排練多時的團體舞蹈表演有多熱力有多風情，酒足飯飽之後，男女老少隨著音樂紛紛上台的即興舞動，那種渾然天成的曼妙舞感，才更是令我驚嘆不已。

我從沒遇過這樣的突發情況，眼見身邊的人一個接著一個離席上台，我坐在底下，

四周空蕩蕩，只剩我一人獨守圓桌，心裡兀自嘀咕著，天啊，這總有一天輪到我。

不是總有一天，而是，就在這一天。

鄰桌友人向著我步步逼近，彎下身來殷勤相邀，我幾番搖手，他不從，繼續一旁耐心等候。眼見再三推託只會顯得小家子氣有失風度，心一橫，我大大方方拔位而起，匯入舞池，踏出彆扭的第一步，厚著臉皮，豁出去。

舞步凌亂而破碎，還跟音樂完全不在同一陣線，搖頭晃腦，同手同腳，我的模樣一定很蠢很可笑。可奇怪的事情發生了，搖擺著搖擺著，有種空前的釋放與自由，像是海浪，一波一波漫上心頭。

那一刻我忽然懂了，跳舞，只管跳得愉快舞得自在，沒有好與不好的差別，也沒有時間去管旁人究竟如何看待如何評判。在這座舞台上，放開來，你大可以只與自己同在。

不管歌聲或舞姿，原來，取悅的從來不是別人，是自己，所面對的，也從來不是別人的眼光，而是自己的內心。

神奇的島國，我在這裡，輕而易舉，重獲自由。

我的燦爛花開

週五傍晚是馬久羅的聖誕點燈儀式，照例由第一夫人率領內閣的首長夫人們共同籌辦。

這是新任的第一夫人初試啼聲主辦的第一場盛大活動，也是因為疫情被迫滯留夏威夷將近一年的她，歷經波折好不容易終於返國後的首次公開現身。為了表達對總統夫人的敬意，丈夫計畫好帶我一同出席。

沒想到臨時出了狀況，丈夫在前一天意外受傷無法赴會，我臨危受命，在祕書陪同下隻身前往點燈儀式。

典禮開始前，我在燈會現場四處閒晃，和這個人那個人握手寒暄，一開口，每個人都把眼光直直越過我的肩膀，不停問我：「妳先生呢？他人在哪裡？」

我被安排在第一排的貴賓席，正對聖誕樹。五四三二一，環繞會場的各式燈飾驟然照亮夜空的那一剎那，高聳的聖誕樹上五彩的燈光，正好照映在我的臉上。

就算在如此榮光充滿的時刻，就算在丈夫沒有現身的時候，我充其量也只是他的一張影子，淡薄模糊，甚或可有可無。

我一點也不在乎。

從來，我安於是他身後或身邊的影子，這無庸置疑，因為另一個未必為人所知的舞台上，我擁有專屬於自己的榮光。

海角天涯四處為家的生活裡，我感恩自己始終是文學的忠實信徒，閱讀與寫作，支撐著我在不停的變動流轉當中，仍然可以覺著現世安穩。

文學是我的陪伴，我的安慰，是我藉以看見自己看見別人也看見世界的一道光。

偶爾有初識者忍不住好奇問我，口氣裡帶著無意但足以聽得出來的幽微調侃：「妳在家都在做些什麼啊？」彷彿全職的主婦（無職的夫人）合該就是閒閒美代子，在家喝喝茶啦，刺刺繡啦，敷敷臉啦，追追劇啦，啊！那真是他們不無欣羨卻也不以為然的快意好生活。

像這樣若有似無的戲謔狐疑我也不在乎。我的內在有一個廣闊的世界，無法也無須跟他人細細言說。我的回答恆常是：「我煮飯啊！煮完早餐煮午餐，午餐煮完，繼續煮晚餐。」

「那妳自己也會出門吧？都去哪裡呢？」

「就超市買菜啊！」氣定神閒，我笑嘻嘻回答。

主婦生涯光明正大，我說得自然而然，只是那問的人似乎不甚滿意如此平靜的答案。我猜，要是我真的較起勁來跟他辯論那一家之婦不遑多讓的辛苦不易，反倒教他以為得了機會，可以一眼認出我慷慨激昂底下刻意掩藏的氣弱心虛。

原本就不會有那樣無意義較真的時刻。更何況有一個寫字讀書的我，在他沒能看見的地方，淡定微笑，不與誰爭鋒不跟誰計較。

我煮飯，但我也筆耕，我上超市，但我也一次一次來到大海咖啡廳。

之前離開泗水，途經台北，取道夏威夷，直飛馬久羅，一路周折，我把訪談印華女性的五大本錄音筆記緊緊帶在身上，生怕有個遺落閃失。那是幾十顆尚未成形的脆弱花苞，必須仔細守護，來日才有春暖花開的機會。

尚未熟悉的島，空蕩蕩總無旁人的咖啡館，我手裡的花蕊，一時一日，一瓣一朵，用很慢的速度，緩緩，緩緩地盛開。

一年之後，書寫即將結束之前，我回頭去看手機裡那些如出一轍的照片，咖啡廳旁的藍天碧海，彷彿是複製貼上般的日日天天。可其中那喝不完的咖啡，走不完的扉頁，避不開的歧路，理不清的糾結，只有我自己看得出來說得明白，那必得仰靠多大的熱情與多少的決心，才能將整篇樂章，點點滴滴，趨近於完全。

終於來到這一天，靠近這段書寫旅程的最後一哩路，我捧著熱騰騰的書稿，心想著，何其幸運啊，在這座不是主角的小島，我還能擁有我的光，我的舞台，以及我的燦爛花開！

跟動物說話的人

左邊是海，右邊也是海，漫步兩海之間應該是件心曠神怡的事情，然而，事實並非想像當中那麼美好。走在路上，你無法預估什麼時候會從哪裡突然冒出一群野狗，齜牙咧嘴，把你團團圍住，對著你狂吠，甚至突然狠咬你一口，在你還不明所以的時候揚長而去，完全就是江洋大盜的囂張行徑。

美麗的小島，和睦的島民，這是座平和之島，但身邊不少人卻都有被狗黨追逐攻擊的可怕經驗，教人聞之色變。可我，卻是從這個島上，開始「一廂情願」地跟動物朋友說話聊天，建立起一種特別的交情。

一廂情願的意思是，我說，然後我相信你也聽得懂。雖然很難解釋清楚這頻道究竟如何銜接，但我自認那是一種行得通的雙向交流。

之前，我們技術團的替代役養了一隻初生幼犬，我去團裡的時候喜歡蹲下來摸摸他，跟他說說話。後來替代役期滿回台，那狗狗像是吹風一樣越長越大，每見一次他的體型就大一個尺寸，很快長成一隻大狗狗。我們雖然只見過幾次面，聊過幾次天，可他一見到我一定不由分說直接向我撲來，兩隻前腳舉高高搭在我的身上，還湊上嘴巴拚命舔人，幾乎要將我推倒在地，那不知從何而來的熱情爆點到無法抵擋。

我對他做了什麼嗎？食物相誘嗎？沒有啊！我只是看著他，碎碎念，你最近好嗎？有想你的主人嗎？啊你怎麼長得這麼大？你臭臭喔，有沒有洗澡啊？我下次再來看你喔！諸如此類的尋常對話。

當然是自言自語，可我總覺得他聽得懂，總覺得我們之間有座隱形的橋，可以溝通可以交流。

還有貓。鄰居養了一隻貓，總愛坐在窗台看著外面。我每次走路經過，會停下來，輕敲玻璃窗，跟她說上幾句話。她才不認真聽我輕聲細語，只是一個勁兒用頭去廝磨著窗戶，想把玻璃窗一把推開，問個究竟這個奇怪的人到底想要幹什麼。

每次劇本的結局都是一樣，她繼續努力推窗，我在走開的前一秒繼續諄諄勸導她，妳不要白費力氣了，妳出不來啦！bye bye!

終於有一天，我送了點心到她家給她的哥倫比亞媽媽，門一開，她大搖大擺逆著光，從屋內走出來，抬著脖子，踮著爪子，長尾巴高高翹著，一聲不吭經過我的身邊，往外走。

「哼！誰說我出不來？」

看著她高傲而優雅的背影，我彷彿聽到她正趾高氣昂丟下這句話。

就像這樣，沒有太多人可以對談的孤獨之島，因為許多可以說話的小狗小貓，幸好，日子也可以過得有點小熱鬧。

最特別的經驗是與朋友家的大黃狗 Lucky 的一段若有似無的交情。

第一次去朋友海邊的家，主人還沒現身，看家的大黃狗先行衝了過來，我蹲下去，看著他的眼睛，摸摸他的頭，用說出口或沒說出口的話跟他 say hello，我的內心有一股善意，暖呼呼，直接傳輸到他的心裡，鄭重告知他，我，不是敵人喔，是朋友！

他順從和善地回應我，輕輕搖著尾巴，眼睛一閃一閃亮晶晶，我幾乎可以讀出其中滿滿的笑意。主人出現時，看到沒被關好的狗狗就在我的腳邊，整個大驚失色，立刻衝過來雙手圍住他，還用身體護著我，要我趕快閃躲一邊，「他會咬人！」她慌亂不已連聲說。

「喔！可是我已經摸了他的頭誒！」我不明所以立在原地。

從此這件事變成一則傳說，「怎麼可能呢？」主人至今不懂其中的邏輯，本是一條見到陌生人會狂吠不止甚至直接撲咬的忠心護家犬，怎麼可能莫名其妙乖乖就範還讓我摸他的頭？有趣的是，這不是下不為例的偶發事件，從此之後他見到我就好像我是他的老朋友，搖著尾巴走向我，自動把頭靠過來，好像正等著我跟他聊聊天敘敘舊。

後來主人離開小島一段時間，我和朋友去看望過狗狗，他還是一如既往迎接我。我蹲下身來摸摸他問他好不好，主人不在他整整瘦了一圈，我看了很是心疼。

幾個月之後，主人終於回到家，他也漸漸豐潤了一些。有一天我送了點心過去，車沒熄火，把東西給了之後，轉個彎直接就要離開，這時他不知道打哪裡冒出來，對著我的車子不停狂吠，還拚命追上來。

我踩了煞車，搖下車窗，跟他說：「你怎麼了啊？不認識我了嗎？」他還是對我不依不饒，最後我只好跟他說：「你要乖乖喔，再見了喔！」

離開時他還追著我的車子，撒開喉嚨汪汪汪沒個消停。

過幾天，主人告訴我，Lucky 突然蜷伏在門前某個角落，看起來十分虛弱，隔天一早她遍尋不著他的身影，人間蒸發一般，從此消失了蹤跡。

我猜想他應該是找了個僻靜的地方，獨自逝去，不忍主人目睹傷心。我想起最後見他時的情景，他一反常態追著我吠叫不休，難道是跟我有話要說？

那句再見，幸好當時我替他說出了口。

孤島

在小島，大多數的時間，我是小島裡的一座孤島。

一牆之隔的辦公室從九點開始沸騰，我從九點開始一個人。

吃飯，洗碗，洗衣，看書看電腦，這裡走走那裡晃晃，然後開始煮午餐。我總是開著英文的電視頻道，音量調得很大聲，假裝家裡很熱鬧。

中午，食客回家午餐小寐，個把小時後，再度回到隔壁的戰場。門一開一闔，我又退回獨自的領地，摺衣洗碗，放空發呆，揉麵團烤麵包，緊接著大張旗鼓準備晚餐。不知不覺等到夕陽從另一側的落地窗照進來，等到有人開啟前門的一扇光，終於把一個人的空房變回兩人的窩巢。

日復一日，除了短暫的瑜伽與採買，偶爾的朋友約會，或者必需出席的活動，絕大多數的時間我一個人在家，跟親愛的自己和睦相處。

不然，這僅只一條沒有紅綠燈的公路僅只面積九點七平方公里的馬久羅，是要一直去哪裡？又是要去跟誰一直一直在一起？

看似不平的自問自答不過是帶著平靜的自我解嘲，千百個日子以來，半囚鳥般的孤島生活，我幾已學會怡然自得。
很多的時候，小島生活，我的確孤單一人，但我並不覺得寂寞。眾聲喧譁時，我享受跟別人共有的歡趣，而形單影隻時才得以留給自己的全心全意，我也逐漸懂得了珍惜。
當UA對外的班機僅剩一個月一班的時候，技師朋友在我的後院種下一棵瘦弱的百香果樹苗。形同鎖國的這一年，它與我日日隔窗相對，一天一天，從一丁點綠意渲染成一整片盎然，從第一朵孤單的紫色花蕊到數之不盡的結實纍纍。很長一段時光，當我一個人坐在客廳沙發時，不偏不倚，就有那麼一顆恰恰垂掛緊貼在紗窗上的綠色百香果，靜靜地與我，相看兩不厭。
曾經幾個朋友來家中小聚，閒聊之間，其中一個外國女生突然環顧四周，輕聲說了一句話：這個房子，很有家的感覺。
家的感覺是什麼呢？
藉著她的眼光梭巡一遍，這房子，有一盞黃燈溫暖地與你相望，有一棵百香果樹纏繞著圍牆，緊緊守護著你，有一扇落地窗，飄著白紗，透著晨光與夕陽，無聲映照著你，有一片天，就在木瓜樹和屋頂的中間，湛藍著你的雙眼。
我在平凡的生活裡看見生命是如此簡單純粹，卻又如此偉大而神奇。
可惜，數月的榮景之後，工人無意間破壞了茂盛的百香果圍籬，漸次的枯萎好比星火燎原般決絕，沒多久，綠意盎然的後院盛況竟然從此一去不返，只剩下空蕩蕩的荒地，看在守島人的眼裡，更添幾分惆悵。

我又變回一座沒有綠意相伴的孤島。

某日中午，我從落地窗瞥見後院的碎石地上出現了一隻好大的寄居蟹，正在朝著圍牆邊的椰子樹緩緩爬行。我突然起了好奇心，推門出去看個究竟。

原本只是追著大蟹的蹤跡，蹲下來的時候細細一看，這才發現，這片光禿禿的後院，原來處處都是生機。數之不盡的寄居蟹扛著外殼忙碌來去，那些外殼的花紋顏色，跟石頭幾乎難以分辨，你一靠近，牠們會立刻停止不動，你得等在那裡一下下，看看動靜，才能確定牠的真假。

有些蟹還會爬樹，掛在樹枝上，或是在椰樹根叢忽隱忽現來去穿梭。烈日當空，可我到處搜尋到處拍照，就像是闖入了一個生機盎然的陌生星球，不由自主也跟著忙碌的牠們快意興奮起來。

我突然想起以前有個遠嫁比利時小城的朋友，當冬日鄉愁難解時，後院霜地上的一棵蘋果樹是她神奇的慰藉，好似那層層結果亦是她自己的生機無限。原來，不是只有北國寒風中的蘋果樹得以化憂解悶，這裡，南洋椰樹下的那一夥蟹族，也頗有清鬱祛瘀的療效。

疫情亂世裡，從外面世界飄洋過海而來也未曾稍減的惶惑不安，於是有了宣洩的管道，而那些儘管並不寂寞的異鄉孤單，也好像從此有了陪伴。

我仍舊是一座孤島，但我曾經坐擁一小片綠洲，它安靜伸展，不動聲色，開花結果，彷彿是在無聲提醒著我，總有一天，生命，它終究會找到平安的出口。

何其幸運，我還擁有一群生猛蟹族，駐紮整片後院石地，日日夜夜攀爬遊走，無聲無息卻又生機蓬勃，默默陪伴著我。

於是，儘管孤島如我，也不覺寂寞。

我的此時此刻

穿越半個小島去買 Pizza。

這個晌午，突然好想吃披薩。二話不說，立刻勒馬上路。

島上兩家旅館的餐廳都可以買到披薩，唯獨可口的程度必須碰點運氣。後來聽說城中有家二樓酒吧，名為 The Flame tree，晚上賣酒，白天矚目的的主角卻是披薩。店如其名，門前的大棵鳳凰樹，初夏時節，望之紅焰一片，點完披薩，我靜靜倚在那樣華麗的窗口，耐心等候。

後來又聽說，再遠一些，島的另一邊，有另外一間酒吧，白天卸妝的時候也賣樸實的餐點，披薩，是其中上選。

今日雲淡風輕，正好適合一種耍賴隨興的心情。我決定自己去探險。

整個酒吧就我她二人。點完餐，我不走開，賴在廚房旁的櫃檯，盯著她開始做披薩。她完全不在意，無視於我的存在，從鍋裡抓起一坨發酵好的麵團，手執擀麵杖，專心滾起來。

「薄皮嗎？」她抬頭問我。我回說一般就好，她微笑不語，繼續手上的活。

她的動作俐落迅速，很快滾出一張大麵皮，拿出鐵盤一把蓋上，滾刀切去多餘邊邊，開始鋪上義式番茄醬，接著用一個碗公裝來一大碗起司條，豪氣萬丈鋪好鋪滿，最後上場的才是火腿和鳳梨。

「鳳梨多一點對吧？」她又回頭問我。

我今天是打定主意任性而為了，趁她抬頭問我，一個箭步跨進廚房，問她我可以拍照嗎？她微微笑，那笑容白燦燦，很友善，但也沒想跟你多聊一句家常。

她拉開身後那個特別的烤爐時，我忍不住喔喔發出疑問的聲響，她停了幾秒鐘，「這是岩石烤爐。」簡短一句話，明快解了我的疑惑。「十五分鐘。」說完，她自顧自走向另一邊，開始清理洗碗槽，完全不理會我抓著一張紙鈔的手，杵在半空，不上不下，不知道該擺哪裡才好。

急什麼呢？她的意思很清楚，連開口說一個字都嫌多餘。

島上的生活節奏很慢很悠哉，沒有什麼非得按照什麼固定的步驟來。我識趣，默默把錢收回錢包，往裡走，用等待的時間，不疾不徐，看看海。

晚上的酒客喧譁到了白天也就是一個家庭主婦穿越半個小島來買披薩的平凡日常。我坐在樸拙的木椅上，看著大海發呆。海浪輕拍海岸，就在觸手可及的半堵石牆之外，海風夾帶著陽光與大海的味道，迎面吹來，啪啦啪啦把我的薄外套脹個飽滿，好像一只氣球，下一秒鐘就要忘形飛翔，將我一把帶走。

此時此刻，時空沒了界限，我突然記不起來自己究竟身在何方。

*

我坐在露台邊桌，左邊海面上有幾艘帆船停泊，在早晨的陽光裡閃閃發光，眼前是一片草坪拱圍著一棵大樹，星星點點幾棟藍色木屋點綴其間。露台角落有一隻大狗慵懶趴著，我輕聲喚牠，牠移動身軀緩緩向我靠近，我拍拍牠的頭，摸摸牠的後頸，謝謝牠陪我一起守候。

等什麼呢？

這個晌午，我穿越半個小島去買Pad Thai。

來到小島已近四年，我才偶然得知，島上居然藏著一家泰式小店。因為是私廚，只靠臉書廣告或是口耳相傳。回頭去看，身邊許多友人老早出現在他們的臉書上幫忙搖旗吶喊，而我和他們之中任何一人卻都不曾談論過這個話題。真不可思議，這座島，我竟是如此不合乎流行。

等我趕忙追上來，卻是老闆娘離開小島前的最後一個月。

當然得搭上最末一班車，完成小島的美食拼圖。我趕早出門，行車二十分鐘，依據傳說中的位置，遲疑地把小車開進濱海小社區。停下車，我待在車裡大半晌，四下張望，奇怪了就是找不到一棟餐廳模樣的小木屋。

好不容易才在某個小屋露台上看到疑似廚房的蹤跡，還有個亞洲女生若隱若現十分忙碌。我一把推開車門，向她快步走去，兩三下跳上露台，成為她今日的第一名顧客。

小桌上有本筆記本，她先讓我寫下名字，近似掛號的程序。留下到此一遊的證據，這是小島特有的習慣，每次我到菲律賓理髮師那裡，理完頭髮，也是得留下簽名才可以付錢離去。

先點好兩份炒麵，她不多說，隨即轉身準備開工。簡單的露台小廚房，麻雀雖小五臟俱全，桌台上擺滿各盤泰式的食材與調味料，一字排開，等著大廚風風火火炒起來。我捨不得離開，稍微靠近一步，想多看一眼，也想跟她閒聊幾句。

「這是我第一次來誒！」

「我有好多朋友都是妳的常客喔！」

「可惜聽說妳要搬去美屬薩摩亞了！」

「過不了多久我也要離開這裡了！」

我一整個兀自碎念，興奮到像是一隻多嘴的麻雀。她哼哈兩句，僅是含蓄微笑，手上忙著活，沒有打算要認真搭理我。唯一明確對我說的話是：「妳旁邊坐著等一下。」

我立刻聽懂了她的意思，馬上把興奮的心情轉換成為靜音模式，乖乖撤退到圍欄邊的小桌旁，專心等待我在島上的第一盤泰式炒麵。

十五分鐘，我靜靜坐著瞭望遠方，時光彷彿就此凝結。晨光還在溫柔地徘徊，天上無雲，碧空如洗，海面平靜無浪，幾乎聽不見潮來潮往的聲響。但有風習習，輕微到看不出動靜，帆船定格在海岸邊，只有繩環規律敲打著船桿，清脆作響。大樹的枝葉隨風細碎輕擺，草地上晨露猶存，在陽光下閃爍著珍珠般的微光。

此時此刻，時空沒了界限，我突然記不起來自己究竟身在何方。

花裙與花洋裝

往 Laura 的路上有一間小商店，是這條椰樹公路上僅有的一間。我有時候開車經過，會停下來，進去晃一晃。

走出小店時，通常，我的戰利品是一小包餅乾或是幾罐泡菜罐頭，而某一個陰雨天，我竟然買走一條美麗的花裙。

可能是擺滿花裙的那一扇窗，五彩繽紛，對應著大黃的牆壁，瞬間打亮了頭頂的那一片天陰，以至於我一時失手，買了一條我應該不會穿出門的當地花裙。

這條花裙入住之前，我的衣櫥裡面老早已經花成一片。

當初我們只提了四大卡皮箱來到小島，我把衣服拎出來一一擺上，孤零零幾件，顏色也就藍紫兩款，全都簡單素淨。那些「外面世界的正式服裝」，沒想到後來幾乎派不上用場，在小島，海島花衫才是正道，入境隨俗，我的衣櫥要角漸漸被各種顏色各種花樣的海島花洋裝所取代。

海島洋裝沒得買，只能量身打造。先買布料，在一片浩蕩花海當中尋找最愛的那一款，裁個三碼，送去裁縫店，量身畫樣。菲律賓裁縫阿姨很厲害，真急了，一兩天就可以趕出來，可很多時候也可能會是超過期限的漫長等待，我曾經為了拿一件花洋裝前後跑了三趟。做不出來，阿姨很抱歉，一直捂嘴笑，我也只能傻笑著一再空手離開。

一件兩件三件，衣櫥裡的海島洋裝一字排開，花團錦簇十分熱鬧。丈夫的衣櫥也沒荒著，除了應景的幾套夫妻制服跟我的花洋裝同樣花色，原先帶來的素色襯衫，也早已被熱鬧繽紛的海島衫給推擠到無人聞問的天涯海角。

在小島參加各種活動餐會的前置作業，比起以前容易很多。打開衣櫥，我挑一件花洋裝，他選一件花襯衫，有時候場合需要，兩人挑選同樣花色的訂做制服上場，輕鬆解決，一點都不費心思。

可小店裡的花裙不一樣，不是大雅之堂的選項，是民間姑娘的尋常裝扮，我一個外國女生，幾乎沒有動過僭越的念頭。

那天一時衝動買的花裙，果不其然，一直掛在我衣櫥的最內側，形單影隻，等待哪一天突然被我記起。

馬紹爾的女生喜歡穿棉T配花裙，幾乎是國民打扮。我喜歡看她們穿著各種不同花色的裙子，走起路來裙襬搖搖，像小鳥兒那般輕鬆自在。我其實不是沒想過要那樣穿，可是我不敢。就怕顯得太突兀太張狂，我想我還是乖乖做我的外國人就好。

這座島，轉眼住了三年半。時間是一種奇妙的東西，它會放任海島的精神一點一滴滲透進你的靈魂，軟化你無須有的戒心與顧慮，不知不覺當中，不確定哪一天開始，你變成了一個穿著花裙出門也能理直氣壯的在地人。

今年以來，我的衣櫥多了好幾條花裙，這裡買的，那裡買的，在小小的商店裡找尋花裙變成我唯一的購物樂趣。

我開始加入棉T花裙的島民行列。穿著去超市買菜，去餐廳吃飯，去和朋友喝一杯，大剌剌，好像那穿花裙的人不是外國人，當然也不是來自台灣的大使夫人，而只是一個如假包換的島國女子。

一開始，丈夫盯著我，忍住笑，很禮貌地問我：「妳確定妳要穿這樣出門嗎？」

說實話，我曾經被他努力忍住的那朵笑意微微動搖，低頭看我自己，這打扮確實不太適合我。束腰蓬裙本就顯胖，這兩年居高不下的體重，根本在腰間大咧咧昭告天下我對年華遠去的無能為力。

這我知道，但我不在意。

至於外國人穿花裙這件事，我也已經毫無疑義。花裙有一種神奇的魅力，穿上它，行動之間有一股自來的輕盈，好像你可以一邊走路一邊自然而然哼起歌來。我享受這樣的輕快，那是樂天知命的島民與生俱來的自由自在。

因為一條花裙而與這座島產生心理上的深刻連結，是意想不到的收穫。事實上，生活裡我也很快接收到各種善意的回饋，不斷有當地人走過來跟我說：「這條花裙真美，我喜歡！」與此同時，我在他們會心一笑的瞬間讀到一份認同，那個意思是：歡迎成為馬紹爾女孩！

故事應該在這裡畫下完美的句點，可是等等，有一天我猛然想起一個問題，印象裡穿花裙的好像都是年輕女孩，難道是我從一開始根本就穿錯了嗎？

如果，一條花裙，可以體會在地的樂趣，還可以假裝忘記自己的年紀，沒關係，那就將錯就錯吧，我其實一點也不在意！

大海書房

我曾經擁有一間大海書房。

這書房，幾乎是我的私藏。USP大學大堂角落的小小咖啡館，幾張小桌，一個迷你吧台，以及敞亮亮整面玻璃窗。除非你選擇背它而坐，否則，大片的天空和大海，將會忠實守候著你停滯不前或是行雲流水的每一個扉頁。

我通常是在學生的上課時間前去，空蕩蕩的大堂，只有我一人獨享，連窗外的碧海藍天，也都在伸手可及之處，只對我一人無聲召喚。

咖啡也是出奇地好，雖然對我來說，那更接近一種點綴，或是一張可以安心待下來的入場券。我幾乎天天去報到，一杯拿鐵，獨占一角，苦行僧般定坐三小時。很久的後來，有一次丈夫在某次活動場合遇見大學校長，提起學校咖啡館，她恍然大悟說：「原來每天坐在那裡打電腦的女生就是你太太？」

原來無意之間，我埋首的身影曾經是大學校園裡的一小方風景。

可惜，等到下一段醞釀已久的書寫即將付諸實踐，這才知道，咖啡廳已經歇業好一段時日。

入口大門橫向釘上一塊木板，醒目地昭告天下，別來，這裡已經不賣咖啡。

聽說歇業原因是咖啡機壞了，無人能修，只好關門大吉。不管是多麼離奇無奈的理由，總之，我失去了我的大海書房。

有一段時間，腦袋裡的小島故事熱鬧到快要滿出來，教人恨不得找張桌子，安分坐下，寫之而後快，將它們一一釋放。市區有一家海島咖啡，就在馬紹爾開發銀行樓下，小小一間，咖啡還OK，但除了顧客等待取餐的小桌，沒有其他多餘的空間可以用來書寫。我進去買了一杯咖啡，觀察半晌，然後默默離開小店，喝掉咖啡的同時也打消不切實際的期待。

咖啡廳的斜對角，是島上規模最大的旅館MIR，裡面附設餐廳，窗外有著美麗開闊的海景，桌位也不少，我找個角落的臨窗位置，坐下來，拿出筆電敲看看。這個實驗也很快以失敗收場。旅館位在行政中心所在，國會大樓與部會辦公室都在咫尺不遠的地方。再怎麼大隱隱於市，隨時還是有達官貴人出現在你的四周，你得一次一次放下工作，站起來，握手問候。作者與夫人之間角色的轉換與拉扯，絕對不是我選擇此地的最初衷。

島的他端還有另一家RRE旅館餐廳，雖然離家遠，車程二十五分鐘左右，但我也曾經在那裡短暫駐紮。我喜歡選在最底端的桌位，背對著人群，面對著窗外一小片綠色樹叢，大海就在枝葉之間忽明忽滅閃爍著微光。早上人少，我安靜寫稿打電腦，的確小有進展。可幾次之後，我呆坐的時間越來越久，吃完一盤鬆餅喝掉半杯咖啡，腦滿腸肥，一行句子卡在指尖，怎麼樣都出不來。來回一個小時的車程，花了一把銀兩，換來幾行食之無味的斷簡殘篇，怎麼想都不划算。

好友新家後院有個臨海的小陽台，桌椅俱全，空氣流通，還有海景豐美。我突然異想天開，也許，可以趁她上班時間，把後陽台借來當我的大海小書房。好友十分仗義，二話不說一口答應，還說要把家裡鑰匙留給我，我可以自己隨意開門進去喝水上廁所，累了不妨靠著沙發打盹歇歇，「就當成妳自己的家一樣，千萬別客氣。」她說。

我感激她的盛情，婉拒了她慷慨的鑰匙，我只要那個小角落，其他不能再要求更多。興高采烈，像是小學生背起書包第一天要去上學，長桌上，我把筆電、筆記本、鉛筆盒、眼鏡、水瓶一字排開，感覺我的書寫新紀元就要來臨。

久旱逢甘霖，我的十根手指在鍵盤上飛快舞動，腦袋裡的念頭，被澆灌，被鼓動，好比幼芽掙脫地面，舒展兩片青翠嫩葉，朝著天空飛速成長。

沒料到，時近正午，陽光越來越熾烈，就算躲在蔭下陽台也擋不了刺眼的光線，我必須戴上太陽眼鏡打字，汗水模糊我的眼，濕了我的背，高溫燠熱遠遠超出我的想像。原來晌午的室外是這種感覺，我突然極其想念我家的冷氣，不刻苦不耐勞，實在非常不爭氣。

下午又試了一回，氣溫依舊高張，這項實驗至此劃下句點。

後來把這件事當成笑話講給台商大姊聽，她大力拍了我的背，杏眼圓睜說：「哎呦，真是的，妳來我的海上木屋不就好了！」還怪我怎麼會如此捨易求難？

他們夫妻倆堅持把一棟豪華海上木屋的鑰匙交給我，還寫了一張卡片，祝我靈感泉湧，歡迎我「愛什麼時候來就什麼時候來」。

雖然自覺受之有愧，但長輩的疼愛我無法拒絕，我又一次背起書包，朝著另一個大海書房前進。開著小藍車飛奔在機場大道，我覺得自己好像一介書生，風風火火，正要赴京去趕考。

兩回，僅只兩回之後，我把鑰匙慎重交還給親愛的友人。能歸咎什麼呢？海景太美？天空太藍？冷氣太舒適？還是小屋太過遺世獨立？只能怪自己貪玩，足足兩個時辰，忙著從不同角度觀賞海天無限，幾乎連筆電都被我晾在一邊。這哪裡是奮起的書房？根本就是度假者的天堂。

作者，多奇怪的一種生物，不管如何巧心呵護，他就是有他莫名的堅持，只有他自己知道什麼才是他要的榮華富貴，完全沒有道理可言。

這島，找不到一處安心立命的書房，我放棄掙扎，跟腦袋裡那些蠢蠢欲動的故事達成協議，你們暫且乖乖待著喔，別急著冒出來，可也千萬別掉頭走開。

一直要等到有一天，回台在即，小島生活約莫只剩下少少幾個月的時間。沒有光陰可以蹉跎耽擱了，我走進二樓書房，拉開椅子，二話不說，落坐在面牆的書桌前，沒有藍天看顧也沒有大海守護，過去四年的那些人那些事那些美好或辛苦的時光，一字一句一行，義無反顧，奔向它們該去的篇章。

此刻我才明瞭，我苦苦對外尋求的大海書房，近在咫尺，就在我的身旁。

伍 是兩個人的新紀元

我的，以及我們的海邊

我喜歡開很長的路去很遠的海邊，自己一個人。

被兩排椰林簇擁的海岸公路，沒有盡頭似地往前伸展。有時寬有時窄，這綠色隧道幾乎沒有人跡，有時左有時右，那大海的藍色影蹤在熾烈的陽光下，追著椰影，忽現忽隱。

而藍天，一直都在。

我享受一個人的沿途。

尤其是心裡有事無人可說無處想訴的時候，車上的獨處時光總會帶來神奇的療癒。未可知的前景幕幕逼近，某一扇椰影經過，某一朵海浪升起，某一個瞬間，那不可言說的心事，突然之間無聲逃逸，消散無蹤。

長路到底，車輪煞在陸地的盡頭，迎風玻璃裡一大片碧綠蔚藍，滿滿都是海。我發呆，我看書，靜靜地，我和自己靜靜地存在。

我習慣了在需要的時候，自己尋求解方。

嫁做駐外婦以來，四分之一個世紀，不知不覺之間，我變成一個剛強的人。

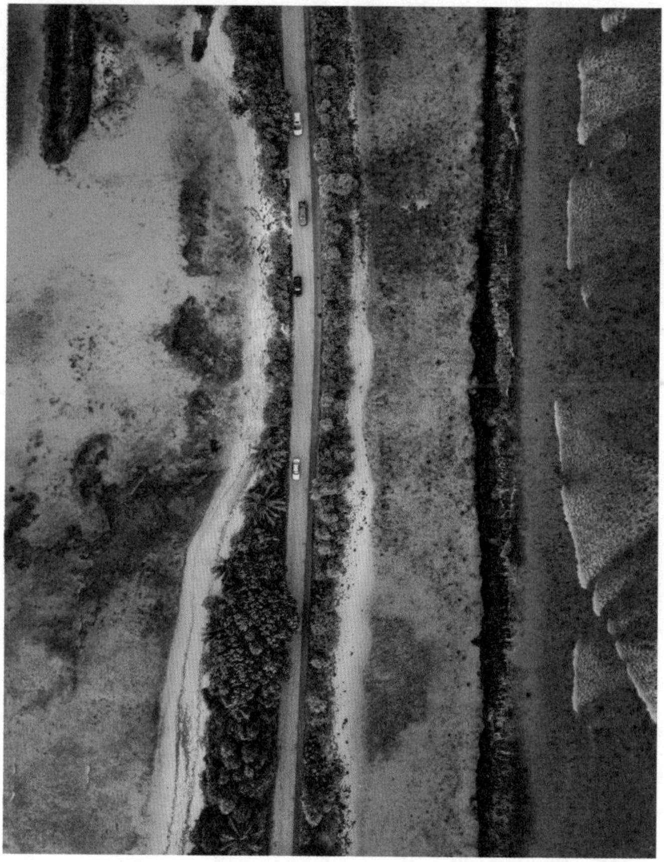

這個改變是被訓練出來的，一點一滴輕鑿細雕，完全不著痕跡。想當年，誰不是幼秀嬌嬌女，手不能提，肩不能挑，走點路嬌嗔求饒，受點氣淚眼迷離，像一只脆弱的搪瓷娃娃不堪一擊。

而如今，明快、剛強、獨立，我變成另外一個我自己。

從什麼都不會到什麼都要會，其實好容易，不過一線之間。一腳跨過，軟弱轉眼換了堅強，人生自然而然變了模樣。

妻子母親廚師傭人司機清潔工水電工，無論國內或海外，肩上的擔只有更多更重，而說出口的軟弱，只有更少更輕。

說些什麼呢？遷移不定的生活有多困難多辛苦？慣於獨撐大局的身體有多累，心裡有多傷？哪有時間坐下來細細條列明白傾吐，起而行立馬做都來不及了。

於是變成一個習慣只做不說的人。小娃送急診，抱起來踩油門衝鋒陷陣，在加州八線道的高速公路放速狂飛，等處理妥當了，輕描淡寫幾句帶過，哪有氣力從頭言說？門前水溝堵塞淹水進屋了，北國寒冬中，捲起袖子跪下來撈髒水，一身狼狽，哪有時間跟誰求救？就算回到國內，搬到外市陪讀，一個人走在陌生的寒冬暗夜，邊走邊落淚，也從來沒說過沒去跟誰討過安慰。

我始終以為，剛強是本分，是能耐，是值得尊敬的德行。但很多年後，來到這座島上，我才發現，那，何嘗不是自以為是的驕傲與自大。

不只痛苦習慣自己消化，久而久之，快樂也不知如何分享。而旁邊那人被剝奪的，不僅僅是苦難中學習的機會，也是歡快中同行的權利。

只剩兩人相依為命的小島，只剩兩人朝夕共處的空巢，我突然想通一個簡單的道理。那就是，不管是歡愉或艱難，妳不說，絕對，沒人會懂。而人生路上，妳不挪個位子出來，沿途的風景，注定，妳只能自己享用。

這麼簡單的道理，我怎麼會不懂？又怎麼一意孤行半個世紀從來不曾回望過？

驚駭之餘，開始學習分享兩個人的長途車行，以及兩個人的海邊時光。

剩下兩個人的天涯海角了，我決定不再逞強，本色相待，不再藏私。我願意，從此並肩而行。

於是，這海邊，是我的，也是我們的了。

趕路的人

彼時，抵達小島才兩個星期，週末，時近黃昏，天陰欲雨，我們開車出門去散心。

「左邊？右邊？」手握方向盤，我問。

「左邊。」扣上安全帶，他答。

選擇只有兩種，作答只要三秒鐘，簡單生活的寫照就在短短的六個字當中。

Laura Beach 是我們一時興起的目的地，位在馬久羅的左端最頂處。同事已經載我們去過一回，從家裡出發大約四十五分鐘的車程。

「四十五?!」聽見這個數字曾經讓我們覺著十分安慰，你看我我看你，不約而同露出驚喜的表情：「啊！原來這座島還可以開上那麼遠的車程！」

把 Laura Beach 當成折返點，我們想自己試試看，「開那麼遠的車」會是什麼樣久違的滋味？

斜風細雨中的大海是暗灰的色系，唯獨途間一條狹長的碧藍色帶看來特別顯眼。才開了十分鐘，我忍不住停在某個岸邊空地，跳下車，爬上大石眺望遠方，海風強勁，幾乎吹得我站不住腳步。

暮靄陰沉，我們必須全力趕路，才來得及在天色全黑之前回到家。

於是開始奮力追著殘餘的天光向前開跑。前方車子不算多，開起來還算順暢。公路狀況不錯，但不能貪快，得小心路旁漫步的行人或突然竄出的貓狗，也必須仔細閃避躺在路面的椰樹葉扇或落果。

兩旁的景色對我們來說猶原十分陌生，經過了一些相似的房子，穿過被左右海洋兩肋夾住的樹叢狹路，行過幾片空曠的草地，除了離海近一點或遠一點，究竟走到了哪裡了呢？新來乍到的我們完全沒有概念。

這般埋頭趕路的方式很沒著力點，像卷錄音帶被按了 repeat 鍵，我們沒幾分鐘就會重複著喃喃自語：「啊！這路，怎麼這麼遠？」

暮色更濃了，再這樣下去，回程的漆黑夜路怕是難以迴避。我不禁有點著急，再也沒有心思左顧右盼，豎直脊背，緊緊抓住方向盤，直直盯著最前方，彷彿只要

這樣做，很快，我們就會來到長路的盡頭。

不知不覺當中，悠閒的散步變成了焦急的埋頭趕路。

直到前頭有輛悠哉的烏龜車攔下我的速度，放鬆油門的瞬間，我才發覺我們正在做著一件十分好笑的事情。我們為自己設立一個固執的終點，義無反顧急起直追，追到之後立刻策馬掉頭，風風火火再一口氣奔回原點。

我們的人，正在路上，可我們的眼睛直視遠方，那些擦身而過的景致全都與我們毫不相干。人在心不在，像是兩具空殼一般騰空飛翔。

為了追逐一個終點，一不小心，我們全然錯失沿途經過的整個世界。

初抵小島的生活好像脫離不了一個趕字。我們在週末趕路，工人們則在週間不停趕工。

宿舍許多的大小修繕工程，還在持續進行當中，一樁接著一樁，不知要到哪一天才能收尾。

「什麼時候可以完工呢？」菲律賓籍的工頭咧著嘴笑了，說不出一個確切的日期。

一開始我們在市區的海景旅館住了三天，接著包袱款款換到新家附近的短租小公寓，做好長期抗戰的打算。每天早上，我們拽著大包小包離開公寓走回新家，分頭去上班去監工。到了夜深時分，再拽著大包小包走回公寓，頭靠著頭，沉睡在陌生的床上。

日出，日落，走過去，走回頭。地上的一雙影子一會兒西，一會兒東，錯落在忽遠忽近的海濤聲中。

有時候自覺有趣，互相嘲笑都一把年紀了還跟人家玩流浪的遊戲。可也有疲累的時候，寂寂星空下，踩著安靜的影子走，他終於開口說：「我得請他們儘快趕工了，趕快做好才能趕快安定下來！」

他連說了三個「趕」字之後，我忍不住笑了出來：「請問，我們這是要趕去哪裡呢？」

漫長的駐外搬遷路，終究走到了老夫老妻這一步，孩子大了，各據一方，從此的天涯海角只剩兩人相互為伴。如今，不用十萬火急趕著找學校，不用沿著上學路線找房子，不用像變魔術那樣快速變出一個溫暖的家，打開燈，放進四個人，開始安穩過日。現在的我們，兩個人，並肩走，慢慢走，誰來告訴我，什麼樣的安定才叫做終點？又有誰在背後催促著我們快點走快點走千萬別停留？

留意腳下的每一步，走該走的路途，經過該經過的風景，自然而然，總會走到長路的另一端。

於是此刻，在 Laura Beach 浮現在盡頭之前，我們做了決定，掉頭，放鬆油門，慢慢，慢慢，往回走。

牛郎織女

大學畢業那一年，我決定回台南上班。

畢業典禮結束，爸爸順道幫我搬家，當天我立即離開住了三年的修女院宿舍，也和交往三年的男友說再見。

搬家不難，但跟男友說再見不是一件容易的事情。過往三年，他的愛護與陪伴已經成為我生活的一部分，就算是要回到熟悉的家鄉，但那即將到來的空虛仍然陌生得令人心慌。

回家後，我在鄰鎮的軍用電台上班，空曠僻靜的園區只有少少幾個職員，我常常在密閉的播音室裡獨自值班直到天明。那是一種我以前未曾經歷過的生活，電波把我的聲音穿越界線帶到很遠的他方，自由飛翔，但我卻在一個大門深鎖的園子裡，在一間緊閉的斗室中，理解到什麼叫做真實的孤單。

生活的落差太過巨大，有幾次，我值完夜班，清晨離開電台後直奔客運站，搭車奔赴台中。差不多時間，男友從台北出發，兩三個小時後，我們即將在台中會合。

那時的我們好年輕啊！分離的滋味還沒學會該如何排解，只能老老實實跨過鵲橋短暫相會。

在沒有手機沒有3C的年代，這牛郎織女的戲碼演起來，多情繾綣，還帶著一絲悲壯的況味。

上演這齣愛情悲喜劇的場景只有一個，那是台中市區一家名為「竹劍山莊」的茶藝館。男女主角一邊喝茶吃套餐（男主角宣稱至今仍然記得那陶碗陶杯樸拙粗糙的模樣），一邊傾訴別後種種。幾個小時之後，胃實了，心滿了，再攜手踏上鵲橋，難分難捨互道再見（天啊這真的好瓊瑤！）。

不到一年，我回到學校繼續念書，兩人又在台北重拾相依為命的生活。竹劍山莊於是成為一椿短暫的江湖傳奇。

接下來的人生，我們馬不停蹄轉換身分，從情侶到夫妻到父母，我們披星戴月變換時空，從少年到盛年到中年，從美國到歐洲到亞洲，兩個人壺杯相依秤砣不離（唉，這跟當年牛郎織女的意象差別實在太大，只能說歲月真是一把殺豬刀！），幾乎沒有長時間分離的時候。

一直到四分之一個世紀之後，我陪兒子在新竹念高中，沒多久丈夫的工作也遠調高雄，長達數年，兩人不得不再度分隔兩地。分居一段時間後，當年的男女主角才忽然想起曾經悲壯演過的鵲橋相會那一齣陳年老戲。

偶爾，我們選擇不在週末回到台北家中相逢，而是老夫老妻分別搭乘高鐵相會台中。相約在雅緻的高鐵餐廳，我們吃吃飯，聊聊生活瑣事。沒有熱情賁張，也沒有離情難耐，兩老只有在說再見的時候不忘給對方一個扎實的擁抱，也給在異地為家庭為子女奮鬥的彼此，加油打氣。

有一次，分別後才發現，我們的列車正好就在隔壁月台。夜已深，車還未來，隔著鐵軌我們各據一方遙遙相對，相望無言。那一刻，我突然覺得好悲傷。原來，年歲再長，婚姻再平淡，我們終究還是沒學會排解分離的滋味，只不過那生活的擔責任的梁，沉沉壓住它，不讓它輕易探出頭來，任意妄為。

如今，我們終於又回到同一列軌道同一個月台，牛郎織女的劇本正式告一段落。這回，孩子們都已長成離家，海外空巢裡的老夫老妻，又回到了年輕時的相依為命。

孤絕的島國，柴米油鹽尋常過活。多年之後重新來過的兩人世界，無法避免的磕磕絆絆，必須重建的相親相愛，都成為人生下半場的待修學分。當兩個人手把手日日月月聲息與共，你才逐漸發現，人生過了大半，直到此時，你們這才真正要開始相互為伴。

老伴老伴，老來作伴。

前幾日，一樁突如其來的訊息完全擾亂了我的心情。沒能把分內工作做到周全圓滿的自責，以及，無法向誰求證的諸多臆測，我甚至開始對自己向來懷抱的熱情產生極大的懷疑。

這樣的時刻，老伴也只是說：「週末，天氣正好，我們出去走走！」

車往 Laura 開去，我拍照，他當司機，全程任由我隨時發號施令。一輛藍色小車在椰林公路上毫無章法地走一步退三步，只為了拍攝光影中不偏不倚的那一幕，也只為了讓鬱悶的老伴暫時忘了心中的煩惱。

老伴老伴，在這鎖國已然經年的太平洋小島，我們，如何能不老來作伴？

黃昏之路

兩個人的黃昏之路，相同的方向，但總是不同的速度。

下班後，機場公園附近，兩人沿著海岸邊邊來回走一遍。從一開始，我打定主意放慢腳步，落在好幾朵浪花的後面。絢麗的夕陽變化萬千，太華美，太短暫，一眨眼再也無跡可循，我捨不得不去理會。

我停下來，東張西望左顧右盼，一次又一次，兩人的距離越拉越長，有時我甚至弄丟了他的背影，必須小跑步才能把他重新找回我的視線範圍。

往往在天色暗下的前一刻，這段路突然變得十分安靜。前後全無來車，天空無風，海面無浪，整個世界被按下暫停鍵，只剩我們兩人的腳步聲，一前一後，敲響著規律的回音。

如此徹底寂靜的時刻，一片葉子落下都能擲地有聲。我們鮮少交談。我總落在他的左後方，離他的背影三步之遙，這恰恰是欣賞一幅畫作的完美距離。眼前這幅畫，粉色用來給天空打底，潑灑而出的雲朵逶迤不絕，橫跨兩邊的天際，有時甚且低到像是觸手可及。一旁，藍色的海面深沉難測，一點一點的燈光悄悄在遠方燃起。而他，微渺的背影，總被置放在畫布的最角落，快步獨行，好似畫家筆下不經意遺落的一滴墨，靜靜，靜靜，渲染出一行難以辨識的足跡。

有多少個黃昏，這海岸小路，他走在我的右前方，默默無語，為我開啟大自然不可思議的神奇視窗。一千多個日子下來，我已然成為一個富可敵國的名畫收藏者。

寂靜中的喧譁，沉默中的對話，若即若離中的不離不棄。相識三十三年，回想起來，此時此刻，小島之上，大海之旁，卻是我們最靠近彼此的一段時光。

黃昏與星夜交接之前，我們有時也在住家社區繞圈圈。

也一樣，兩人並肩走著走著，我又故態復萌脫了隊，慢慢落到他的身後。尤其是粉色的天空在椰子樹下的矮堤後面呼喚我的時候，一個箭步爬上堤防，我居高臨下在海天之間巍巍站立，凝視著倒映在大海裡的奇幻天色，聆聽著海浪拍打礁岩的陣陣聲響。

而那人，自顧自往前走，渾然不覺身後的人早已消失蹤影，一直到又繞了一大圈，再一次靠近堤防的時候，他才發現迷途者的背影，高高地嵌在粉色的天空裡。

還有些無所事事的週末黃昏。我們出門去閒晃，他開車，途中經過一處小碼頭，一眼瞥見海面上黃昏正濃，我連忙迭聲要求他速速轉進，立馬靠邊停下。

我開了車門，抓起相機，麻雀般跳出去，快步走到海邊，那擺盪在彩霞裡的輕舟，搖搖晃晃正要靠岸，我怕稍一遲疑，就要錯過了每一個獨一無二的相機定格，以及每一個無可取代的當下一刻。

我急如星火，把餘暉收進相機裡，而他安坐車中耐心等待，安安靜靜，遠眺屬於他自己的小島暮色。

最特別的一個黃昏，是兩年之後我們第一次參加的當地婚禮。

MIR旅館正後方，舞台就設在海上礁岩的一方平台，夕陽微微現身時，一雙新人沿著長堤緩緩走向舞台，等到立下誓約的那一刻，彩霞最是光彩絢爛，鋪滿整個天空，浪漫綺麗，成了最美的見證者。

我和他，並肩坐在岸邊的席位上，眼光齊齊看向大海的舞台，中間我忍不住起身，彎著腰躡手躡腳走到中央，用手機拍了一張照，轉身回到他的身旁。

兩個人，或前或後，時起時落，都無妨。這避世小島的黃昏之路，幸運的是，我們還有彼此，始終得以為伴。

替你守住一個家

我家門前有小河，後面有山坡。
山坡上面野花多，野花紅似火。
小河裡，有白鵝，鵝兒戲綠波。
戲弄綠波，鵝兒快樂，昂首唱清歌。

很神奇，小學時學的兒歌，到現在我還是可以把整首歌一字不漏完整唱完。內建在心裡最深處的不是只有旋律與歌詞而已，還有畫面。從小，要是給我一張畫紙，我反射動作畫出來的恆常是一棟矮房，一座山，一條河，兩隻白鵝，幾叢花，還有右上角一個太陽，光芒萬丈。

太駑鈍，沒有藝術的天分，我還因此上過畫畫課。才上幾次課，我背起新買的珍貴無比的天藍色塑膠畫板（有繩子掛在脖子上的那種），搭上興南客運，晃晃蕩蕩，跟著老師同學到海邊寫生。不知道為什麼回程路上畫板竟然不翼而飛，懊惱不已的小學生，從此死了這條心，安分地繼續描繪歌詞裡倚山傍河的熟悉家園。

當時沒想過，我長大以後的志業，會是守住天涯海角的每一棟房子，每一個家。認真數起來，結婚至今，逼近三十年的歲月，橫跨三大洲，我在超過二十個房子裡打造過我們的家。我們，最開始是一對青春愛人，後來是一家四口，現在，是一雙半百夫妻。

關於家，或許是原生家庭給了我一個溫暖安全的原型，以至於後來的我，心甘情願在自己的人生裡成為那個掌家的人。拉開清晨最早的一扇窗簾，捻熄深夜最濃的一盞黃燈，在他或他們都出門去的每一個白天，守住他們黃昏即將歸來的那個巢穴。

駐外生活尤其是家人之間的超強黏著劑，雖然我們總是不停地搬遷換房，但在每一次夷平再建立的艱辛過程裡，我們的關係反而變得更為緊密。房子其實只是一個號碼牌，家，才是裡面真實的存在。

某一任搬遷，從雅加達回到台灣，女兒留守台北上大學，兒子遠赴新竹念高中，我陪著他搬到竹科附近，另闢一個小小的窩巢。正式離家那天，車子開出社區大門，強忍了很久的情緒終於大崩潰，我抓著方向盤嗚咽落淚。兒子被我的脫序演出嚇壞了，故作鎮定地問我：「妳是玩真的嗎？」接著又說：「要我抱抱妳嗎？」

哇！

我聽了索性放聲大哭。

對我來說，那是一種殘忍的宣告，離開這扇門，踏上這條路途，我曾經執守了二十年的家，那個圓，從此有了裂痕，不完整了，再也回不去從前。

接下來開始的是整整三年半不間斷的高速飛行。星期五黃昏我整好行李，等在學校門口，接了兒子全速殺回台北。星期一清晨天還沒亮全，又從台北飛車奔回新竹，在太陽升起的時候叫醒熟睡中的少年，目送他走進校園。

所做的一切只為了成就一個週末的完整家園。

孰料沒多久，丈夫遠調高雄，小小的一座島，一家四口散居三處。過去，不管路走得再遠，日子過得再難，四個人總是緊密相連。如今我被迫漸漸理解，聚散有時，就算對親密的家人而言，也終究是一種自然而然。

幾年內，分居三城變成分居三國，孩子們漸次離巢，阿布達比、奧地利，一個飛得比一個還遠。四分之一個世紀之後，我日日守住的房子，裡面晨昏相對的人物，又回到了當年的妻子與丈夫。

這次，我家門前沒小河，旁邊有大海。而這兩個人，一如過往的有時相親相愛有時相互挑戰，時光明明走了老遠可又好似盤桓在青春的某一天。老夫老妻啊，溫習著美好的過往，梳理著不為人知的人生謎團，勇敢建立一種全新的現在，同時跟遠方的孩子保持著相互的關愛，這空巢，也有著奇異而動人的溫暖。

年輕時曾經在書中寫著：只要家人在一起，天涯海角都是我們的家。現在我想說的是：不管家人在哪裡，天涯海角，家，始終都在我們的心底。

而小島這個家，現在，我要為你好好守住它。

捉迷藏

週末下午，往 Laura 方向，我們出發。

我負責掌舵開車，他全副武裝坐在副駕駛座。全副武裝的意思是，帽子、太陽眼鏡、薄外套、休閒長褲、運動鞋、後背包，以及一副長征到底的決心。

抓著方向盤，我一路往前開，與市區的距離被小車漸漸拉開。約莫離家二十分鐘之後，停在郊區的某一處路邊，放他下來。這落點完全順心隨機，從來沒有固定的模式可循。

他整裝出發，關上車門跟我說再見的時候，那口氣與眼神帶著一點壯烈的意味，因為接下來的腳程，全是他一個人的了。

沿著唯一的公路往下走，他有時穿過整排椰蔭，濕熱的空氣中尚有一絲涼意，可有時行經一大片空曠的草地，午後陽光斜斜打印在他臉上，那尚未消滅的炙熱完全無可迴避。

也曾經有過那樣特別的時刻，倉皇遇上突如其來的一陣大雨，當最後一行雨水滴落帽沿的時候，一抬頭，才發現，他正穿越一大道飽滿的彩虹。

他行經每一棟屋舍前庭，要是恰有居民擦肩而過，他們彼此微笑頷首說聲 Iakwe。他也有臨海而走的時候，海濤一聲一聲響在他的身後，就像是為他踏過的每一個步子打拍計時，催促著他不要稍有逗留。

他一直往下走，汗越流越多，可那腦袋裡堆疊了整整一週的，煩瑣的心思與響鬧的雜音，卻漸次趨於平息。他的心越來越空，他的身體在疲累之中，越來越鬆。

這些我都沒有親身經歷，可是我全都看在眼裡。因為我，會像影子一般，出沒在他的前後左右。

說完再見，我踩油門，在有點距離的後方跟著他慢慢開，拍下一張苦行者決絕的背影，然後經過他，超過他，絕塵而去。

接下來，所有我車輪飛過的沿途，他會一步一腳印緩慢跟上。一段距離後，找個路邊空曠處停下來，我開始了車廂裡漫長的等待。

拿出筆電和筆記本，窄仄的駕駛座瞬間變成迷你書房，外頭的他有前程未知的長途要趕，車裡的我有積累未竟的文稿要趕，這個午後時光，我們都是趕路的人。

常常是在某個從文字裡探頭而出的當口，正好撞見他從照後鏡裡慢慢浮現出來，越來越清晰。等他走近了，我搖下車窗，問他：「還要走嗎？」

「再走一段。」他總是這樣回答，然後頭也不回繼續他的下一段行旅。

於是我的手機裡又有了另一張帶著汗漬的背影。我或者留在原地，或者再次飛車越過他，另覓下一個棲息之處。

這島上唯一的濱海公路，我們兩人像是捉迷藏一樣忽前忽後，或隱或現，有時還會玩上好幾個回合，但無論如何，我終究會在某一個點，和他最後相逢。

這躲貓貓的遊戲，我們通常不會約定明確的結束時間，既有的默契是，抓個大約，我總會在該出現的時候，從前方或從後方，追上來，悄悄把車開到他的身旁，像是母鴨無聲無息游進池塘裡，一把叼起筋疲力竭的小鴨，帶牠回家。

在那筋疲力竭的終點之前，中間各自的時光，我們享受各自的寂寞，也享受各自的不寂寞。罕見外國徒步趕路者的小島公路上，總會有當地行車在他身旁停下，駕駛搖下車窗，殷切問著要不要載他一程。而我，三番兩次，端坐車裡埋頭敲鍵盤時，被忽然出現的附近居民輕輕敲窗，友善詢問：「妳迷路了嗎？車子有問題嗎？需要幫忙嗎？」

這是座平和的島，也是個友善的國。週末的公路行旅裡，車內或車外，對於人，我們從來沒有擔心過安全的問題。

我們害怕的是那些不定處不定時出沒的家犬或野狗。

第一次回台灣的時候，我特別去了百貨公司的登山用品店，買了兩把登山杖，一把給每天清晨出門走遠路的台南老爸爸。另外挑了輕便的一小把，我喃喃自語說是要買給我先生。

「可這個是兒童版喔！」店員好心提醒我。

「喔！」我笑著說：「這是用來嚇狗的趕狗棒。」

是的，他的全副武裝裡不可或缺的那一項行頭，是一把用來壯膽的趕狗棒。

聽過太多人遭受狗襲的例子，也經歷過太多次一群野狗猛然集結把你團團圍住的驚險畫面，這棒子，不是用來挑釁而是用來自保。

然而就算拿著棒子虛張聲勢，每回他最後回到車上，總還是會心有餘悸地細數這一趟遇到的凶險景況，並且慶幸自己又再一次平安脫險。

一直到有一天。我們計畫去朋友家餐聚，他提議自己先出門走一段路，晚點我再開車經過半途接他。二十分鐘後我接到他的來電，讓我去找他，說是被一隻無聲無息從後方竄出的野狗，狠狠在腳踝咬了兩口。

唯一一次我沒開車跟他玩捉迷藏，唯一一次他上路忘了帶登山杖，那狗兒算計好了似的，掐住這千載難逢的好時機。

趕往醫院急診打了破傷風，還領了一個星期的抗生素。餘悸猶存的行者，經過很長一段時間之後，遲遲未有重新上路的打算。

數月之後的今天，我們終於又聯手長征，重溫了那些等待與被等待，尋覓與被尋覓的週末黃昏。

捉迷藏的遊戲我們意猶未盡，就是不知道那些欺生的狗狗們是否已經對我們失去了興趣呢？

界線

朋友從夏威夷回來之後，在瓜佳蓮隔離期間被分配到與陌生人同一寢室。事後她回憶起那十四天，仍然有如驚弓之鳥，真不知道自己究竟是怎麼熬過來的。

室友不分晝夜講電話，小小的空間，她完全無處可逃，那些不相干的人生故事，連深夜都不放過她，一字一句滲入她的夢境追著她跑，半睡半醒之間真假難辨。可她心腸軟，也不好說些什麼，只能趁著白天攀在高窗邊緣，偷看幾眼外面的世界，假裝自己還在另一個自由的空間裡面。

我稍能理解她的無奈，因為同樣的那十四天，就算你的室友是你最親密的夥伴，你都免不了害怕因為同享一個有限的空間而失去你的自由，成為一個不完整的人。

結束夏威夷第一階段的隔離之後，我們飛回島國境內，抵達第二個隔離地點瓜佳蓮外島。下機後，接駁小車把我們從停機坪載走，在美軍基地的營區裡拐了好幾個彎，直到車停的那一刻，我們才會知道即將被關在哪一個陌生的屋舍。

幸運的是，我們打開的那扇門是一棟白色的小洋樓，沾丈夫的光，我們擁有兩層樓，兩間房。暗地裡鬆掉的那一大口氣，不只是我的，也是他的。

十四天的隔離於是變得不至於太過難熬。因為空間的慷慨成全，我們得以在邊界模糊的時空當中，確立屬我的一方領地，在其中自由晃蕩，不受到彼此的干擾。

「你要在樓上嗎？」「那我就在樓下。」這是我們每日重複多遍的對話。

上午，他在樓下餐桌上對著手機螢幕與同仁開會，一個輪過一個，因為隔離而無處可去的精力格外充沛。我在樓上耍廢，或讀書或追劇或無所事事走來走去，或者乾脆床上躺成大字睡個回籠覺無比香甜。過午，換成他在樓上閉門小寐，樓下，無後顧之憂的一梯之隔，攤開瑜伽墊，我安心沉浸在一個人的瑜伽世界。

同一籃屋頂下，各據一方，各築舒適的窩巢，其間交會共處時，尚覺彼此面目可親，還可如同久別重逢般相互珍視。我很難想像，要是兩人同窩一間小室，毫無界線可言地朝夕相對，那十四天出關之後，會是怎樣截然不同的結局？

兩個人的空巢新紀元，逼近四年的相依為命之後，我們取得一個新階段的默契，在如影隨形的生活中，留一條線，保有一部分各自的空間，對於兩個熟年的伴侶來說，是一種適切的必需。界線，不是單指外在可以丈量的空間，還有內在那無法以尺寸衡量的你我之間。

小島空巢初期，突如其來的功課是要重新學習與同伴並肩而行。回顧婚姻的前半場，短暫的兩人時光之後，孩子們取而代之成為生活裡的主角，遷移不定的生活，年復一年，嬌弱的人妻默默變身成為鋼鐵般的母親。等到孩子長成離巢，回頭看，這才有了自覺，已經太習慣一個人獨撐大局，你幾乎要忘記旁邊還有一個長年伴侶，被放在有點遠的地方，等著與你親密同行。

過往多年來那自以為是的逞強，在起初的空巢歲月得到躍進式的修正。只剩兩個人的海角小島，我終於允許自己在該勇敢的時候耍賴，該衝鋒陷陣的時候雙手一攤，換人來扛，以及最重要的，在該若無其事的時候，理直氣壯一把眼淚一把鼻涕把滿肚子委屈說出來。

靠得很近，回到初識時的焦孟不離。重新洗牌之後，我從全新的兩人關係裡得到極大的趣味，走丟半世紀的你儂我儂換個年紀從頭來過，當年的青梅竹馬如今頂著半頭華髮玩起扮家家，那感覺很新鮮，也很過癮。想想真是不可思議，從我回到我們，從人母回到人妻，其實，也不過是一念之間的距離。

這是小島生活之初始料未及的轉變，可接下來的發展，同樣也是出乎意料之外。當你在嶄新的大道快意奔跑，以為趨近了美好的終點，結果才發現，那同時不過是另一段賽程的起點。洋洋得意的跑者要到這時才會恍然大悟，喔，原來，太靠近，近到你我不分，那也是兩人關係裡的另一種危險，也是婚姻課題裡的另一個陌生章節。

空巢新世紀小島篇的全新章節，是學習去了解，再怎麼相依相伴，也不要忘記你們之間始終有一條線，誰都無權任意冒犯，誰都不可肆意跨越。

好吧，我自首，帶頭違規的，正是我自己。

許多年來，我對心理學與身心靈的領域很感興趣，閱讀過很多相關書冊。有大把時間可以揮霍的小島歲月，提供我一個絕佳的機會，成為一名土法煉鋼的心靈諮商員，而唯一的實驗人選，理所當然是朝夕相處無話不說的那個人。

就地取材，以不為人知的人生隱晦面作為命題，挖掘出他的弱點，拆解其中密碼，追溯來源，套用某家的學說或某人的論述加以歸類，並且抽絲剝繭找出適合的處方箋，最後，命他遵照醫囑，乖乖服用。

不知不覺上了癮，相關的書籍越買越多。上網購書時，我借用他的眼睛展開搜索，新書越洋寄到時，我的內心充滿他的興奮，閱讀時，我逐字逐句吸收的，全是滋養他靈魂的養分。買書的人是我，可讀書的人通常不是他，我像是一頭貪吃的牛，咀嚼他的飼料，消化，反芻，最後餵養於他。

數不清的深夜，關於人生嚴肅的課題，我們在昏黃的燈光下展開對談。與其說是對談，其實更接近講座。說話的人恆常是我，把日積月累的閱讀心得化成長篇滔滔，自詡是免費的心理諮商。說者頭頭是道，聽者拚命點頭，貌似心領神會。也有許多臨睡的深夜，他已經遊走清醒與入睡的邊緣，我索性為他輕聲朗讀，把我自認對他有益的書中片段，一字一句念給他聽，伴他入眠。

勤勞若此，理該是效果卓著吧？並沒有。時間誠實給了答案，我的努力幾無進展。怎麼可能是這樣的結果呢？正好鎖國期間哪兒也去不了，我乾脆加碼奉送，就不相信有哪顆頑石會紋風不動。善意的諮商，逐漸失速走調，變成一種惡性循環，付出的人覺得滿腹委屈，接收的人呢？其實一點也不開心。

有一天，我站在我的書櫃前面，細細端詳每一本書，滿滿的非我族類，文學書冊被孤單地擠在最邊緣。這一看，全身寒毛直豎，過去幾年，我到底都幹了些什麼好事？

我為他而讀，替他而活。

那是他的人生，他的困局，不是我的。痛苦與快樂的定義，維持現狀或是力求改變的抉擇，那都是他的權利，不是我的。我偷取他的人生使用權，所得到的領悟所期待的成果，全都歸屬於我，與他毫無關連。

多可怕，我徹底越線卻渾然不覺，甚至還自以為是沾沾自喜。更可悲的是，我隱身在他的空間裡，弄丟了我自己。

從我們再回返到我自己，也可能只是一念之間的距離。懸崖勒馬，我決定退回自己的領地，停止喧賓奪主的一場鬧劇，從那一刻開始，不再一廂情願介入他人的生命課題。

維持一條界線，但可近可遠，可進可退，如何在我和我們之間求取平衡，我想，那將是我空巢新世紀的下一堂新課題。

同舟

翻山越嶺不是此次飛行的主題
周旋在海與洋的中間
我們牽著手　踮著腳尖
跳島　跳島　跳島
再跳島

泗水恰恰來到最舒爽的季節
台北的夏天凝視著熾熱的最後一瞥
二十年前走過的夏威夷
下了三天的黃昏斜雨
五分鐘後降落的馬久羅
二十九度　天氣晴

機長剛剛這樣說
我們是命運捏在手指的兩顆石子
奮力一擲
打水漂的完美弧度
趕在第四朵漣漪之前
劃下終於的句點

很快
我將證實那傳言的真偽
左邊是海　右邊也是海
他們說
馬紹爾　很美　很美

二〇一八年九月，我們從泗水出發，經台北、夏威夷，飛往馬久羅，曲折漫長的飛行途中，我在飛機上隨意寫下這一首小詩，裡頭夾雜著掩飾不了的雀躍與好奇。一直到即將降落馬久羅的前五分鐘，遲遲還沒看見島礁的影蹤浮出在汪洋大海之中，我們究竟要降落在什麼樣的地方呢？

這時，才有一絲的不安，悄悄浮上我的心頭。

陰雨天，圓弧形的環礁半遮半掩終於出現，馬久羅超乎想像的細瘦清矍，孤零零開展在無邊的大海之間。飛機降落之後，官員及僑胞熱情的歡迎令遊子備覺溫馨，可等到人群散去，踏出機場大門，雨中的灰色大海沒遮沒攔，唰一聲，湧進我的眼簾。

那海平面很高，很高，一望無際的海水像是隨時就要滿出來。我感到無來由的一陣慌張，心裡突然出現一個荒謬但認真的疑問，我們家裡會有船嗎？如果大潮或是巨浪來襲，我們，有船可以逃嗎？

來不及了，很晚才追上來的惶恐已經來不及了，我緊緊攬住丈夫的手臂，哪還需要什麼逃生小舟，我們根本老早已經共乘同一艘船。

同舟共濟，我的大半輩子都在跟他做這件事情。換不完的國，搬不完的家，共乘三十年的這艘漂泊之船，我是他始終的副駕，習慣成自然，就算行至幼雛已經長成飛離的空巢，我也從未想過我可以選擇棄船逃跑。

外交生涯到了我們這個年紀，因為各種不得不的因素，許多眷屬未必會繼續隨同丈夫遷移定居。尤其像這樣地處偏僻的島國，丈夫一人單身赴任是常有的現象，我們剛到小島的時候，整個館裡就只有一個館員太太長住下來，其他全都分隔太平洋兩端，成為現實版無奈的織女牛郎。

我的想法很簡單，我們同舟共命。你去哪裡我也去哪裡，這是你的工作，但這也正是我的生活，只要情況允許，二話不說，我跟著走，義無反顧。

這座島上，有些夫妻朋友，也曾在某個人生的分岔路口做了類似的選擇，上同一艘船，從遙遠的彼端揚帆而來，航往陌生的大洋，定錨在陌生的島國。因緣際會，過去的幾年，這些朋友與我們有著某種特別的相互陪伴。

特別的陪伴，那是因為彼此理解。我們同樣理解夫妻二人在迷你的小島胼手胝足共同打拚的箇中滋味，所以那陪伴顯得特別到位，無須贅述多言。

同舟共濟，對我們這些夫妻檔來說是一種意象的比喻，有趣的是，寫實版的同舟共濟在小島也是真實的存在。

馬久羅內海有很多帆船停靠，小小一張帆，可以把人從很遠的地方帶到這裡來。船上通常是夫妻檔，在長達數月的大海漂流裡，數之不盡的白晝到星夜，只有彼此可以仰賴依靠。我曾經認識一對帆船夫妻，中國的太太和斯洛維尼亞的先生，他們慷慨邀我跟妹婿上船，參觀那麻雀雖小五臟俱全的海上之家，請我們享用從迷你廚房變出來的午茶點心，還大費周章打開帆，帶我們在陰雨的內海繞了一大圈。

短短一段揚帆航程，對我們來說浪漫無比，可對他們而言只是海上生活當中不斷重複的一部分。先生掌舵，太太冒雨控制幾張大帆，以我們來不及細看的速度收繩放繩，綑綁固定，那是得耗費極大力氣才能完成的粗活，她卻做來十分俐落。他們倆配合得天衣無縫，一切都在默契中無聲進行。活生生的同舟共濟在我眼前展演，那不是我們陸地人可以理解的人生向度。

碼頭旁的 Tide Table 餐廳是帆船俱樂部的聚會所，疫情前，來自世界各地的帆船客在此每週共聚。我數次見證過那繁華的景象，一張桌，圍著好多舟人，用眾人聽得懂的英文熱切交換著旁人聽不懂的話題。我曾經試著側耳傾聽，但完全找不到任何切入點，他們舟人的世界只有他們才能夠看得見。

很幸運，在小島，我們倆也有一個異曲同工的舟人小世界。

長住二三十年的台商夫妻是我們的夥伴之一。

最早來小島墾荒的台商大多是男人們先來衝鋒陷陣，等事業穩定了再決定是否把妻小接過來安家。這老闆從一開始就堅持太太小孩必須步調一致，沒得商量。聽說太太起初對於移居島國這事十分猶豫，男主人不惜下最後通牒，太太幾乎沒有選擇的餘地，只能把家當打包全都上了船，隨著船長展開全新的人生。

遠離家鄉的島，我很難想像他們數十年來中間經歷過什麼樣的驚濤駭浪。我來的時候，他們已經是事業蓬勃的老闆與老闆娘，各據一端的兩大家店面，一人守一間，白天各自打拚，到了夜裡，回歸溫暖的窩巢一同歇息。雖然在生意場上，兩人都是剛強的領頭羊，但在眾人面前，他們是老派的台南夫妻，傳統的夫唱婦隨，沒有誰與爭鋒的一派和諧。入夜關門的店裡一片空蕩蕩，聽說他們兩人有時還會手牽手穿梭在櫃架之間，當成是散步在一座小小的運動場。那可愛的畫面對我而言，更像是他們同乘一艘小船，搖櫓划槳，悠哉悠哉穿梭在一片貨海當中。

我們不定期趁他們公休的週日在餐廳午餐小聚。兩對年齡相仿的南部夫妻檔，吃吃飯，隨意說說往事，聊聊生活近況，對談看似平淡，但其中躲藏的，那無可言傳的老派趣味，那難以細說的革命情感，大概只有我們海外同舟多年的老夫老妻才能共同領略。

很偶然地，我們在同一家餐廳連續共度了三個七夕情人節。秤砣不離的兩雙老情人，沒有鮮花禮物那套時髦，同樣的角落，乖乖排排站，對著鏡頭來一張四人紀念照，小島歲月，也就一年一年過了下來。

另一對與我們不時聚會的老同伴是澳洲大使夫妻。他們倆結束巴基斯坦幾年的南亞生活，轉過身，手牽手再一起跳進北太平洋的島國探索。比我們晚兩年來到小島，他們對海島新生活抱持著極大的好奇與熱情，我們已然經過的航道，他們尋溯浪跡，迅速跟上來，與我們並肩而行。

我們總是在他們家後院陽台上餐聚。黃昏時分，夕陽在海面上兀自變換著各種姿態，輕鬆坐在涼椅上，先來點餐前飲料，之後我們移師長桌，享用美味佳餚。然後輕鬆說笑，然後隨意閒聊，一雙狗兒就在腳邊安靜躺著，一陣海風徐徐拂面吹來，靜謐而安好，恍如世外桃源一般。因為有著類似的外派背景，也因為有著同樣的圈內話題，只有四個人的燭光晚餐也可以吃得熱鬧非凡，完全沒有冷場的空隙。

像這樣的時候，我會忍不住分神想起那些帆船夫妻檔，以及被他們團團圍住的那張長桌，還有那個陸地之人進不去的同舟宇宙。

然後，一種奇異的幸福感，也會一點一滴，慢慢填滿我的胸懷。

附錄

疫亂之年，避世之島，以及烘焙之人

二〇二〇年初春，我們被臨時告知四月將有一個短暫的返國機會。不敢歡喜得太早，沒跟任何人提及，我甚且跟丈夫約定好，不到上機的最後關頭，都還不是興奮的時候。

那時，許多國家正在疫情的開端，局勢譎詭，混沌未明，人們尚未意識到接下來要面對的是如何的挑戰，可風雨欲來的肅殺氣氛還是兀自地席捲了整個世界，也悄悄蔓延到僻靜的大洋島國。

馬紹爾儘管未有確診病例，但一顆細微漣漪都足以成為暗潮洶湧的源頭。三月初，一名從美國華盛頓州返回首都馬久羅的民眾出現了類似感冒的症狀，下機後即刻被送到醫院隔離進行檢測。結果揭曉之前，謠言滿天飛，有人開始在公共場合戴上口罩自保，有人趕忙衝去超市囤積物資，一年一度的學生音樂劇甚至在演出的最後一天倉促宣布停演。耳語滿天飛，令人頗有大難臨頭的惶惑之感。

幸運的是，檢測結果證實為陰性。虛驚一場，人們大大地鬆了一口氣。然而，這個疑似病例的出現，無情揭露一個殘酷的現實，即是，萬一真的出現確診病例，那後果完全難以想像。島上沒有足夠的醫療資源作為抗疫的後盾，另一方面，島民習於群聚的生活型態也將是疫情能否控制的一大隱憂。

疑似病例事件之後，馬國政府當機立斷，宣布全國進入緊急狀態，旋即關閉國界兩週，只准出不給進。平時唯一仰賴的美國聯合航空急速縮減班機，並且隨之一再取消僅存的航班。空蕩蕩的機場，無聲宣告著，你，插翅難飛。而就算你飛得出去，也終將無計回返。

兩週過後又是兩週，誰也沒料到，鎖國公告一延再延，好似沒個盡頭。我們四月的返國計畫，理所當然被迫無疾而終。

這下真真與世隔離。

數萬島民把自己固鎖在萬頃波濤中若隱若現的墨點微跡，細瘦的島鏈，似乎比往日的孤絕來得更加孤絕。而那僅差一步無緣成真的回鄉之行，尤其教我有著說不出的悵然。即便外表看來，島內生活尚且一如平常，但我還是感覺到了，人們所熟悉的那個世界，正一點一滴安靜下來。

疑慮與不安，隱約而不張揚，但它們是如此千真萬確的存在。島上，各種傳言有如暗流起伏，在真實與虛假之間來回擺盪，樂天知命的島民一如往常生活起居，私下倒也沒忘記互通著隱密不宣的聲息。這些傳言，究竟孰真孰假？卻也無人能夠講得清楚說個分明。

霧濛濛的世道，空落落的胸懷，我可以做些什麼來填補內心說不出來的恐慌？往常我那用來安頓身心的書寫，在這樣的時刻，卻不是理所當然的選項。

開春前夕，歷經三年寫成的書稿才剛剛交付出版社，長時間以來念茲在茲的目標一旦完成，我整個人好似被掏空那般的筋疲力竭。擲筆，關機，耍廢，我決意放自己大假。那長久以來寫字人的身分，就暫且擱著吧！忘了吧！我想試看看，小島上，不靠文字過活的那個我，究竟可以走到怎樣陌生的他方。

叩叩叩，意外地，我敲開了一扇新窗。

人生拐了彎，旅途臨時換了方向，局勢不明的疫亂元年，陰錯陽差，我搖身一變，成為一個鎮日與麵粉為伍的烘焙廚娘。

烘培與我，原本毫無交情可言。我雖有逼近三十年的家常廚藝，但麵粉這樣素材幾乎不曾出現在我的廚房。或許是因為南部長成的鄉下小孩，媽媽的台式手藝再精巧，我也沒有機會被餵養成麵包蛋糕的西式胃腸。

一切的源頭，只因為某個醒在小島的清晨，我突然異常想念綿密柔軟的古早味蛋糕。那影像，連續幾天一直徘徊在我的腦海，揮之不去，可放眼島上，如何也找不到我所想念的熟悉滋味。

回鄉無門，求購無方，好不甘心！我起意搜尋 YouTube 的影片，不知打哪來的衝動，決定靠自己的力量，放手一搏。

那個午後，全憑衝動出爐的古早味「蛋糕」，毫無懸念，自是歪七扭八極其樸拙，但那味道嘗起來竟也有幾分相像，一口咬下去，幾乎要把想家的淚水逼出眼眶。

原來不難。

這激起我的無限鬥志，一個漂亮又可口的蛋糕，我想了想，掂了掂自己的斤兩，好像也沒有理由做不到。

接下來數日，固守廚房陣地，我一樣一樣計量素材，小心翼翼打發蛋白。對生手來說，這道工序最難伺候，蛋白入鍋時不行帶水不能沾油，攪打的速度不可太快或太慢，打出的成品不宜太軟或太硬。這個挑戰很難很難，不管我如何竭力緊盯每個細節，結果它偏就不從人願。到底失敗了幾回呢？一直到傳說中的完美小彎勾終於優雅現身，我已經記不得這中間究竟來回跑了幾趟的小店，又前後總共搬回了幾打限量購買的雞蛋？

憑藉著高張的鬥志，幾日的苦練之後，美貌又可口的古早味蛋糕對我來說已非登天難事。才總算抓到一點手感，烤出了幾個滿意的蛋糕，緊接著問題又來了，麵粉用罄，我開車翻遍整座島，竟然買不到一包蛋糕麵粉。

蛋糕麵粉，沒錯，行家一聽便知這話肯定出自菜鳥之口。一直到「會」烤蛋糕了，我還是分不清楚麵粉有哪些種類，又有著什麼不同的用途。有天黃昏散步時，善烘焙的鄰居耐著性子跟我上了一課，頓時之間茅塞頓開，那一夜，星子升起之前，我終於弄懂了高筋中筋和低筋的個別名稱，以及它們在烘焙的宇宙裡，各自應該的歸處。

這也是我第一次膽敢起心動念興起做麵包的遐想。既然買不到低筋麵粉，山不轉路轉，乾脆扛一袋高筋麵粉回家玩看看？既然能烤蛋糕了，要不，就來試試烤麵包？

年過半百誤入歧途。一袋高筋麵粉開啟了我小島生活的全新扉頁。我瀏覽網路尋訪名師，找到一位遠在天邊的烘焙能手，挑中一款清香柔軟的馬鈴薯麵包來初試水溫。我自知新手什麼都沒有，唯一不缺的是膽識，然而，我也很快有了自覺，在麵包的世界，最最派不上用場的，也就是這股不知天高地厚的自以為是。

麵粉成為麵包的過程，並無捷徑，也不能憑藉運氣。結果一如預期，我的前幾輪成品，表皮開裂，色澤不均，內在乾澀如枯柴，食之無味卻又棄之可惜。

幸好，不光有可笑的膽魄，我還具備莫名的熱情，以及一股越挫越勇的拚勁。約莫第七日第五回合，出爐的馬鈴薯餐包已然豐滿光滑，甚至清香柔軟到無可挑剔。

我可以嗎？原來我真的可以。

麵粉廚娘的熱情一發不可收拾，從這裡開始，我一頭栽進麵團的世界，渾然忘卻那現下用來日日揉麵的餐桌，不久之前仍是我天天伏案的寫字檯。

小島生活自此開了一扇新窗，我幾乎是用著貪婪的眼光探看窗外的綺麗風景。我本就不怕探險，那股積壓在與世隔絕的生活底下無處可去的熱力，全數轉移到烘焙這件新鮮玩意。網上找各地老師，嘗試各家食譜，簡直是一匹脫了韁再也勒不住的瘋狂野馬，一片原野奔過一片原野，我全然不覺疲累。

這當然不會只是一個享樂的過程。

比起製作蛋糕，麵包耗時更長，費力費工，過程更顯複雜瑣碎。首先，你必需和麵，揉麵，醒發，等待；然後再揉麵，塑形，又醒發，接著繼續等待。每一次，你得花上至少三四個小時跟麵團搏感情，時而廝磨相依，時而淡漠寡情，漫長的交手過程看似若即若離卻又如膠似漆。而這段苦戀究竟能不能修成正果呢？關鍵在於，你尚且必須善於等待。因為直到最後開啟烤箱的那一剎那，你才能確定，你和他，兩者之間的因緣，到底是白忙一場呢，還是終於功德圓滿？

著魔似地，我一日一日回到這張桌前，播種，耕耘，收穫。我其實想不起來之前那個寫字的我，是否也曾經勤勞若此？

又是否也曾經如此這般甘之如飴？

*

我漸漸理解，或許，我是以麵包作為單位，用來數算陷溺於等待當中的每一天。

我所等待的是什麼呢？比起鎖國解禁看似遙遙無期的某一天，我更明確的目標，其實，是等待著出版社遲遲不來的某一封回函。

無意之間，那個尚未獲得回音的寫字女子，日復一日，被藏進了溫暖的麵團裡。她默不作聲，沒想過去積極探問：寄出的文稿到了哪個人的手裡呢？被壓在了哪一個不見天日的案牘呢？要等到哪一天才會有一封郵件突然降臨捎來一丁點的消息呢？其實她大可直接去信討個答案，但她寧願選擇緘默，安安靜靜，等待著被時間自然醒發，等待著某一刻忽然被記起被看見，被形塑被烘焙，等待著，終有一日得以華麗登場。

我不能否認，寫作的幸福感，有時來自某種無法言說的自我折磨。一週兩週三週，一個月兩個月三個月，我一天比一天更加理解石沉大海的真正意涵，那是一種期待與失望輪番糾纏之中無可定位的歡快或悲傷。我一天數次（或數十次？天啊會不會是上百次？）檢查郵箱，一無所獲已成常態，好像那郵件頁面的開啟與關閉只是一樁生活儀式，期盼與落空的界線變得非常模糊，模糊到你幾乎已經忘記正在等待的究竟是什麼？

做麵包這件事，鬼使神差，讓漫長的等待有了近程的目標，它引領我輕鬆跨越虛度的時光，教那朦朧的暗夜終於得以見到一線天光。

不論產出的是一本書還是一爐麵包，我都算得上是一個心無旁騖的勞動者，而且忠貞不二。與麵團廝混的一整天，我會自動忘記那毫無跡象的錄用（或謝絕）訊息，我努力，我安然，我自在，什麼都不想，我只是全心全意醞釀著僅屬於今日的輝煌。

諸多身分中的那個作者我，不再那麼容易焦躁不安，我一如往常回到同一張桌檯，儘管即將到手的將會是另一塊獎賞，但我相信那份守得雲開見月明的欣慰，相較於我本來想得到的，其實並沒有什麼太大的不同。不過就是從一本熱騰騰的新書變成一盆熱騰騰的麵包，同樣泛著榮光，同樣透著清香，前者撫慰你的心靈，後者，它切切實實，滿足了你的胃腸。

寄出書稿的六個月之後，亦即，與麵粉初次交手的三個月之後，當出版社毫無預期的來函翩然飛入我的郵箱，那一秒，我的心海卻不若想像當中那般的洶湧澎湃。我猜，或許，那是因為每天每天千辛萬苦行至烤箱計時嗶嗶作響的終點時，我已經預習了無數次謎底揭曉的震撼瞬間。

深埋的種子終於等到萌芽。我反而出奇淡定，冷靜地提醒自己，這不過是一個開端，距離開花結果必然是另一段未可估算的長路。但至少這段旅途已經啟程，此後，有前景可以想像，有夢想可以仰望，作者的心像是定了錨，不再是大海之中飄蕩無方的一艘小船。

漫長的等待總算盼到了盡頭，那名半途殺出的麵粉廚娘是否從此功成身退，笑忘江湖？

並沒有。

於此之後，我照舊在廚房出入徘徊，每日花上大半天的時間，與麵團切磋琢磨，長相左右。不知道打什麼時候開始，烘焙已經成為我內建在小島生活之中的一道程式，習慣成了自然，時間一到，胸中那顆渴望手作的心會自動開機，完全不用提醒，噠噠噠噠，開始規律運行。

圍裙一兜，麵粉匣一開，我的心，也自動進入安全模式。

直到此刻我才明白，做麵包烤蛋糕，並不僅只是我用來取代書寫的新鮮玩藝，也不光是我用來逃避等待的臨時庇所，它更是一種安慰，一份陪伴，一股力量，教我在閉關自保的避世小島，尚且得以，安身立命。

*

是的，在隱約未明的亂世之中安身立命。

疫情元年，七月。

當我從文字與麵粉交錯的奇異世界裡抬起頭來，時序已然從春天走到了盛夏，疫情席捲全球，而小島成了病毒風暴底下一息尚存的世外桃源。

世外桃源的代價是，飛機，已經很久都不來了。

有一天我開車經過機場，發現，園區的椰子樹群，不知為何被齊齊推了平頭，瘦長的樹幹頂著光禿禿的頭顱，高危危，俯瞰著大海。關閉邊界數月，蕭條冷清的機場原本已經足夠寂寥，如今再加上火柴棒模樣的椰子樹，一根一根，熄了火，焦萎著頭，迎著海風，高高低低佇立空中。那畫面，讓我覺著十分淒涼。

時間往前推，二〇一八年秋天，第一次從飛機上俯瞰馬久羅的畫面，在鎖國之初時常回到我的眼前。那無垠的大海當中細長有如項鍊的清瘦領土，那廣闊的藍天之下嬌小有如扁舟的孤絕島鏈，還有那敲在機窗上的雨點一行一行滑落，拉出無聲的幾排雨漬，「我看見馬久羅了！」我握著丈夫的手，轉頭對他微微一笑。

當時他並不知曉，從天空往下看，汪洋大海中，一座比想像還要微渺還要孤單還要退無可退的島，我倏然覺得無比心慌。

而連唯一的國際航班都飛不進來的如今，翻倍的心慌不約而至，如同一朵激浪尾隨而來，但我依舊不慣開口對誰傾吐。

要是，要是有個什麼緊急要事發生，我該如何離開這裡？

生活在這座外人欣羨的清淨之地，我想不出來是可以去跟誰言說，我心中那股對於未知的至深恐懼，以及對於恐懼完全的無能為力？

幸好，那些不知從何說起的軟弱心事，一字一句，隨著材料，全都被我揉進麵團裡。溫水、酵母、糖，輕輕攪和，麵粉、雞蛋、鹽巴，依序加入，搓揉成團，靜置十分鐘，開始奮力摔打滾揉推搓，至少二十分鐘。我沒有攪拌機，全憑一臂之力，使勁與麵團搏鬥出一張透光的薄膜。這樣的勞動很扎實很有密度，沒有絲毫空隙留給不安靜的心思。

總是有人問我，為什麼不買台攪拌機省時省力？我不厭其煩拉高右手袖子，不無驕傲地展現我的上臂肌肉。可惜沒人看得到，我不只揉搓出臂肌，還暗地鍛鍊成強壯的心肌，因此得以容納承載專屬於孤島子民的惶惑不安。

外面的世界已經亂成一片，就算躲在天涯海角的世外桃源，要說人們心中完全沒有波瀾，是自欺欺人。

最先傳來消息的，是馬國鄉親們在美國本土的可怕疫情，馬國移民在阿肯色州僅占不到百分之三的人口數，卻在當時全州確診的死亡人數裡占有幾近半數的比例。這個令人震驚的訊息傳回到島上，失去親友的傷心之餘，人們對於病毒可能的來襲也懷有更深的恐懼。

就算是移居美洲大陸，人們仍舊經營著群聚共享的家鄉生活模式，這或許是嚴重疫情的原因之一。那，要是病毒真的進到小島來，我們將會變成怎樣？

街頭巷尾，他們彼此耳語，報紙頭條，有人公開提出倡議，就像是有一股聲流匯集成為漩渦，「國境絕對不能開放！」如此這般地齊聲吶喊。

國境不能開放，這個島，回不來，自然也出去不了。

層層禁錮，有如囚鳥那般束手無策，我唯一能做的事情是，轉身，乖乖守住我的廚房，開放自己所有的想像。

混沌不明的世情或許只能憑藉來路不明的熱情來闖蕩，身為烘焙界的初生之犢，我對自己微薄的技術和粗淺的經驗完全不知設防，敞開來，放開來，我盡其所能嘗試嶄新的花樣。無所畏懼，頂多只是失敗而已。我甚至沒想過失敗這兩個字。

因緣巧合，正好有位住在伊拜的台灣好友隔海送來幾大袋台灣水手牌高筋麵粉，這簡直有如神來一筆，高品質的麵粉助長了我脫韁的膽識，接下來的數日數週數月，我的烤箱就像是一只魔術絨布袋，各種花樣的麵點好比拉之不盡的紅絲巾，源源不絕，不斷不斷冒出來。

葡萄吐司、貝果、咖啡麵包、蒜味編花麵包、肉桂捲、奶酥吐司、晚餐軟包、蔥花麵包、紅豆吐司、蔥花肉鬆捲、毛線球麵包、奶油可頌、紅豆花捲、南瓜造型麵包……很長一段時間，我的手機相簿裡全都是麵包的蹤影，各式各樣，製作的順序不按難易邏輯，全憑當天的心情，隨機而定。

何等猖狂無懼的新手廚娘，離奇的是，她手下的麵包們，雖稱不上專業，竟然也一個一個出落得愈發水噹噹，有模有樣。

膽子越玩越大。烙蔥花大餅、煎韭菜盒子、蒸蔥花捲、嗆水煎包，揉著揉著，調皮的麵團從我手裡咕嚕一滑，跨國越界，打從西方一路蹓躂到東方。究竟哪裡來的自信，我居然開始擀皮製料，捏花邊，撥內餡，慢工細活，開爐火，上熱鍋，噗嗤噗嗤竟也胡亂打下半片陌生的江山。

我曾經想過，要是有人在我的廚房架設縮時攝影，一日復一日，那名披頭散髮固守廚房不停挑戰極限的廚娘身影，應該十分接近瘋狂的邊緣。

然而恰是相反。

且勞動且修行，安其心定其神，每一次的烘焙對我而言都是一回徹底的靜心旅程，是我在閉鎖的小島上維持身心正常運作絕佳的方式，也是我在亂世之中尚且得以歲月靜好的，一條祕密幽徑。

*

關閉國界超過半年的秋末時分，馬國政府總算同意開放第一批僑民回國。

密實的國境好不容易被撬開小縫，透出一絲微光，但那回家的路依然波折不易。久盼多時的國人首先必須搶得少少的返鄉名額，收到通知後，先至夏威夷進行兩個星期的旅館隔離，通過病毒檢測之後，緊接著飛往美軍基地所在的外島瓜佳蓮繼續隔離兩個星期，最末，通過最後一道檢測，確保安全無虞之後，才能搭機回到首都馬久羅。

過程是大費周章，是漫長曲折，但不能再要求更多了，這起碼讓回不了家的人開始有路可走。

機場前，禿頭的椰樹群不知什麼時候已經重新蓄髮，青綠的新葉隨風擺動，隨著打開的國門，迎來第一批歸鄉的遊子。

一個月一次的返鄉航班，捎來疫亂之中的第一道曙光。而幾乎同樣的時間點，幾番往返，我也終於隔海完成最後一次的新書校稿。

編輯在太平洋遙遠的另一端問我，屆時書成，是否有回台的可能？

前景不明，前途未卜，我的信心不足，我不知道該如何回答這個困難的問題。

首批撤僑順利完成，然而開心的光景沒有維持很久，瓜佳蓮美軍基地驚傳兩名甫入境的工作人員確診，緊接著，第二批撤僑在最後階段的隔離即將結束之前，也有三人驗出陽性反應。透過層層隔絕，仍然被周全保護的首都馬久羅，街道上飄揚的疫情旗幟在很短的時間之內，連番變換了三種顏色，島民的心情也隨之在風中起伏不定。

疫情中心很快做出決策，隔離時間即刻延長一週，境外與境內加起來總共需時五個星期。兩地三十五天，這恐怕是全世界最複雜最漫長的隔離規格了。

跨海移動，對我來說，終究仍屬一種奢望。回台難，返馬更難，進退失據，卡在遙遠的天涯海角，我還是哪兒也去不了。

全島一命，我當然不是唯一處在這種尷尬處境的人，可我，比起他人似乎來得更加尷尬一些些。

我曾經認真數算過一遍，發現，島上，我所認識的外國人裡，我恐怕是唯一那個貨真價實的無業遊民。所有人，經商的經商，上班的上班，哪怕是家管主婦，也要在學校與家庭之間陀螺般打轉。唯我這空巢期的初老之人，自外於多數，是時間的億萬富翁，亦是時間的鋃鐺囚徒。

擺盪在富翁與囚徒之間，一次又一次，我不停問我自己，要如何善用比任何人都還來得滿溢的時間卻又不覺得孤單呢？該怎麼盡情享受我的萬貫家財而又不被困在孤立的豪邸，成為最窮的富人呢？

分享，必然是上策。

大把大把的時間砍了當柴燒，我繼續固守烤箱爐台，各色各樣熱騰騰的麵點，從我的廚房往外送，不停往外送，我因此與眾人有了連結，有了交流，不再是這座孤單的島上最孤單的那個無業之人。

出不去的島，歸不了的鄉，無法企及的遠方，在這難以與外人解釋言說的亂世太平裡，何其幸運我有烘焙得以安撫我的心，我也極其樂願，藉我的麵點來慰藉他人的心。

向來習慣以文字表達的那名女子，如今不知究竟去了何方。接下來的小島時光，麵粉奶油雞蛋酵母糖鹽油水，一樣一樣成了與人溝通的特殊符號，如何組合排列拆解，全在我的掌控，任我隨意運用差遣。而其效果每每超乎預期，我不只一次親眼看見，甜美的蛋糕引誘出一抹天真的笑顏，鹹香的麵包險險逼出一顆想家的眼淚，每一個對方伸出手接下禮物的瞬間，我發誓我看見了，那也是兩顆心輕輕觸碰的動人瞬間。

「唯獨你有，你才能給。」有一天我在某一本書上讀到這行句子，心裡震了一下，因為我富足，我才能分享，因為我分享，於是我更加富足。一個字一個字，我正在用我的小島人生爬梳出完整的這句話。

幾乎是毫無差別對待，我的蛋糕麵包還有中式點心，乘著我的小藍車，一回又一回飛進各色人家。總統、部長、官員、各國使館使節，以及，從年輕到熟齡的本國館團同仁，從島頭到島尾的台商鄉親，還有，從美國、歐洲、南美到日本到菲律賓的朋友鄰居，不分排行先後，全部都在我的送禮清單裡。

除了慷慨的台商閨蜜從無間斷的水手牌麵粉供應，其他所有的用料花費全部是我自掏腰包。需時耗資費力，這些我統統不在意，像是一只永備電池，無窮盡的熱情未曾一日稍減。

不知疲累的生產者啊，妳到底，究竟，貪圖些什麼呢？

誰會相信呢？我想要的，不過就是那麼一丁點因為分享才能嘗到的幸福滋味。

月復一月，終於有一天，固定來家裡打掃的菲律賓阿姨，擱下手裡的拖把，小心翼翼問我：「太太，請問一下喔，妳是在做麵包生意嗎？」

我也停下手裡即將入爐的烤盤，忘形地仰天大笑，連忙搖頭說沒有沒有，我只是喜歡分享，如此而已。

「為什麼不呢？」她難掩失望，說：「妳做給我的肉桂捲可是全島最棒的！」

這頂意外的桂冠，在我誤入烘焙之途居滿一年的時候，毫無預期降落在我的頭頂。而台灣我那無緣親自宣傳的新書，也在此時，窩在蔬果冷藏貨櫃的一角，一路迢遙，乘風破浪，總算來到我的面前，成為我頭上的另一頂光環。

那書，我雙手捧著，端詳再三，突然覺得，寫作，好像已經是上輩子的事了。而迷你小島外的廣大世界，對我來說，也好像已然是另一個陌生的星球。

*

Covid 19 跨越年界，自顧自往前延伸它善變的腳蹤。數百個日子過去，世界的疫情還在周旋盤桓，而我們，雙重的隔離政策依舊極其嚴格，還維持著接近鎖國的狀態。

仍然無人確診的我們的小島，如常的生活下實則已大不若往常。

三年前，我的好友們輾轉來到小島探望我，中程，她們在台北買網路通信卡，「馬久羅？」「馬爾地夫？」「馬來西亞？」來回幾遍，七嘴八舌比劃半天，始終沒法讓販售人員了解她們真正的去處。

我們曾經，一直是那樣的存在，默默無名，靜靜地待在不為人知的海角一方。要不是特別的原因，小島之名，鮮少出現在旅客的登機證上。航程漫長曲折，機票異樣昂貴，沒有特殊名勝沒有奇巧美食沒有星級旅館，小島最珍貴的在地特質唯有長住下來才能細細品味，無法快速濃縮，成為旅遊指引上面的三言兩語。

窮鄉僻壤，我猜想這是很多人想說但不好意思跟我直言的小島印象。

如今，麻雀變鳳凰，窮鄉僻壤華麗轉身成了極少數無病例的乾淨天堂。當外面的世界疫情蔓延有如野火燎原滅之不絕，世人看待它的眼光變得不同了，多了點前所未有的欣羨。有趣的是，那欣羨偶爾還帶了點糾察隊的意味。每當我一不小心透露出一丁點鬱悶的孤島心事，總會有人即刻跳出來，諄諄告誡：你們那裡，不用戴口罩過活，不用保持社交距離，不用時時擔驚受怕，夠幸運了，還有什麼好埋怨？

小島生活似乎柔軟了我，那樣被直言質疑的時刻，我回應的筆尖出乎意外的溫和，還能帶著微笑以對。

雖然我心底難免無聲自問：痛苦，哪能用來比較？

它化身各種面貌周旋在世人之間，對每個人來說都是真實的存在，哪能用來比較誰的艱難比較多誰的比較少，誰痛得更凌厲，而誰痛得不值一提？

痛苦之於人類，應該是用來慈悲，用來謙卑，用來彼此同理與相互慰藉。

疫情橫掃的他方，苦難無法估量，連想像都教人覺得難以承受。而在疫情並未占領的我島，悲傷的劇本則是用另一種曲折的筆調寫成。

短短一兩年的時間，我身邊好幾個朋友，隔海失去至親，心急如焚卻怎樣也回不了家。那種撕心裂肺的無能為力，也一樣，很痛。

有個朋友，久病的老父在台灣進了加護病房，他日日夜夜跟著揪心不安，隨著病情的起伏數度崩潰痛哭，最終只能任由風中殘燭在他伸手不及的地方，逐漸凋零，終至熄滅。還有獨居的朋友突然接到遠方父親過世的消息，聽說他看起來十分冷靜鎮定，但隔天我見到他沉默的背影，裡頭蜷曲著巨大的悲痛，無聲哀鳴。另一個寡言木訥的朋友，才罕見地面露喜色告訴我他請調成功，可以回家陪陪九旬老父走完人生最末一哩路，隔兩天，傳來消息，那心心念念的最後一哩，終究還是父親自己上了路。據說他提及此事，兩行眼淚嘩然滑落，傷心的話一句也說不出口。

還有她，和父親長年分離但感情甚篤，得知父親病情加劇，幾度躊躇，想要不顧極少的班機以及極長的隔離飛奔回鄉探望，最終未能成行。老父沒等到鍾愛的女兒，自顧自飄然離去，她在太平洋的彼端哀痛失神幾近崩潰，幾度抱著我在眾人面前哭泣，久久不能鬆手。還有另一個她，母親在美國染疫，病逝，她被困在家鄉的小島，任由絕望吞噬，憤恨自己的無能為力。數月之後提及，她的眼淚還像是身後的海浪，洶湧澎湃，無法平息。

不光是無可奈何的悲傷，還有無計可施的種種驚懼在生活裡上演。急病的受傷的各式各樣慢性病癥長期困擾的，其下場好壞全憑運氣。有人幾經折騰幸運康復，有人被迫與之曖昧共存，苦苦等待可以自由來去的那一天早日到來。有人實在等不了，撐到危急前的最後一刻，一班飛機飛到夏威夷再飛到洛杉磯再飛回台北，輾轉折騰回到家鄉，結束隔離之後立即住院，或治療或手術或裝上心臟支架，總算有驚無險。這樣的人，也有好幾個。

可是接下來呢？回來是千難萬難。多少人一去數月經年，再回頭，擠不進限量的隔離名單者有之，難耐數星期的隔離者有之，搖搖頭，年長者乾脆順勢退休，索性將那北太平洋的小島生活當成黃粱一夢，隨著海風散逸而去！

除此，也有許許多多的好事多磨。一個出不去一個回不來終至離異分飛的年輕夫妻，一對才剛在疫情前登記婚約卻從此銀河兩隔的牛郎織女，還有那些把夏威夷婚宴一延再延的待嫁女兒，以及那個沒辦法牽著女兒的手走紅毯，只能穿著早做好的西裝對著電腦銀幕含淚觀禮的癡心父親。

就算沒有病毒肆虐，人生依然不簡單，依然很難很難。

無風無雨無聲無影的暴風雨，我在中心或邊緣隨之流轉，能安定自己慰藉他人的，唯有烘焙而已。

曾經不只一個人說過，我的文字簡單易讀，不華麗，但是很有溫度。我猜那是因為，真心誠意，是我所信仰的基底素材，透過筆尖，心意將會如同暖流，泊泊傳送出去。我掌心的麵團，亦如是，一分一寸，布滿愛的溫度。

備料，和麵，成形，乾烙水蒸或烘烤，每一個細微的步驟，我莫不是懷抱著純潔的悲憫逐步進行。他頓失至親，她苦於疾病，他艱辛走在復原的道路，她堅強不讓外人看出她陷於困局，願我能用手作的烘焙，一一，溫暖他們的心。

那麵包那蛋糕那各樣點心，不見得完美華麗，但在那樣的時刻，是不可或缺的主角，也是一座隱形的橋梁，我因此得以穿越得以靠近，得以張開雙手給出一個發自內心的，溫暖的擁抱。得以讓我們緊緊靠在一起，稍稍遺忘孤島上那些身不由己的所有煩惱。

*

烘焙世界裡的我有一股抵擋不了的拚勁，較量的是自己的極限，從來不是別人。

同一款麵點我喜歡連做好幾天，非得要做到無可挑剔才肯罷休。比如有整整兩個星期我熱衷猶太蛋糕巴布卡，埋頭烤了一遍又一遍。內在的螺旋狀紋理要怎樣擺布才夠顯夠跳呢？除了巧克力內餡還能有什麼其他變化呢？中筋與低筋麵粉的比例要怎樣拿捏計算其質地才能更加柔軟而不塌陷呢？每次出爐的成品因此不盡相同，硬一點，軟一點，質樸一些，花俏一點，但總總陷溺在巴布卡的世界裡面，流連忘返。

像這樣，一輪接續著另一輪，無意之間，我以不同的烘焙麵點刻畫抗疫的年輪，隨著時間流轉，見證著閉關自守的島國，是如何一個階段緩慢地挪移到另一個階段。開打莫德納，隔離時間減為四個星期，增建馬久羅的隔離中心，加開離境航班，開打追加疫苗，夏威夷隔離時間減半，瓜佳蓮美軍基地出現許多確診案例，繼續維持兩地十七天的隔離政策……兩年過去了，政府依舊堅持高規格的防疫規定，外面的世界有人決計與病毒共存，漸漸回歸正常生活，有人還在嚴格封城，苦苦清零，而我們堅守的馬久羅，雙重保護之下，何其難得，依舊是一塊淨地。

兩年了，我的烘焙分享版圖也儼然成形。島上有許多戶固定的人家，是我心血結晶的當然去處，每過一段時間，一輛香噴噴的麵包車不定期出現在他們的門前。不管內外的世情如何演變，總還有溫暖的麵香可以捎來一丁點生活的趣味。

她就是其中的一個。

她和丈夫來到小島已經超過二十年，早年經營小生意，如今兒女長成紛紛離巢，銀髮夫妻守著一片家園，種種菜做做飯煮煮家鄉味，越來越少與外人往來。

我有時開車經過他們家，圍牆高聳，密不透風，外人只能憑空想像裡頭那座綠色城堡的真實模樣。有一回聽說她隻身在家時，不慎從後院的梯上摔落，躺在草地動彈不得，徒然與夕陽星空相對，無人救援，唯有老狗不離不棄，守護終夜。我每每想及那樣的場景，心中一揪，十分不捨。

也聽說她自此摔出一身內傷，因為疫情回不了台灣，只能靠著老伴充當醫生，自行吞藥療養。有一回，我在超市意外撞見她，她滿頭華髮，我素顏粗衣，彼此都好驚訝，像是貿然闖入了對方的私密領域，那招呼打得十分含糊，各自匆忙離去。

我們不熟，只聽說她是小島廚藝界隱藏版的能人高手，奇怪的是這也不曾阻止我藉著初級手作隔牆問候的決心。毛線球麵包、水煎包、咖哩餃、紅豆吐司、蔥花大餅、肉桂捲，我開著小藍車，一遍又一遍停在高牆邊邊，耐心等候主人前來應門。

出現的永遠是她先生，小鐵門伊呀開了縫，他微微蝦著腰，緩步來到我的車窗邊，接下溫熱的禮盒，閒聊兩三句，有時還回贈幾樣她手作的蘿蔔糕芋頭糕酒釀此類珍貴家鄉味，之後，我即開車離去。

孤島中的孤島，桃花源中的桃花源，我數度從照後鏡瞥見小門再度戛然緊閉，我真真好奇，我那些不知天高地厚的麵包啊蛋糕啊，究竟被送進了哪一個靜止的時空？

疫情後第二個除夕夜，我們突然收到邀請通知，女主人邀請我們到他們家吃年夜飯。

不輕易開啟的鐵門裡面，意外藏著一個溫暖熱鬧的家園，有青蔬果樹有小狗有小貓還有攜手老伴。而那不輕易露面的神祕女主人，除了可以變出一桌美味大菜，真實的身分，原來是一個島上無人可敵的烘焙大師。

她一邊忙著做菜，一邊開講製作麵點的各種訣竅，揉麵時如何輕鬆揉出透光薄膜？（我好像從未真正達到這個境界）出爐時如何確定麵包已經熟透？（我想起有一回送來的毛線球麵包似乎有夾生的重大嫌疑）島上買不到高筋麵粉時可以如何應變？（我通常都是兩手一攤趁機放大假）在她面前，我像個無知小學生，茅塞頓開只能拚命點頭如搗蒜。

年飯開動之前，女主人拿出剛出爐的白吐司，掰開，雪綿綿，清香撲鼻，我顧不得腸胃有限的空間也要搶先連嗑兩片。

真好吃。

誤入烘焙世界以來，第一次我覺得心虛汗顏，腦袋裡跑馬燈轉個不停，拚命回想，過去兩年，我都送了些什麼東西到這間屋子裡面來？

「妳送來的每一樣作品，我都有拍照留存喔，」領有丙級廚師證照的她，微笑說：「妳已經做得很好了！」

大師的鼓勵得之不易，我受寵若驚，可我真正從中得到撫慰的，是從此知道，這座孤島上，還有一個人，跟我一樣，日復一日，與廚房形影不離，與麵團竊竊私語，揉之型之，烘之焙之，因此從中得救，因此重獲自由。

不論這個世界如何受到層層禁錮，我和她，都是自由的人。

*

二〇二二年，春天和夏天的交界。

卡布亞總統訪問團的專機降落在桃園機場的那一刻，望向窗外，我方的接機團隊已經好大陣仗一字排開，全都穿著正式的西服套裝，全都配戴著口罩。

一腳踏出機艙，前瞻後望，瞬間時移事改，過去兩年的守島歲月，就像是做了一場好長的夢。

大夢初醒，五天內做了四次PCR，口罩成了必需配件，但總是因為忘記而一再被提醒，很快習慣不停洗手不停噴酒精，隨時準備掏手機刷QRcode，湊上額頭量體溫，切記跟人群保持距離，在電梯裡噤聲不語，並且日日等待下午兩點的疫情記者會，確定我們究竟是在風暴的外圍還是令人驚駭的中心點？

這是我所熟悉不過的家園，也是一個我完全陌生的新世界。

如同一朵浪花，翻個身，小島桃花源隱沒在太平洋遙遠的另一端。那曾經的烘焙日常亦如是，從此下落不明，消失無蹤。

再也沒有大把時間可供揮霍，沒有大型烤箱可堪使用，沒有小藍車可以奔馳送貨，當然也沒有一群固守小島的同伴好友站在迎著海風的家門前，等著我。

唯獨留存的，是那些疫情年代裡的各種焦慮，分了身，換個不同的姿態，繼續緊緊跟隨。

荒廢多時的書寫在這樣的時刻張開懷抱重新接納我。自然而然，幾乎沒有任何轉換的困難，我重新來到曾經熟悉的咖啡廳，坐下來，打開筆電，回到文字的世界。那些麵團可以給我的柔軟、溫暖、安全，以及無法言說的愛，換個時空，文字可以接手，文字同樣可以給我。

我一日一日回到文學的桌前，一字一句描繪那疫亂之年下的避世之島中的一名烘焙之人。

書寫過程中，短短一個月，台灣的疫情爆發式地直線攀升，每日的確診人數從二位數字頭也不回地奔越萬人大關。堅守多時的可控狀態最終還是步步走上了必須與之和平共存的那一天。疫情走到無可奈何的這一步，人們的防疫心態似乎也有了改變，不再如同以往驚弓之鳥般的戒慎驚恐。這究竟會不會是疫亂年代逐漸終結的一個開端呢？

而那我即將歸去的蕞爾小島，那依舊堅持鎖國的一塊淨土，那始終未被染指的世外桃源，迎接我的將會是什麼呢？是終於千真萬確的太平，還是依舊隱約不明的亂世？而等待我的，是已經重回懷抱的書寫，還是即將久別重逢的烘焙？

＊

兩個月後，經歷十八天的隔離，我們再度回到馬久羅溫暖的小樓。嶄新的老生活正要起步走，當天傍晚，就在我面前，丈夫接到來自台北的電話，被告知他將在近期內收到調職返鄉的通知。

我們倆，在昏黃的燈光下，因為太過驚訝而相對無言。駐外工作的變動本是常態，期滿的回鄉通知也早在預料之中，就是沒想到會發生在行李都還沒來得及歸位的回家第一天。幾大箱行李猶原帶著旅途的餘溫，半開半掩，不知何去何從，顯得十分尷尬。

當晚，輾轉難以成眠，我跟自己約定好，終點已在不遠的前方，我必須即刻開始與時間賽跑，全心投入書寫，用剩餘的少少幾個月，把小島四年的奇幻旅程用文字細細捆妥，在離開的時候，全數帶走。

謎底揭曉，在小島迎接我的，原來是書寫。

回家第二天，我一頭栽進文字的宇宙，接下來的兩個多月，除了基本的廚事與家務，我幾乎隨時處在一種出神的狀態。早上起床也不梳洗了，直直走向書桌，坐下來，不囉唆，直接開工，完全不需要裝模作樣的暖身，也不挑剔任何空間的細節，只要一盞黃燈、一支鉛筆、一本筆記本、一塊橡皮擦、一台筆電，以及隨便一種音樂，萬事俱足。我開始寫，不停地寫，那些壓縮在腦袋裡多時的文字，爭先恐後冒出來還原，咕嚕咕嚕，擋都擋不了。一天，一週，一月，時間變得很模糊，完全沒有界限，等到我回過神，掐指一算，兩個半月已經不知道去了哪裡，在書稿之中，時間散逸無蹤。

當所有手寫草稿被轉換成為筆電裡完整的文章，我的小島書寫神奇地滑行至最後的收尾階段，也正是那一天傍晚，僑界朋友在台商的濱海小屋為我們舉辦了一場別緻的歡送餐會。夕照裡，親愛的朋友們歡聚一堂，美景美食美好的友誼，沒遮沒攔鋪陳在我們眼前，丈夫致詞的時候，我悄悄別過頭，害怕有人發現我正眨著眼睛，努力不讓淚水流下來。

我心中有一種感覺，一切似乎都正好走到了某一個盡頭，某一道分水嶺，小島的書寫即將結束，僑界的朋友已經道別，翻篇，二〇二二早秋的這一頁，就要翻篇了。

一切都到了頂點，似乎有些什麼轉折正在步步趨近，那或許是一種無法言說的直覺，這一頁，恰恰也是避世淨土的最後一夜。

一天之隔，午後，突如其來的消息潮水般在耳語間迅速流竄，馬久羅醫院傳出首例本土確診病例，來源不明的家庭群聚，感染者男女老少一共六個人。

我趕在關門前一刻匆忙跑進小超市採買物資，這才發現搶購人潮已經悄然湧現，每個人也都自動戴上口罩，只有我一個人還在狀況外，裸著一張茫然的臉，四下張望。凝結的空氣裡，我和他們互相交換著眼神，那意思不言而諭：喔！我們還是來到了淪陷的這一天。

第二天開始，確診人數一如預期往上翻倍攀升，區域也愈見擴大。堅持兩年半後的終於失守，整座島突然整個安靜下來。

島民們的反應就像是預習了很久那般迅速熟練，每個人都立刻自動戴上口罩，就算是在路上的行人、車裡的乘客也不例外。大家都盡量留在家中，路上車輛稀少，平常熱絡的社區一片死寂，不見人跡，了無一點聲響。

丈夫辦公室很快也有同事確診，一個兩個三個，一家兩家三家，隔離人數如滾雪球迅速增加。身邊朋友們的工作場域也是如此，不分老闆員工，輪班似地出現症狀，紛紛宣告確診。

我幾乎不出門，動盪不安的疫情中，書寫的熱情驟然降溫，我回過身，重操舊業，一點轉換的困難都沒有，是那麼自然而然，再度成為一名勤奮的烘焙之人。如此驚慌的時刻，什麼才能安我的心，表我的意呢？答案很熟悉，唯有烘焙而已。

久違的烘焙仍舊是我的定心之鑰。特意挑了一款美麗的花朵麵包，糖鹽酵母麵粉溫水，我忘情地日日栽培。擀出一層一層麵皮，鋪上一款一款內餡，切割出一縷一縷花瓣，細心扭轉編織，醒發伸展，最後送進烤箱，讓時間去盛開，去盡情綻放。

我戴著口罩，把這花蕊，一朵一朵，無聲送到因為隔離而緊閉的各家門前，然後敲敲門，安靜走開。這是我對確診的朋友們所能傳達的，最大的關懷與安慰。

距離說再見只剩下一個月的時間，曾經以為永遠的平靜桃花源竟在一夕之間風雲變色，而曾經以為不再有機會全然投入的烘焙，沒想到，竟然是用這種方式安靜且熱烈地再三謝幕。

更沒想到的是，疫情從飆升到歸零，竟然只有短短不到一個月，等到我們離開前夕，神奇無比，小島幾乎又回到了正常熱鬧的生活步調。最最不可思議的是，那我們苦守兩年半的國界，那我們斤斤計較一直居高不下的隔離天數，在過半數人口確診之後旋即鬆綁解放，什麼都不需要了，我們居然就這樣重獲自由！

疫情來了，尾隨而來的是自由，我萬萬沒想過，我居然可以在離開之前重新享受到自由的滋味。

最後幾場的餐會，我們已經能夠脫下口罩面對面暢談、擁抱以及道別。好幾個朋友，不約而同跟我開玩笑說：「妳人走沒關係，麵包留下來就好。」

而我想說的是，麵包從此消失也沒關係，因為我把文字留下來了。

疫亂之年，避世之島，以及烘焙之人，全都已經幻化為書寫，成為了我人生當中，最特別最奇幻也是最深刻的一段記憶，永遠也不會忘記。

INK PUBLISHING
文學叢書 699

再孤單的島，也有我的熱鬧

作　　者　杜昭瑩
總 編 輯　初安民
圖片提供　杜昭瑩　林哲緯
責任編輯　宋敏菁　陳佳蓉
美術編輯　黃昶憲
校　　對　潘貞仁　杜昭瑩　宋敏菁　陳佳蓉

發 行 人　張書銘
出　　版　INK 印刻文學生活雜誌出版股份有限公司
新北市中和區建一路249號8樓
電話：02-22281626
傳真：02-22281598
e-mail：ink.book@msa.hinet.net
網　　址　舒讀網http://www.inksudu.com.tw

法律顧問　巨鼎博達法律事務所
施竣中律師
總 代 理　成陽出版股份有限公司
電話：03-3589000（代表號）
傳真：03-3556521
郵政劃撥　19785090　印刻文學生活雜誌出版股份有限公司
印　　刷　海王印刷事業股份有限公司

港澳總經銷　泛華發行代理有限公司
地　　址　香港新界將軍澳工業邨駿昌街7號2樓
電　　話　852-27982220
傳　　真　852-27965471
網　　址　www.gccd.com.hk

出版日期　2023年 2月　初版
ISBN　978-986-387-633-5
定　價　450 元

國家圖書館出版品預行編目資料

再孤單的島，也有我的熱鬧
／杜昭瑩 --初版,
新北市中和區：INK印刻文學, 2023.2
面；公分.（文學叢書；699）
ISBN 978-986-387-633-5(（平裝）
863.55　111021944